Memórias de um oficial de infantaria

Memórias de um oficial de infantaria

SIEGFRIED SASSOON

TRADUÇÃO
Luís Reyes Gil

*mundaréu

TÍTULO ORIGINAL
Memoirs of an Infantry Officer

COORDENAÇÃO EDITORIAL – COLEÇÃO LINHA DO TEMPO
Silvia Naschenveng

CAPA E PROJETO
Claudia Warrak e Raul Loureiro

DIAGRAMAÇÃO
Priscylla Cabral

REVISÃO
Bianca Galafassi e Isabela Norberto

Edição conforme o Acordo Ortográfico da
Língua Portuguesa (1990).

Dados Internacionais de Catalogação na Publicação (CIP)
(Câmara Brasileira do Livro, SP, Brasil)

Sassoon, Siegfried, 1886-1967.
Memórias de um oficial de infantaria / Siegfried Sassoon ; tradução de Luis Reyes Gil. – São Paulo : Editora Madalena, 2014. – (Coleção linha do tempo).

Título original: Memoirs of an infantry officer.
ISBN 978-85-68259-02-3

1. Ficção autobiográfica 2. Guerra Mundial, 1914-1918 – Ficção 3. Histórias de guerra – Ficção I. Título. II. Série.

14-08844 CDD-823

Índice para catálogo sistemático:
1. Ficção : Literatura inglesa 823

2014

EDITORA MADALENA LTDA.
São Paulo – SP
www.editoramundareu.com.br

SUMÁRIO

Siegfried Sassoon, 1915 (por George Charles Beresford).

APRESENTAÇÃO

Siegfried Loraine Sassoon (1886-1967) é mais conhecido na Inglaterra por seus poemas de guerra (como os reunidos em *Counter-Attack and Other Poems*, de 1918) que, assim como os de Wilfred Owen (1893-1918), inovaram ao abordar direta e expressamente o horror e a brutalidade dos campos de batalha do *front* ocidental da Primeira Guerra Mundial. Ele é um dos 16 poetas da Grande Guerra homenageados no *Poets' Corner* da Abadia de Westminster, em Londres, e é considerado, ao lado de Robert Graves (*Good-Bye to All That*, 1929) e Edmund Blunden (*Undertones of War*, 1928), o mais importante memorialista inglês da Primeira Guerra.

Descendente de uma família próspera, confortavelmente criado no condado de Kent e ex-aluno de Cambridge, Sassoon alistou-se voluntariamente em agosto de 1914, logo após a declaração de guerra à Alemanha, e chegou às trincheiras da França no final de 1915. Foi duas vezes ferido em combate e condecorado.

De volta à Inglaterra para tratamento, já então inconformado com a carnificina da guerra e com a posição do governo e do exército britânico em relação à guerra, Sassoon divulgou – com o incentivo de Bertrand Russell – um manifesto pelo fim do conflito, que chegou a ser lido no parlamento. Provavelmente por ser um poeta conhecido e herói de guerra condecorado, Sassoon escapou à esperada corte marcial, que poderia significar fuzilamento por deserção. Mas foi diagnosticado com trauma de guerra e internado no sanatório de Craiglockhart, onde passou o verão de 1917 e conheceu o poeta Wilfred Owen. Mesmo após seu posicionamento público pelo fim da guerra, Sassoon optou por voltar ao serviço militar ativo. Foi então enviado à Palestina e, em 1918, mais uma vez ao *front* na França, onde logo foi novamente ferido.

Em *Memórias de um oficial de infantaria*[1], Sassoon surpreende pela honestidade e pela acuidade na representação da guerra nas trincheiras, ao mesmo tempo em que mantém a ternura e a atenção aos aspectos humanos do conflito. A trajetória de seu personagem e *alter ego*, George Sherston, mostra o desenvolvimento de alguém que se voluntariou a participar sem antes refletir a respeito da realidade e dos propósitos de uma guerra – nesse aspecto, traz à lembrança o entusiasmo inocente de Fabrício del Dongo[2] ao ajuntar-se ao exército napoleônico e debutar na Batalha de Waterloo. Uma vez na França e após vivenciar a guerra (de forma completamente diferente de Fabrício del Dongo, diga-se), passou a buscar as razões para estar ali.

Autor e personagem compartilham muitos dados biográficos. No livro, a carta denunciando o prolongamento cruel e inútil da guerra não é em nada uma peça de ficção – reproduz a carta divulgada por Sassoon em julho de 1917. Tampouco são ficcionais a séria ameaça de corte marcial enfrentada

1 Após a guerra, Sassoon escreveu uma trilogia marcadamente autobiográfica: *Memoirs of a Fox-Hunting Man* (1928), baseado em sua infância até o alistamento no exército; o presente *Memórias de um oficial de infantaria* (1930), a partir de sua experiência na guerra entre o começo de 1916 e meados de 1917; e *Sherston's Progress* (1936), sobre o retorno ao *front* e imediato pós-guerra.

2 Personagem de *A cartuxa de Parma*, de Stendhal.

por Sherston (da qual Sassoon teria sido salvo em parte graças a seu amigo, também escritor e oficial britânico, Robert Graves), a participação na Batalha do Somme, em 1916, os ferimentos e a condecoração com a Cruz Militar.

Possivelmente em razão dessa proximidade entre autor e personagem, *Memórias de um oficial de infantaria* tenha organização análoga à de um diário, com a sinceridade e a evolução características do formato. O objetivo maior parece ser dar conta daquelas memórias, sequências de pensamentos e momentos; assim, a edição da narrativa e outros recursos literários dão espaço ao registro em primeira mão dos acontecimentos, com maior atenção ao ritmo da vida, com suas esperas, imprecisões e mudanças graduais. Bastante compreensível quando se considera a enormidade de uma experiência como a participação na Primeira Guerra Mundial.

E Sassoon/Sherston relata essa experiência com lirismo e uma linguagem que, embora tradicional na forma, é inovadora no conteúdo. Até então, havia poucos relatos da vida no *front*, feitos por aqueles que dela participaram. A situação na frente de batalha é retratada com clareza, sem poupar o leitor de seus horrores e angústias e sem deixar de criticar os responsáveis pela condução da guerra e os que a apoiavam cegamente: generais, políticos, pastores, as gerações anteriores. E essa representação fática e crítica da guerra não impede que Sassoon exercite sua ironia fina e sutileza, sempre com uma intensidade contida, ao que ainda acrescenta um sentimento humanista e honestidade arrebatadores.

Talvez a descrição dos verdadeiros horrores das trincheiras não fosse o que se esperasse de um poeta de tendências mais tradicionais como Sassoon, que nunca seguiu seus contemporâneos modernistas. A lealdade em relação a seus comandados e a ação destemida nas trincheiras – reconhecidas por uma Cruz Militar pelo resgate de um ferido sob fogo cerrado e em relatos que incluem a imprevista captura de uma trincheira alemã munido apenas de uma granada de mão – tampouco soariam obvias. Estas são algumas das idiossincrasias de Sassoon, o jovem oficial egresso de Cambridge que nutria um forte vínculo com seu batalhão e seus comandados; o opositor da guerra condecorado por heroísmo; o simpatizante do socialismo proprietário de uma mansão rural; o protestante convertido ao catolicismo e descendente de uma tradicional família judaica. Seu posicionamento é frequentemente matizado e fruto da dúvida.

Provavelmente seja essa a marca destas memórias: a sinceridade da dúvida e da busca por realizar suas escolhas. O percurso de Sassoon/Sherston de pequeno aristocrata rural voluntário no exército, bem intencionado mas um tanto desinformado, a "pacifista desertor", é permeado e orientado pela dúvida. A consciência de Sassoon/Sherston é moldada por um humanismo espontâneo e pelo questionamento. Essa dúvida acaba sendo um tema do livro – ela é essencial ao "progresso" do personagem e forja sua atitude analítica da situação, ainda que terna e solidária em relação aos homens que com ele lutam e sem esquecer os motivos que o levaram a se alistar.

Sherston é um tributo à Inglaterra dos anos anteriores à guerra, quando não se esperava um conflito daquelas proporções. Mas é um personagem capaz de romper com sua posição anterior e lutar para desfazer ilusões tão cuidadosamente cultivadas na população distante do *front*.

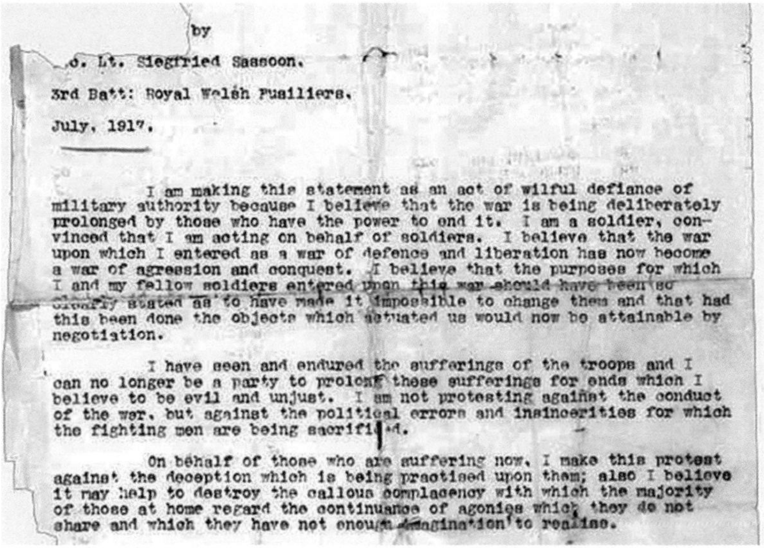

by

2nd Lt. Siegfried Sassoon.

3rd Batt: Royal Welsh Fusiliers.

July, 1917.

I am making this statement as an act of wilful defiance of military authority because I believe that the war is being deliberately prolonged by those who have the power to end it. I am a soldier, convinced that I am acting on behalf of soldiers. I believe that the war upon which I entered as a war of defence and liberation has now become a war of agression and conquest. I believe that the purposes for which I and my fellow soldiers entered upon this war should have been so clearly stated as to have made it impossible to change them and that had this been done the objects which actuated us would now be attainable by negotiation.

I have seen and endured the sufferings of the troops and I can no longer be a party to prolong these sufferings for ends which I believe to be evil and unjust. I am not protesting against the conduct of the war, but against the political errors and insincerities for which the fighting men are being sacrificed.

On behalf of those who are suffering now, I make this protest against the deception which is being practised upon them; also I believe it may help to destroy the callous complacency with which the majority of those at home regard the continuance of agonies which they do not share and which they have not enough imagination to realise.

Declaração de Siegfried Sassoon contra a guerra, julho de 1917:

Faço esta declaração como um ato de deliberado desafio à autoridade militar, porque acredito que a Guerra esteja sendo voluntariamente prolongada por aqueles que teriam o poder de cessá-la. Sou um soldado, convicto de estar agindo em favor dos soldados. Acredito que esta guerra, na qual ingressei como uma guerra de defesa e libertação, tornou-se agora uma guerra de agressão e conquista. Acredito que os propósitos pelos quais eu e meus companheiros soldados entramos nesta guerra deveriam ter sido expressos com clareza tal que fosse impossível alterá-los e, assim, caso isso ocorresse, os objetivos que nos moveram poderiam agora ser alcançados por meio de negociação.

Vi e vivenciei os sofrimentos das tropas, e não posso mais ser parte do prolongamento desses sofrimentos para fins que acredito cruéis e injustos. Não protesto contra a condução da guerra, mas contra os erros políticos e insinceridades pelos quais os homens que lutam estão sendo sacrificados.

Em nome daqueles que sofrem neste momento, faço este protesto contra o engano a que estão sendo levados; acredito ainda que posso ajudar a destruir a impenetrável complacência com que a maioria dos que estão em casa encara a continuidade de agonias de que não se dão conta, e nem teriam imaginação suficiente para tanto.

Hino à juventude condenada/ Wilfred Owen

ANTHEM FOR DOOMED YOUTH / WILFRED OWEN[1]

WHAT passing-bells for these who die as cattle?
Only the monstrous anger of the guns.
Only the stuttering rifles' rapid rattle
Can patter out their hasty orisons.

No mockeries for them; no prayers nor bells,
Nor any voice of mourning save the choirs, –
The shrill, demented choirs of wailing shells;
And bugles calling for them from sad shires.

What candles may be held to speed them all?
Not in the hands of boys, but in their eyes
Shall shine the holy glimmers of goodbyes.

The pallor of girls' brows shall be their pall;
Their flowers the tenderness of patient minds,
And each slow dusk a drawing-down of blinds.

1 1893-1918, um dos mais importantes poetas ingleses da Primeira Guerra Mundial e amigo próximo de Siegfried Sassoon – conheceram-se durante internação no sanatório de Craiglockhart. Morreu em combate, uma semana antes do armísticio.

HINO À JUVENTUDE CONDENADA[2]

Sinos fúnebres aos que morrem como gado?
Somente a raiva horrenda das armas, do aço.
Somente o som ágil do rifle, metralhado,
Matraqueia preces céleres pelo espaço.

Não caçoemos deles, com rezas ou sino,
Nem com qualquer lamento que não os corais, –
Agudos corais de balas em desatino
E cornetas clamando de tristes locais.

Para conduzi-los, que velas bastarão?
Não nas mãos de meninos, mas nos olhos seus
Devem brilhar as centelhas santas do adeus.

Por mortalha, das moças o rosto malsão;
Por flores, doce ternura de mentes finas,
E cada crepúsculo, um cerrar de cortinas.

2 Tradução de Tiago Tranjan.

Memórias de um oficial de infantaria

PARTE UM

Na escola do exército

I

Que a primavera chegou atrasada em 1916, e que lá nas trincheiras em frente a Mametz era como se o inverno fosse durar para sempre, isso eu já disse. Também afirmei que, *quanto a mim, havia mais ou menos decidido morrer*, porque *nas circunstâncias não parecia haver outra coisa a fazer*. Bem, voltamos a Morlancourt depois da Páscoa, e na mesma noite uma mensagem da sala de comando instruiu-me a ir até a escola do Quarto Exército na manhã seguinte para um curso de reciclagem de um mês. Talvez o coronel Kinjack tivesse ouvido dizer que eu andava a fim de me meter em encrenca. De qualquer modo, meu acerto de contas pessoal com os alemães foi interrompido por pelo menos quatro semanas, e um ônibus levou-me embora, tirando-me qualquer possibilidade de uma morte obscura nas crateras de mina.

Barton viu-me junto ao cruzamento no meio da vila. Era um dia bonito e ele recuperara seu bom-humor. "Seu canguru sortudo – saltando fora de férias!", exclamou ele, quando eu subia no velho ônibus. Meu criado Flook trouxe para cima minha mala abarrotada, enxugou o rosto vermelho na manga da camisa e veio ter comigo no andar superior. "Flook, cuide da boa aparência e da pontualidade do senhor Sherston!", disse Barton. Flook abriu um sorriso; e lá fomos nós. Olhando para trás, vi o rosto amável de Barton, com o sol da manhã brilhando nos seus óculos.

Havia vários de nós a bordo (cada batalhão da nossa brigada mandara dois oficiais) e é provável que tenhamos feito uma parada na vila seguinte para pegar mais alguns. Mas a memória quer me trair e fazer crer que Flook e eu estávamos sozinhos naquele ônibus, com uma brisa fresca batendo no rosto e com nossas mentes fazendo "uma paz em separado" com a paisagem do final de abril. Com sóbria satisfação observei um trem saindo de uma estação, com seu rumor e retinir de rodas, enquanto aguardávamos na cancela. Crianças numa rua daquela vila chamaram minha atenção: vi uma delas cair, a mãe pegá-la, sacudir-lhe a poeira e dar-lhe um tapa, e depois fazer-lhe carinho. Aqui no exército, de algum modo perdemos contato com essas humanidades.

A guerra era abundantemente visível nos comboios de suprimentos, nas linhas de artilharia montada, nas barracas brancas e sujas de um acampamento da Cruz Vermelha, ou nos soldados indo placidamente para seus alojamentos. Mas todo mundo parecia estar de folga; a primavera chegara e as árvores frutíferas floresciam; brisas encrespavam os lagos e arroios guarnecidos de juncos ao longo do Somme, e aqui e ali viam-se pacatos pescadores, esquecidos de que eram soldados na ativa. Eu tive contato próximo com a guerra de trincheiras, e aqui havia uma demonstração de como ela contrastava com o acolhedor conforto da vida civil. A gente vai descobrindo as coisas pelo caminho, pensei; e me senti grato, de coração, pela grama verde e pela carroça de quatro cavalos de um moleiro, e pelo pináculo da Catedral de Amiens erguendo-se acima daquela reunião de telhados de uma cidade intacta.

* * *

A escola do Quarto Exército ficava em Flixecourt, uma cidadezinha simples, exatamente a meio caminho entre Amiens e Abbeville. Separando Flixecourt e a guerra (que, para a minha mente experiente, naquele local significava as trincheiras de Fricourt) havia quase cinquenta quilômetros. Mentalmente, a distância tornou-se incomensurável nos meus primeiros dias na escola. Revistas de tropas e palestras ocupavam o expediente inteiro, mas não conseguiam me convencer de que tinham alguma afinidade com nossos longos dias e noites no *front*. Por exemplo, apesar de estar bem familiarizado com as crateras de mina no setor de Fricourt, eu teria achado muito bem-vindas algumas dicas práticas sobre como patrulhar aquelas cavidades abandonadas por Deus. Mas os instrutores da escola do exército eram todos a favor da guerra aberta, que com certeza, diziam eles, não demoraria a chegar. Haviam aprendido tudo a respeito dela no tempo de paz; era essencial que fôssemos ensinados a "pensar em termos de mobilidade". Então ficávamos resolvendo esquemas táticos nos quais o inimigo havia supostamente ocupado alguma vila a vários quilômetros de distância, e com lápis e papel fazíamos arranjos de defesa inexpugnáveis, ou então escaramuças com balas de festim em exercícios de campo simulados.

Às vezes um renomado caçador de grandes animais dava-nos demonstrações sobre a arte de atirar de tocaia. Era um sujeito cordial e animado; mas eu não era bom atirando com fuzil, e na minha opinião ele teria sido mais útil se o tivessem destinado a reduzir a força numérica do inimigo. Era especialista em aberturas para apoiar armas e em miras telescópicas; mas as miras telescópicas eram um luxo raramente disponível num batalhão de infantaria nas trincheiras.

O comandante da escola era um tremendo trabalhador e todos gostavam dele. Seu lema era "sempre faça o seu melhor", mas ouso dizer que se lhe perguntassem sua opinião reservada, ele teria admitido que a escola era na realidade apenas um reduto de férias para oficiais e suboficiais que precisavam de um descanso. Foi isso que me pareceu, sem dúvida, quando acordei na primeira manhã e tomei consciência do meu quartinho limpo, com piso de lajotas e janelas com persianas. Era uma manhã excelente; ouvi vozes passando lá fora; pardais cantavam e estorninhos piavam; o sino na torre da igreja tocou e um relógio batia os quartos de hora. Flook entrou com meu cinto Sam Browne e um jarro de água quente. Ele comentou que havíamos vindo para o lugar certo dessa vez, e lamentou que não fôssemos ficar lá o tempo todo. Limpando o rosto depois de um barbear gratificante, fiquei olhando pela janela; do outro lado da rua, uma macieira florida inclinava-se sobre um velho muro de jardim, e pude ver o simpático telhado vermelho de um pombal. Era um luxo poder ficar sozinho, com bastante espaço para meus pertences portáteis. Havia uma pequena mesa na qual eu podia arrumar meus poucos livros. Um deles era *Far from the Madding Crowd*, de Hardy. Também havia os *Ensaios*, de Lamb, e *Mr. Sponge's Sporting Tour*. Livros sobre a Inglaterra, era tudo o que eu queria. Decidi fazer leituras sérias em profusão na escola do exército.

Perto ficava o refeitório, onde catorze de nós faziam as refeições. Um capitão de rosto alegre, da divisão do Ulster, assumira o cargo de presidente do refeitório e todo mundo era muito falante e amigo. Como eu tinha meia hora para gastar depois do café da manhã, fui dar uma volta pela montanha e fumar meu cachimbo sob uma cerca viva. Afrouxei o cinto e fiquei olhando para um castanheiro frondoso e ouvindo o desempenho perfeito de um rouxinol. Essas coisas pareciam milagres depois da desolação das trincheiras. Nunca antes eu tivera uma consciência tão intensa do que significava ser jovem e saudável, num dia de tempo bom do início do verão. As notas despreocupadas do rouxinol fizeram a escola do exército parecer alguma afortunada colônia que estivesse, para manter as aparências, fingindo assistir à luta de longe. Dava a impressão de ser um lugar onde eu teria a oportunidade de chamar minha alma de minha, pensei enquanto descia a montanha para a primeira revista de tropas. Se pelo menos eles não implicassem tanto com a gente, acrescentei... Não era diferente do primeiro dia de aula numa escola, e meu professor (ficávamos divididos em classes de vinte e oito alunos) era um major bem jovem, da Infantaria Leve de Oxford e Bucks. Um homem de temperamento equilibrado, fácil de obedecer e de gostar, especialmente por uma certa timidez de maneiras. Não me lembro de nenhum de nós ter lhe causado algum desconforto, embora mais de uma vez ele tivesse me pedido para eu tentar ser menos avoado. Mais tarde naquele ano ele comandaria um batalhão, e não duvido de que o tenha feito de forma excelente.

* * *

Toda tarde, às cinco e meia, a escola reunia-se para ouvir uma palestra. Observar uma plateia de cerca de trezentos oficiais e suboficiais permitiu-me aprimorar meu conhecimento das insígnias regimentais, que de algum modo pareciam afetar a personalidade de quem as usava. Um leão, um cordeiro, um dragão ou um antílope, uma coroa, uma harpa, um tigre ou uma esfinge, esses emblemas diferenciavam os homens em mais de um aspecto. Mas provavelmente o aspecto mais poderoso eram os nomes regimentais, e minhas especulações, enquanto aguardava o palestrante, conduziam-me pelos agradáveis caminhos das associações vinculadas aos condados ingleses – as diferenças entre Durham e Devon, por exemplo. Também alimentava meus pensamentos com o fato de estar sentado entre um patrulheiro de Connaught e um montanhês de Seaforth, embora ambos pudessem igualmente ter nascido no Middlesex. Curiosa, também, era toda a cena na sala de aula, com aquela esplêndida amostra do Quarto Exército, que iniciaria a batalha do Somme[1] dali a uns dois meses. Era uma daquelas tranquilas imagens da guerra que desaparecem para sempre e raramente são resgatadas, mesmo em retrospectos da imaginação.

Meus devaneios foram interrompidos quando o palestrante limpou a garganta; a dimensão humana da plateia foi então obliterada, e sua visão da vida ficou restrita a destruição e defesa. Um especialista em gases do quartel-general iria informar-nos que "o gás estava ainda em sua infância" (a maior parte de nós já estaria morta ou incapacitada antes que o gás tivesse tido tempo de ficar adulto). Um refinado general de artilharia garantiu-nos que o explosivo de alta potência seria nosso melhor amigo nas futuras batalhas, e sua voz insinuante nos fez esquecer, de momento, que os explosivos com frequência vinham da direção contrária. Mas a vedete na sala de aula era um major das Terras Altas da Escócia, enorme, de cabelo loiro-avermelhado, cujo tema era "O Espírito da Baioneta". Embora àquela altura ele não tivesse ainda condecorações, foi depois premiado com uma D.S.O.[2], por suas palestras. O seu texto-base eram alguns pontos principais do *Manual de Treinamento com Baioneta*.

Atacar com a baioneta de modo eficiente requer boa condução, força e rapidez, durante um estado de grande excitação e provável exaustão física. A baioneta é essencialmente uma arma ofensiva. Num assalto a baioneta, solda-

1 Batalha ocorrida entre julho e novembro de 1916, às margens do Rio Somme, na França, envolvendo os exércitos britânico e francês contra o alemão. Foi uma das maiores batalhas da Primeira Guerra e muito custosa em termos de vidas humanas – mais de um milhão de soldados foram mortos ou feridos, sendo sessenta mil soldados britânicos apenas no primeiro dia de batalha. A estratégia do exército britânico para a Ofensiva do Somme foi bastante questionada, e muitos críticos a viram como uma matança que gerou poucos benefícios às Forças Aliadas. (N. da E.)

2 D.S.O. (*Distinguished Service Order*) é uma condecoração militar do Reino Unido, concedida a oficiais das forças armadas por méritos ou distinção na prestação de serviços – geralmente por sua atuação em combate – em tempos de guerra. (N. do T.)

dos de todos os níveis hierárquicos avançam para matar ou ser mortos, e só aqueles que desenvolveram habilidade e força por meio de um treino constante serão capazes de matar. O espírito da baioneta deve ser incutido em soldados de todas as hierarquias, para que ataquem com determinação agressiva e confiança na sua superioridade, confiança que nasce da prática contínua, sem a qual um ataque a baioneta não será eficaz.

Ele falava com uma eloquência homicida, mantendo a atenção de todos com piadas inteligentes e oportunas. Contava com a assistência de um sargento – uma máquina alta e vigorosa, treinado para mostrar-se tão intensamente assustador que, de uma hora para outra, parecia despojado de qualquer indício de humanidade. Com um fuzil e baioneta, ele ilustrava os ferozes aforismos do major, incluindo nisso várias expressões faciais. Quando instruído a "fazer cara de assassino", combinava a expressão com uma atitude ultra-agressiva. "Instilar medo no oponente" era uma das principais máximas do major. Dava a impressão de que o homem fora criado para arrancar a vida dos alemães a estocadas. Quem ouvisse o major falar poderia muito bem imaginar que ele fazia isso todo dia antes do café da manhã. Suas palavras finais eram: "Lembrem-se de que cada boche[3] que vocês matam é um ponto a mais para o nosso time; a cada boche que vocês matam, a vitória fica um minuto mais próxima e a guerra, um minuto mais curta. Matar! Matar! Boche bom é boche morto!"

Depois disso subi a montanha até meu santuário favorito, um bosque de aveleiras e faias. Ao cair da noite, o ar tinha aroma de terra e folhas úmidas; as árvores eram de um verde indistinto; o sino da igreja soava na cidade, e subia fumaça dos telhados. Havia paz ali no crepúsculo daquela

3 Termo usado, especialmente pelos franceses e na Primeira Guerra, para designar alemães. Diz-se que seria derivado do francês *caboche* (repolho). (N. da E.)

profética primavera estrangeira. Mas a voz do palestrante ainda repercutia no meu cérebro. "A bala e a baioneta são como irmão e irmã." "Se você não o matar, ele o matará." "Espete o sujeito entre os olhos, na garganta, no peito." "Não desperdice aço bom. Quinze centímetros são suficientes. Qual o sentido de ter trinta centímetros de aço saltando para fora da nuca de um homem? Oito centímetros já está bom para ele; quando ele engasgar, vire-se e procure outro."

* * *

Quaisquer que pudessem ter sido meus sentimentos íntimos após a palestra do major, a manhã seguinte viu-me praticando a luta com baioneta. O dia de trabalho resumiu-se a isso; estocadas curtas, estocadas longas, esquivas, pontadas, além da sempre lembrada importância de "uma retirada rápida" da baioneta. Dar cambalhotas por cima dos obstáculos de um percurso de assalto e espetar sacos de palha foi um exercício saudável; o admirável sargento-instrutor era educado e tratável, e como eu não queria que ele me achasse um oficial inútil, esforcei-me ao máximo para ficar exímio. Obviamente, teria sido fútil e bem pouco adequado ficar fazendo reflexões morais sobre a luta com baioneta numa escola do exército.

Há um sentido de resgate de felicidade no vislumbre que eu tenho de mim mesmo saindo da porta da minha cabana com um fuzil dependurado no ombro. Não havia nada de errado com a vida naquelas lindas manhãs, em que o ar tinha um aroma tão fresco e meu corpo era jovem e vigoroso, e eu descia apressado a trilha clara, seguia pela rua vazia e subia a montanha até nosso campo de treinamento. Eu era como um garoto indo para a escola ginasial, só que não havia nenhum sinal tocando, e em vez de Tucídides ou Virgílio eu carregava uma arma. Se esquecesse por um momento que estava no *front* para ser alvejado, eu poderia quase me dar os parabéns por estar passando férias na França sem pagar nada por isso.

Também me lembro de uma tarde em que fui tomar um banho quente na fábrica de juta. A água era despejada num tonel de tingimento. Essa lembrança de ter tomado um banho pode não interessar a ninguém, mas foi um bom banho, e é a minha própria história que estou tentando contar, e é como tal que ela deve ser recebida; aqueles que têm a expectativa de uma universalização da Grande Guerra devem procurar isso em outra parte. Aqui encontrarão apenas uma tentativa de mostrar o efeito que ela teve num homem jovem, de mente um pouco solitária.

A essa altura eu estava confortavelmente ciente de que a Força Expedicionária Britânica na França era uma empresa próspera. Já ressaltei que os oficiais e suboficiais na escola eram a epítome de uma massa resoluta de material não danificado; igualmente impressionante era a abundância de equinos que observei uma tarde quando estávamos a caminho de uma "demonstração" na escola de bombardeio do exército. Centenas de cavalos de tração, leves e pesados, eram conduzidos por uma estrada para uma inspeção pelo comandante em chefe (uma presença corporal que a mente de infantaria não era capaz de imaginar com facilidade). Os cavalos, atados a seus veículos apropriados e brilhando em suas pelagens de verão, compunham uma imagem de maciez e força. Eram de vários tipos e tamanhos, mas em todos viam-se poder e solidez. Os cavalos da Inglaterra estavam ali, com cada fivela de seus arreios bem polida. Havia poucas mulas entre eles, pois as mulas quase sempre ficavam com a artilharia, e aquela era uma parada de alto nível do corpo de serviço do exército, obviamente o clímax de várias semanas de preparação. Desejei ter passado a tarde inspecionando-os; mas eu era apenas um segundo-tenente, e o ônibus levou-me adiante para estudar explosões e nuvens de fumaça, e para ouvir uma palestra sobre o emprego tático das granadas Mills.

* * *

As notícias sobre o batalhão vinham do intendente, a quem eu enviara um relato da minha "confortável" existência. Dottrell escreveu que as coisas tinham andado tranquilas no *front*, mas aconselhou-me a aproveitar bem meu descanso terapêutico, acrescentando que, na percepção dele, quanto mais você se afasta do *front*, mais você se afasta da guerra. Seguindo minhas instruções, ele vinha fazendo bons progressos com minha caixa de arenques defumados (que tia Evelyn me mandava duas vezes por mês); o mesmo pode ser dito do creme de Devonshire, embora parte dele não tivesse suportado bem a viagem. Sua carta pôs-me de novo no estado mental adequado para voltar aos plantões nas trincheiras, embora eu devesse lamentar ter que dizer adeus ao jovem Allgood, com quem eu passava a maior parte do meu tempo livre.

Allgood era tranquilo, pensativo, e adorava observar pássaros. Havíamos frequentado a mesma escola particular, embora tivéssemos uma diferença de idade de quase dez anos. Ele me contou que pretendia ser historiador, e eu ouvia respeitosamente ele falar sobre os romanos na antiga Bretanha, seu assunto favorito. Era fácil imaginá-lo como um aluno de graduação de Cambridge, viajando pela Alemanha durante o recesso de férias e ganhando seu diploma com louvor. Mas seu diploma estava sendo adiado indefinidamente. Ele dizia que sempre tivera desejo de conhecer a Alemanha, e não parecia haver nada de incongruente nessa observação; de momento, esqueci que todo alemão que a gente matava era um ponto a mais para o nosso time. Allgood nunca se queixava da guerra, era uma alma gentil, disposto a cumprir sua parte no conflito, embora obviamente desequipado para o homicídio. Mas havia uma expressão de melancolia velada no seu rosto, como se ele estivesse sendo advertido interiormente de que nunca iria ver de novo sua casa em Wiltshire. Dois meses depois vi seu nome numa das longas listas de mortos, e me pareceu que eu já esperava por isso.

* * *

Nosso último dia na escola foi quente e sem nuvens. De manhã, generais ingleses e franceses circularam em seus carros; deviam ser aproximadamente uma centena; não era muito diferente de um exército uniformizado de tios num dia de entrega de prêmios de fim de ano. Não havia prêmios, é claro. Mas fizemos o melhor possível para mostrar o quanto éramos eficientes, correndo por percursos de assalto em equipes, enfiando baionetas em sacos de palha. Também competimos removendo estacas aparafusadas e arame farpado com rapidez e precisão. Nossos esforços terminaram com uma marcha diante do comandante do exército, e depois nos dispersamos para assistir à explosão de duas pequenas minas. Terra e calcário ergueram-se em direção ao céu azul, a terra tremeu e houve um barulho como se fosse de uma tempestade maluca, causado pela descida sibilante de torrões de terra e pedras e pelo chiado de partículas menores. Finalmente, uma fonte de fumaça encardida brotou e flutuou sobre os escombros, e os generais retiraram-se para almoçar no chalé branco; e ali, imaginamos nós, afrouxaram seus cintos uma ou duas casas e permitiram-se relaxar um pouco de seu esforço intelectual. Allgood dizia que os generais franceses pareciam mais inteligentes que os ingleses; mas eu lhe disse que os ingleses deviam ser mais inteligentes do que pareciam, e de qualquer modo, todos tinham um monte de divisas em suas insígnias.

PARTE DOIS

O ataque

I

Voltei da escola do exército no final de uma tarde quente de sábado. O ônibus saiu da esburacada estrada principal que vinha de Corbie e começou a descer lentamente um caminho íngreme e sinuoso. Olhei, e lá estava Morlancourt no vale. Pesando prós e contras, achei que era uma sorte estar voltando para um lugar onde eu sabia como me virar. Não adiantava ficar lamentando a perda do meu quartinho em Flixecourt, onde eu podia sentar sozinho toda noite, lendo um bom livro e em paz com a minha alma... Aqueles montes distantes e vales nebulosos iluminados pela luz do sol e por raios ofuscantes produziam uma cerração flamejante no primeiro plano. Era uma região magnífica, pensei. Eu me afeiçoara bastante a ela, e aquele fim de mundo do seu horizonte causava uma impressão obscura na minha mente, que atraía meus olhos para lá quase avidamente, pois eu ainda era capaz de pensar na guerra de trincheiras como uma aventura. O horizonte parecia tranquilo naquela hora, como se os dragões que lá viviam estivessem cochilando.

O batalhão estava fora do *front*, e me senti quase alegre por estar de volta enquanto andava até o velho refeitório da companhia, com Flook carregando minha mala nas costas. Flook e eu éramos muito bons amigos, e sua atenção para com o meu conforto pessoal era tal que eu achava mais fácil imaginá-lo usando seu fuzil para defender minha mala do que contra os alemães.

Não havia ninguém quando entrei no nosso alojamento, mas o lugar havia melhorado desde a última vez que estivera lá; o castanheiro-da-índia em frente à casa estava florido e havia algumas peônias e rosas no malcuidado jardinzinho do fundo.

Já escurecia quando voltei de um passeio pelos campos; as velas estavam acesas, havia um cheiro de comida e os empregados da cozinha faziam barulho com os pratos de estanho em meio ao chiado de fritura. Durley, Birdie Mansfield e o jovem Ormand estavam sentados à mesa, junto com um novo oficial que humildemente lia o jornal, improvisado como toalha de mesa. Pareciam todos meio entediados, mas minha chegada exaltou um pouco os ânimos, e fui apresentado ao novato cujo nome era Fewnings (ele usava óculos e na vida privada havia sido professor secundário). Não se falou muita coisa até o final do bife com cebola; a essa altura Mansfield já havia feito baixar o nível da garrafa de uísque uns cinco centímetros, enquanto o resto de nós tomava suco de laranja-lima. Apareceram uns pêssegos em lata, e eu perguntei onde estava o Barton – com uma sensação de desassossego, de que alguma coisa pudesse ter acontecido com ele. Ormand respondeu que o velho estava jantando no QG do batalhão. "E aposto que está contando vantagens para o Kinjack a respeito do ataque", acrescentou Mansfield, entornando um pouco mais de uísque na sua caneca. "O ataque!", exclamei, de repente agitado, "Ainda não ouvi uma palavra a respeito." "Bem, você é o único ser humano nesta brigada que ainda não ouviu falar dele." (As observações de Mansfield eram enfatizadas pelos costumeiros epítetos.) "Mas como foi? Deu tudo certo?" "Santo Deus! Se deu tudo certo? O Canguru quer saber se deu tudo certo!" Ele inflou suas bochechas rechonchudas e olhou para os outros. "O danado desse ataque tem sido o assunto mais comentado das duas últimas semanas, e já fizemos de tudo exceto mandar recado pros fritzes avisando a que horas a gente vai voltar; e agora parece que ficou marcado para a próxima quinta, e o Barton tem esperança de ganhar uma D.S.O. pela sua capacidade executiva. Espero que ele se vire sozinho para ir buscar sua distinção – seja lá do que for!" Disso eu deduzi que o pobre Birdie devia ter ficado encarregado de comandar o grupo de ataque, e logo fiquei sabendo tudo o que havia para saber. Ormand, que obviamente já tinha ouvido mais do que o suficiente nos últimos dias, tirou o corpo fora, anunciando em alto e bom som que ele era: "*Gilbert, the Filbert, the Knut with a K, the pride of Piccadilly, the blasé roué*".[4]

* * *

Barton ainda estava na sede da companhia quando atravessei a rua até meu alojamento. Flook havia aberto meu "pulgueiro" no chão ladrilhado, e eu me enfiei logo dentro dele e apaguei a vela. Durley, do outro lado do quarto, dormiu depois de alguns minutos, pois na noite anterior ficara até tarde num grupo de trabalho. Eu agora tinha muita informação sobre o ataque, e não conseguia pensar em outra coisa. Meu mês em Flixécourt estava quase apagado da minha mente. Enquanto estivera fora, havia quase esquecido tudo sobre o ataque; mas agora parecia que eu sempre o encarara como minha propriedade privada, pois quando ele começou a ser uma probabilidade em abril, Barton disse que eu deveria obviamente me encarregar dele. Minha sensação

4 Refrão da música *Gilbert, the Filbert*, de Arthur Wimperis e Herman Finck (1914), sucesso do teatro de variedades da década de 1910, que fazia parte da peça teatral burlesca *Ruy Blas and the Blasé Roué*, escrita por A. C. Torr e Herbert F. Clark. Tratava-se de uma paródia do drama de Victor Hugo, *Ruy Blas*. (N. do T.)

era praticamente a mesma de alguém que é dono de um cavalo e escuta outra pessoa dizer que vai cavalgá-lo numa corrida em seu lugar.

Seis anos antes eu tivera a ambição de vencer corridas porque isso me parecia uma boa maneira de demonstrar que era igual aos meus contemporâneos. E agora eu queria que a Guerra Mundial servisse a um propósito similar, porque só se eu conseguisse uma Cruz Militar é que me sentiria seguro e confiante (nessa época o Doutor era o único homem no batalhão que tinha uma cruz dessas). A guerra de trincheiras era basicamente um trabalho enfadonho, e eu preferia a ideia estimulante de atravessar as crateras de mina e entrar no *front* alemão. À minha maneira ingênua, havia me identificado com aquela faixa de terra de ninguém[5] em frente ao Bois Français; e as crateras de mina sempre haviam me fascinado, apesar de temer com frequência que elas pudessem significar minha morte.

Mansfield comentara, melancólico, que poderia muito bem ir para a farra se passasse pela noite de quinta com seus poderes procriadores intactos. Ao imaginar por que ele havia sido escolhido para a tarefa, vi-me desejando estar em seu lugar. Sabia que ele tinha em maior grau do que eu aquelas habilidades de senso comum, mas era de compleição atarracada e nunca fora um especialista em rastejar por túneis no escuro. Ele e Ormand e o cabo O'Brien haviam feito duas patrulhas na semana anterior, mas a claridade da lua impediu-os de inspecionar devidamente o arame farpado alemão. A linguagem de Birdie ao falar da claridade da lua e dos franco-atiradores era uma obra-prima, mas ele não tinha a menor ideia se seríamos capazes de atravessar o arame farpado alemão. Mesmo assim, senti que se eu ti-

5 Na Primeira Guerra Mundial "*no man's land*" era o espaço entre trincheiras inimigas, fortemente defendido por artilharia, morteiros, franco-atiradores e minas. Era uma área de grande risco, devastada, cortada por arame farpado e cheia de corpos de soldados que não haviam conseguido alcançar as trincheiras. (N. da E.)

vesse estado lá a patrulha teria sido proveitosa, com lua ou sem ela. Eu não me importaria de ir até lá agora e patrulhar o lugar, pensei, pois estava bem acordado e cheio de energia depois da minha vida boa na escola do exército... *Patrulhar o lugar agora?* O *front* estava tranquilo aquela noite. De vez em quando, algum clique de uma metralhadora. Mas a insana vida noturna seguia adiante sem parar, e aquela sua estranheza insone fez minha mente silenciar por um momento quando visualizei um grupo em pé, parado no arame farpado, e vi um clarão tremular e sumir, prateando os sacos de areia desbotados da proteção.

Aquecido e seguro, ouvi o suave cochicho dos álamos do lado de fora da janela, e o medo da morte e o horror da mutilação tomaram meu coração. Durley murmurava algo no seu sono, algo rápido e incoerente, e depois dizia a alguém para avançar; a guerra não permite às pessoas terem sonhos muito agradáveis. Era difícil imaginar o velho Julian matando um alemão, mesmo com uma bala anônima. Não quero matar nenhum alemão eu mesmo, mas a gente tem que matar pessoas em autodefesa. Atirar com um revólver não era tão ruim, e quanto a bombas, você simplesmente joga e espera que tudo dê certo. De qualquer modo, eu queria pedir ao Kinjack para me deixar participar do ataque. E supondo que ele *ordenasse* que eu fosse? Como eu deveria me sentir nesse caso? Não adiantava ficar pensando mais sobre isso agora. Com algumas ponderações desse tipo, suspirei e caí no sono.

II

Na manhã seguinte, fui até a outra ponta da vila para ter uma conversa com meu amigo, o intendente. Encostados num pedaço de muro quebrado do lado de fora do alojamento, trocamos algumas impressões sobre os aspectos mais gerais da guerra e as possibilidades de paz. Joe estava pessimista como sempre, fazendo suas costumeiras críticas aos aproveitadores, aos políticos e àqueles cujos deveres militares os obrigavam a ficar na base e em outras áreas de retaguarda. Ele disse que o estafe permanente do quartel--general do Quarto Exército tinha agora mais de quatro mil pessoas. Com uma metáfora obscena, especulou sobre o que eles deviam ficar fazendo o dia inteiro. Eu disse que alguns estavam ocupados na escola do exército. Joe supôs que seria muito pouco provável que eles abrissem um descanso terapêutico para intendentes.

Quando lhe perguntei sua opinião sobre o ataque, pareceu sério, pois gostava do Mansfield e sabia do seu valor como oficial. "De tudo o que eu ouço, Canguru", disse ele, "não é lá um lugar muito bom pra esse tipo de demonstração, mas você conhece o terreno melhor que eu. Minha opinião é que os boches teriam atacado primeiro se achassem que valia a pena. Mas os chefes da brigada têm a ideia de fazer um ataque feroz e forte e, seja como for, eles mesmos não têm nada a perder com isso, a não ser alguns dos nossos homens". Perguntei se aqueles ataques não eram uma noção mais ou menos recente, e ele me contou que nosso batalhão havia feito vários ataques pequenos lá em Flandres, durante o primeiro inverno; Winchell, nosso falecido coronel, havia estado à frente de um deles quando ainda era um dos comandantes de companhia. A ideia havia sido revivida no início daquele ano, quando alguns canadenses durões conseguiram se sair muito bem, e desde então tais divertimentos haviam se tornado populares entre o estafe. Nosso Segundo Batalhão havia feito um, há cerca de um mês, lá em Cuinchy; seu intendente mandara os detalhes a Joe; cinco oficiais e sessenta homens atravessaram, mas houve numerosas baixas e não conseguiram trazer de volta nenhum prisioneiro. Ele suspirou e acendeu um cigarro. "São sempre os caras legais que se apresentam como voluntários para essas aventuras. Um dos homens do transporte quis participar de um ataque; mas eu lhe disse para pensar na sua infeliz esposa, e a gente está pressionando o cara para fazer um curso de transportes e aprender a fazer sapatas frias."

Cutucando o chão com minha bengala, olhei para as linhas de transporte abaixo de nós – algumas barracas em forma de sino, de cor branco-sujo, e as carretas de artilharia e os cavalos amarrados às estacas. Eu podia ver os rabos dos cavalos balançando e os homens inclinados para cuidar de suas patas. As abelhas zumbiam no pequeno jardim malcuidado; telhados vermelhos e cinza agrupavam-se em volta da torre quadrada da igreja; tudo tinha cara de domingo e um ar de satisfação com o bom tempo que fazia. Quando expressei minha ideia de pedir ao Kinjack para me deixar participar do ataque, Joe observou que já tinha pensado nisso, e me aconselhou a ficar quieto a respeito, pois ainda havia uma chance de que o ataque fosse cancelado. Kinjack não estava muito animado com a ideia e dissera isso claramente ao major de brigada; ele nunca tinha medo de expor o que achava aos altos escalões. Então prometi não dizer nada até a última hora, e o velho Joe terminou lembrando-me de que estaríamos todos envolvidos em ataques em um mês ou dois. Mas eu pensei, conforme andava de volta, o quanto seria estúpido se eu fosse derrubado por uma bala perdida, ou por uma granada de fuzil, ou por uma daquelas desajeitadas "caixas de metralha" que caíam ao anoitecer com um pequeno rastro de agulha atrás delas.

* * *

Fomos para o *front* de novo na terça-feira. Nos três primeiros dias, a companhia de Barton ficou na reserva nº 71 Norte, que era um agrupamento de abrigos subterrâneos escavados e cobertos de terra, uns mil metros atrás do *front*. Nunca ouvi alguém perguntar a origem do seu nome, que para a maioria de nós vinha significando apenas tédio com tremores de frio a intervalos regulares, desde janeiro. Algum especialista em mapas simplesmente batizara o lugar assim e, surpreendentemente, ele acabou não tendo um nome mais interessante, como "Elefante e Castelo" ou "Hampton Court"[6]. De qualquer modo, era um subúrbio seguro e movimentado do *front*, pois os abrigos escavados ficavam escondidos por um terreno inclinado, e muito bem protegidos sob um aterro íngreme. Os projéteis ou caíam antes ou passavam bem por cima; e como os dias dos ataques com aviões ainda não haviam chegado, podíamos circular de dia com certa liberdade. Um pouco adiante na estrada, o sargento-intendente controlava a entrega de rações, e toda noite Dottrell chegava com a carreta de comida. Ali, também, ficava o posto de primeiros socorros, onde Dick Tiltwood morrera havia uns dois meses; parecia que fazia mais tempo, pensei, quando passei por ali com meu pelotão e recebi um alegre cumprimento do nosso oficial médico, alguém capaz de fazer a gente sentir que a Harley Street[7] ficava logo ali do lado.

A estrada que passava pela 71 Norte antes levava até Fricourt; agora esgueirava-se junto à linha de frente britânica, desviava-se maliciosamente pela terra de ninguém e depois entregava-se aos alemães. Apesar disso, a estrada tinha para mim uma curiosa magia diurna, especialmente no verão. Apesar dos tufos de grama e do abandono, algo de sua humanidade permanecia. Eu ficava imaginando a vida rural cotidiana transcorrendo por ela no pré-guerra, antes que esse inferno metódico a céu aberto tornasse impossível a um fazendeiro francês ir sacolejando em sua charrete coberta até Fricourt.

Havia uma linha simples de trem do outro lado da estrada, mas a única ideia que ela inspirou em Barton foi que se a guerra durasse mais alguns anos poderíamos vir à trincheira todo dia de trem, como os homens que vão para o escritório. Já estava acertado que ele voltaria na semana seguin-

6 Bairros de Londres, afastados do centro. (N. da E.)

7 A Harley Street é uma rua de Westminster, em Londres, que desde o século XIX os dias atuais caracteriza-se por abrigar grande número de consultórios médicos e hospitais. (N. do T.)

te, e sua cabeça já estava um pouco na Inglaterra. O ataque não era mencionado agora, e havia pouco a fazer a respeito, exceto esperar pela noite de quinta. Mansfield ficara mais loquaz a respeito da sua vida antes da guerra, como se estivesse fazendo uma revisão geral de sua existência. Lembro-me dele falando dos tempos difíceis que passara no Canadá, e que costumava conseguir uma refeição por doze centavos. Nesse meio-tempo, fiz algumas anotações no meu diário.

"*Terça à noite, oito e meia. No cruzamento da Bécordel.* Num grupo de trabalho. Uma pequena árvore frondosa contra um céu amarelo-claro; telhados de ardósia brilhando à meia-luz. Um barulho de carroças chegando com rações de comida. Disparos ocasionais de nossas armas perto da vila. A torre da igreja, soturna; sobrou apenas sua parte frontal; mais da metade dela foi destruída, assim como a maior parte da igreja. Em primeiro plano, dois celeiros destroçados com a armação do telhado à mostra. Uma noite calma e fria depois de uma ducha. As estrelas aparecem. As provisões dos Royal Engineers são descarregadas em volta do cemitério de soldados franceses. Vozes de homens ao anoitecer. O estrépito pesado de metralhadoras à esquerda. Conversa com um oficial fuzileiro de Northumberland que não pronuncia os agás. Escuro demais para escrever..."

"*Quarta-feira, seis e quinze da tarde. A respeito de Crawley Ridge*. Ormand está aqui no reduto com alguns poucos homens. Eu fico no lugar dele, enquanto ele desce para pegar seu jantar. Um anoitecer muito quieto; o sol bastante encoberto. Olho na direção de Fricourt; morteiros da trincheira explodem no cemitério; fumaça branca densa afasta-se flutuando lentamente sobre grama verde-acinzentada, pontuada por ranúnculos amarelos e ervas daninhas. Fricourt; um amontoado de telhados avermelhados; um esqueleto de vila; torre da igreja, quase demolida, como se fosse um remendo claro contra o verde dos bosques de Fricourt (cheios de baterias alemãs). Ao norte, montanha acima, linhas brancas e montes de trincheiras cavadas na argila. Céu cheio de cantos de cotovias. Às vezes você consegue contar devagar até trinta sem ouvir um som de disparo; depois, o disparo abafado de um fuzil ou o estrondo de uma 5.9 ou de um dos nossos canhões de dezoito libras. Depois, uma rajada de fogo de metralhadora. A oeste, o céu amarelo, com um emaranhado de nuvens tênues cobrindo parcialmente o sol; as serras, com os contornos difusos das árvores. Um avião zumbindo lá em cima. Um cardo brotando da rocha calcária do parapeito; um besouro deslizando pelo ar. Montanha abaixo, a Estrada Bray-Fricourt, branca e difícil. Uma perdiz levanta voo, gritando. Grama exuberante e tufos de urtigas; uma grande lesma preta saindo para o seu passeio noturno (anda quase uma milha por mês)."

III

Às dez horas da noite de quinta-feira eu estava sozinho com Durley num abrigo subterrâneo com cheiro de saco de aniagem, na 71 Norte. Chovia sem parar. Tudo parecia fatídico e definitivo. Uma vela solitária ardia em cima da mesa em sua própria banha, e perto do seu brilho tênue dourado eu acabava de escrever uma carta de despedida à tia Evelyn[8]. Não cheguei a relê-la, e fico feliz por não poder fazer isso agora, pois foi escrita naquele estilo "guerreiro feliz", e meus próprios nobres sentimentos tinham precedência sobre os dela. Não me era humanamente possível imaginar o que tia Evelyn poderia estar fazendo enquanto eu escrevia; se fosse, isso teria inibido meu estilo. Mas é possível que estivesse mandando seu gato persa preto sair do úmido jardim de verão e entrar em casa; quando ele corria para dentro vindo da escuridão, ela o secava com cuidado com uma toalha, e enquanto fazia isso assobiava bem bai-

8 Soldados escreviam cartas de despedida antes de ações mais perigosas. Caso morressem em combate, a carta era enviada. (N. do T.)

xinho alguma melodia indefinida. A pobre tia Evelyn ainda estava confortavelmente convencida de que eu era oficial dos transportes, apesar de eu ter desistido desse cargo há quase três meses. Depois de passar a língua para fechar o fino envelope, passei-o a Durley, com uma premonição de que talvez tivesse que ser postada. Durley recebeu-o com a adequada gravidade.

Nesse meio-tempo, Mansfield estava fazendo um reconhecimento final do terreno com o sargento Miles e o cabo O'Brien, enquanto Barton (sem saber das minhas intenções) administrava um trago de uísque ao grupo de ataque no grande abrigo subterrâneo junto à estrada. Era hora de se mexer; então tirei minha túnica, enfiei minha velha capa de chuva por cima do meu colete de couro, enterrei meu capacete na cabeça e peguei meu bastão enfeitado de tachas. O bom e velho Durley desejou-me boa sorte e com gesto econômico soprou a vela. Conforme andávamos pela estrada ele comentou que era uma sorte a noite estar escura e chuvosa.

Ao entrar no outro abrigo subterrâneo eu estava um pouco assustado, pois esquecera que os combatentes tinham que estar com a cara pintada de preto (para evitar o risco de um confundir o outro com um alemão). Fazendo piadas uns com os outros, excitados, iam dando os toques finais em sua maquiagem com pedaços de rolha de cortiça queimada. Mostrando apenas o branco de seus olhos e fingindo que um não reconhecia o outro, aqueles vinte e cinco menestréis negros de rosto brilhante quase poderiam estar se aprontando para um concerto. Todo mundo parecia ter a expectativa de que o espetáculo seria um retumbante sucesso. Mas não havia espelhos nem banjos, e eles brandiam bastões, enfiavam granadas Mills nos bolsos e machadinhas nos cintos, e "Quem é que vai se ferir hoje e voltar pra casa mais cedo?" era a piada da hora (se é que um comentário batido como esse pode ser chamado de piada).

Às dez e meia da noite houve um repentino silêncio, e Barton disse-me para levar o grupo até o QG do batalhão.

Surpreendo-me ao lembrar que parti sem ter dado um trago, mas nunca gostei do sabor do uísque, e naqueles dias os benefícios do álcool nos assuntos humanos era algo que ainda não havia me convencido. Os combatentes tinham recebido apenas uma pequena quantidade, mas fora suficiente para encorajá-los a chapinhar pela trincheira de comunicação. Nenhum de nós era capaz de saber o quanto éramos insignificantes na chamada "Grande Aventura" que estava lançando suas alarmantes labaredas pelo *front* ocidental. Sem dúvida, víamo-nos como algo muito especial. Mas o que a gente pensava nunca importou; e tampouco importa o tipo de tolo arrogante que fui quando cometi o grave erro de entrar no quartel-general de Kinjack no Reduto de Maple para relatar a presença dos combatentes e perguntar se eu podia atravessar a fronteira com eles. "Certamente não", disse o coronel, "sua tarefa é ficar na sua trincheira e contar os homens conforme eles forem voltando". Ele falou com ênfase, e não era o tipo de homem que esperava ter que dizer uma coisa duas vezes. Ficamos olhando fixamente um para o outro por um momento; alguma esquisitice do meu cérebro me fez lembrar que em tempos de paz ele tinha sido um apaixonado por cultivo de rosas – na verdade, chegara a ganhar prêmios por suas rosas; era um homem casado, que morava numa casinha perto do quartel.

Meu pensamento foi ceifado logo ao brotar quando sua voz peremptória disse ao major Robson, o segundo no comando, para sair com o grupo. Estávamos a uns quatrocentos metros do *front*, e Robson agora nos levava pelo descampado até um ponto na trincheira de apoio, de onde uma lanterna elétrica piscava para nos guiar. E daí para uma trincheira no ponto de partida, com os pés dos homens pisando forte e fazendo ressoar as tábuas em cima do barro. Esse barulho, e mais os retinidos, batidas e rangidos de armas e equipamento sugeriam à minha tensa expectativa que o inimigo seria bem avisado da nossa chegada. Mansfield e seus dois confederados agora assomavam agachados acima de nós no parapeito; tinham estado estendendo uma linha-guia de cal pelas crateras. Foi aberta uma brecha no nosso arame farpado, e acreditava-se que algum tipo de dano havia sido causado no arame alemão, "castigado" por morteiros de trincheira durante o dia.

Os combatentes foram divididos em quatro grupos de cinco homens; as ordens de operação haviam previsto de modo otimista que as trincheiras hostis seriam invadidas sem dificuldade; o grupo "A" iria para a esquerda, o "B" para a direita, e assim por diante, sempre avançando. O objetivo do ataque era entrar pela passagem do inimigo na beirada da cratera; invadir a trincheira Kiel em dois pontos; examinar as porções da trincheira assim isolada, capturar prisioneiros, bombardear os buracos escavados e matar alemães. Um "grupo de evacuação" (sete homens carregando duas escadas de três metros e uma lanterna vermelha de *flash*) seguia os demais. Dava-se importância às escadas, pois acreditava-se que a trincheira do *front* alemão era profunda e portanto seria difícil escapar dela na pressa. Havia duas crateras de mina a poucos metros do nosso parapeito; essas crateras tinham cerca de quinze metros de diâmetro e mais ou menos quatro metros e meio de profundidade; suas laterais eram íngremes e compostas de terra fina e macia; havia água no fundo delas. Nossos homens iam de uma cratera a outra por uma ponte estreita de terra entre elas; a distância até o arame farpado alemão era de quase sessenta metros.

Agora era meia-noite. Os cinco grupos haviam desaparecido na escuridão andando de quatro. Caía uma chuva leve e persistente. Sentei no parapeito esperando alguma coisa acontecer. A não ser pelos dois homens num posto de sentinela próximo (eles agora eram apenas espectadores), parecia não haver ninguém por ali. "Eles nunca vão conseguir fazer esse ------ ficar dentro da trincheira", murmurou a sentinela para o seu parceiro, e mesmo naquele momento tenso eu apreciei o elogio. O major Robson e os padioleiros haviam sido chamados por uma mensagem. Deve estar havendo algum problema, pensei, imaginando o que poderia ser, pois não tinha ouvido nenhum som. A toda hora consultava meu relógio luminoso. Cinco, dez, quinze minutos passaram-se num silêncio agourento. Clarões ocasionais, nunca perto de nossas crateras, revelavam a chuva caindo, branqueavam o emaranhado de arame farpado enrolado no meio da escuridão, e davam em nada, fazendo cair de novo a noite. Incapaz de ficar inativo por mais tempo, rastejei um pouco para fora. Ao fazer isso, alguns projéteis começaram a passar assobiando do seu jeito preguiçoso. Nossa trincheira de comunicação estava sendo bombardeada. Segui o grupo de evacuação; eles estavam deitados na borda da cratera da esquerda. Um clarão subiu chiando, e pude ver o resto dos homens deitados atravessados na borda, e consegui trocar uma careta com um dos carregadores de escada de rosto preto. Então alguns "disparos sibilantes" de canhão passaram por cima da nossa trincheira, frontal; um ou dois desses disparos caíram nas crateras; isso tornou o obstinado silêncio da trincheira Kiel ainda mais ameaçador. Logo em seguida um dos homens de baioneta veio rastejando rapidamente de volta. Segui-o até nossa trincheira onde ele cochichou sua mensagem. "Eles não conseguem atravessar o segundo cinturão de arame; o O'Brien disse que é um desmoronamento; eles vão jogar uma bomba e bater em retirada."

Suponho que eu deveria ter tentado pôr os carregadores de escada para dentro antes que a confusão começasse; mas não tive essa ideia enquanto aguardava, com o coração disparado; e quase imediatamente as explosões começaram. Uma bomba explodiu na água da cratera da esquerda, levantando uma espuma fosforescente. Em seguida, uma concentração de *flashes*, estouros abafados e estampidos desencadeou um tumulto de correrias, gemidos e xingamentos, e uma confusa debandada em pânico. Surgiam lá de baixo silhuetas aos tropeções, arrastando-se desajeitadamente sobre o parapeito; rostos pretos, dos quais via-se apenas o branco dos olhos, pareciam grotescos sob o brilho antagônico de sinalizadores. Fugindo para lá e para cá, contei catorze homens; todos eles cambalearam para dentro da trincheira. Saí, encontrei Mansfield gravemente ferido, e deixei-o com outros dois, que em seguida puxaram-no para dentro. Outros homens feridos arrastavam-se de volta. Entre eles estava um soldado de cabelo cinzento, que tivera um dos pés praticamente arrancado; eu meio que o carreguei para dentro, e quando ele sentou no degrau de tiro disse: "Obrigado por isso, Senhor Todo-Poderoso; esperei dezoito meses que acontecesse, e agora posso voltar para casa". Eu lhe disse que o poríamos numa padiola em seguida, e então murmurou: "Mick O'Brien está em algum lugar nas crateras".

Tudo isso tinha sido uma operação rápida e muito distante do que eu havia esperado. Agora as coisas começavam a desacelerar. A excitação terminara, e O'Brien estava em algum lugar lá nas crateras. As bombas e disparos de fuzis haviam abrandado quando comecei a procurar por ele. Fui até lá mecanicamente, como se estivesse me afogando na escuridão. Isso não tem a menor graça, era o meu único pensamento enquanto ia tateando pela encosta lisa e difícil da cratera da esquerda; não tinha a menor graça, pois eles ainda lançavam uma ou outra bomba e davam tiros de fuzil. Eu podia ouvir o clique de recarga dos fuzis na beirada da cratera acima de mim conforme rastejava com os dedos cheios de lama, ou me agachava e prendia a respiração a duras penas. Balas atingiam a água e pequenas duchas de terra caíam tamborilando dos aterros. Constatei que nada nas minhas experiências anteriores de patrulha tinha sido tão sério quanto isso, e fiquei deitado bem quieto por um tempo, miseravelmente imaginando se era o meu fim ou não; então lembrei que estava usando minha capa de chuva do pré-guerra; eu podia apalpar a bolsa com o cachimbo e o tabaco no meu bolso e de algum modo isso me fez sentir menos desamparado, embora a vida parecesse muito mais distante do que o murmúrio baixo de vozes na nossa trincheira. Um clarão teria ajudado minhas buscas, mas eles haviam parado de produzi-los; tateando na terra mole e arrastando minhas pernas atrás de mim, consegui dar a volta na cratera. O'Brien não estava lá, então fui até a outra cratera, que era ainda mais escarpada e lamacenta. Lá embaixo o encontrei. Havia outro homem agachado ao lado dele, ferido no braço e pacientemente aguardando auxílio. O'Brien gemeu quando encostei a mão nele; parecia ter sido atingido em vários lugares. Seu companheiro cochichou com voz rouca: "Arrume uma corda". Conforme escalei pesadamente o aterro percebi que havia parado de chover. Robson estava espiando fora da trincheira; mandou alguém buscar uma corda, dizendo que fosse rápido porque já havia um tênue início da claridade do dia. Com a corda e um homem para ajudar, voltei até o O'Brien e conseguimos içá-lo pela lateral da cratera.

Foi um trabalho pesado, pois ele era alto e de compleição forte, e a terra mole cedia debaixo dos nossos pés conforme a gente puxava e erguia o corpo de membros esmagados. Os alemães devem ter nos visto à meia-luz, mas haviam parado de atirar; quem sabe tenham sentido pena de nós.

Finalmente, deitamos o seu corpo sobre o parapeito. Um padioleiro inclinou-se por cima dele e então voltou a endireitar-se, tirando seu capacete com um gesto que vagamente me surpreendeu por sua reverente simplicidade. O'Brien havia sido um dos melhores homens da companhia. Olhei para ele e depois desviei o olhar; seu rosto estava grotesco, terrível, sujo da cortiça queimada da noite anterior, a testa coberta com um tufo de cabelo escuro emaranhado.

Agora eu já podia dar conta de todos. Dois mortos e dez feridos havia sido o único resultado do ataque. No outro setor da companhia, os alemães haviam tomado de assalto uma das nossas galerias de minas, e cerca de trinta da companhia que trabalhavam nos túneis haviam sido intoxicados por gás ou soterrados. Robson havia sido chamado ali com os padioleiros assim que o ataque começara.

Agora não restava mais nada para eu fazer, exceto ir ver Kinjack no meu caminho de volta. Ao entrar no seu abrigo subterrâneo, olhei para ele com menos retraimento do que jamais fizera antes. Ele estava sentado em sua cama turca, com um gorro de lã marrom arrematado por uma borla no alto. Seu rosto claro mostrava-se fatigado; as últimas horas tampouco tinham tido a menor graça para ele. Esse era um Kinjack que eu nunca havia visto antes, e era a primeira vez que eu compartilhava com ele alguma igualdade humana. Ele falou comigo com amabilidade no seu jeito rude, e ao fazer isso me fez sentir muito reconhecido por eu ter feito tudo o que podia para remediar a confusão na terra de ninguém.

Cotovias guinchavam no céu garoento conforme eu ia para a 71 Norte. Senti-me exultante. Atrás de mim estavam o horror e as trevas. Kinjack havia me agradecido. Era esplêndido estar ainda vivo, pensei, descendo a passos largos a montanha, driblando os buracos de explosões e saltando por cima de trincheiras de comunicação, pois não estava com humor para me dar ao trabalho de percorrer as valas inundadas. A paisagem erguia-se à minha volta, e a paisagem era vida, estendendo-se cada vez mais longe para a liberdade. Mesmo o pequeno e sombrio labirinto da 71 Norte parecia me dar as boas-vindas, e Flook estava a postos com um pouco de chá quente. Logo me vi tagarelando excitado com Durley e o velho Barton, que me contou que, segundo o Doutor, o caso do Mansfield era simples de resolver, mas eu já estava contente diante da perspectiva de mandá-lo de volta para casa, e xingava os cortadores de arame incompetentes que haviam sido designados para o ataque. Fiquei orgulhoso de mim mesmo por ter feito algo relativamente heroico; mas no final das contas, tinha sido apenas o tipo de coisa que as pessoas costumam fazer durante um incêndio ou acidente de trem.

* * *

Não aconteceu nada de importante no *front* inglês naquela noite, por isso fomos recompensados com uma menção no comunicado do quartel-general: "*Em Mametz, atacamos fronteiras hostis. Nosso grupo entrou nelas sem dificuldade e travou uma corajosa luta de bombas, e finalmente se retirou após vinte e cinco minutos*". Era dessa maneira que eles contavam as coisas à Inglaterra. Tia Evelyn provavelmente teria lido isso automaticamente no seu *Morning Post*, sem saber que esse pequeno evento quase a fizera receber uma carta de despedida minha. Na noite seguinte, nossa companhia estava no *front* e eu recuperei três machadinhas e um bastão da terra de ninguém. Fato curioso é que eu ainda não havia visto nenhum alemão. Vira algumas figuras indistintas nas minhas patrulhas noturnas; mas nenhum rosto humano.

PARTE TRÊS

Antes do “esforço”

I

Uma noite, cerca de duas semanas mais tarde, eu estava lá no *front*, naquele abrigo subterrâneo tão familiar, junto com Barton, que havia acabado de voltar da licença e era incapaz de disfarçar sua depressão. Eu tampouco me sentia muito animado depois de ficar andando de lá para cá naquela pegajosa trincheira o dia inteiro. Um pouco de chuva fazia uma grande diferença para a vida daquele local, e o tempo havia sido úmido o suficiente para deixar as tábuas bambas quando se pisava nelas. Eu estava com os pés cheios de feridas e uma forte gengivite, que deixava a comida com um gosto horrível. E os morteiros de trincheira dos boches haviam nos castigado mais do que o usual naquela noite. Provavelmente eu vinha fumando demais ultimamente, pensei, batendo meu cachimbo contra uma das estacas de madeira que sustentavam aquela pequena toca apertada, e olhei irritado para as minhas botas cheias de lama, pois eu sempre tentava controlar o desleixo, e aquele desconforto de me sentir todo sujo e coçando era quase tão ruim quanto os bombardeios. Com certeza, aquele não era lá o melhor lugar para se sentir deprimido, então tentei ler o jornal que o major-sargento da companhia havia acabado de entregar ao descer para distribuir a ração de rum. O jarro de rum ficava debaixo da cama de Barton; depois de despejado em algum recipiente de lata, o rum era carregado com cuidado para o andar de cima para ser pingado nas canecas de chá dos homens.

"O elegante Kitchener[9] morreu afogado no Mar do Norte!" comentei, erguendo os olhos do *Daily Mail* que dava o maior destaque a esse evento histórico (parecia que fazia muito tempo desde que eu passara pelo muro de seu parque em Kent, quando estava na cavalaria da Guarda Nacional; iria fazer dois anos no próximo mês de setembro, se bem que não fazia muito sentido olhar tão adiante, com todos aqueles preparativos em andamento para o "Grande Esforço"). Barton estava rabiscando com sua caneta indelével – preenchendo todas aquelas bobagens que faziam os da brigada acharem que estavam ocupados. "Se você quer saber minha opinião", resmungou ele, "eu acho que tem a mão desses danados dos irlandeses no afogamento do Kitchener. Eu adoraria ver aquela insensata ilha deles afundada no mar." Barton tinha uma aversão irracional aos irlandeses, e sempre que podia colocava a culpa neles por alguma coisa. Sequer admitia que a Irlanda era um país agrícola, e desde a Rebelião da Páscoa em Dublin não era seguro mostrar-lhe uma garrafa de uísque irlandês. "Nunca encontrei um irlandês que tivesse mais juízo do que um rato!", exclamou. Nessa hora havia um rato de cabeça para baixo na bacia de açúcar, que era feita de metal e continha açúcar refinado. Ele olhou feio para o rato, como se o acusasse de alguma ancestralidade irlandesa. – Há três noites, eu estava com a minha mulher jantando no Café Royal. No andar de cima do Café Royal – a melhor comida de Londres, e que continua boa como sempre foi. Vou lhe dizer, Canguru, é um contraste danado demais voltar pra isso aqui! – Houve um "zump" abafado e as

9 Marechal de campo Horatio Herbert Kitchener (1850-1916), 1º Conde Kitchener, foi Secretário de Estado da Guerra britânico no começo da Primeira Guerra Mundial.

duas velas se apagaram. Alguma coisa pesada tinha explodido fora da nossa porta. Ao acender as velas, pensei que eu tampouco demoraria a passar para o andar de cima enfiado naquele limbo bolorento. Em cerca de uma hora eu deveria estar lá fora com o grupo do arame, colocando arame farpado em rolo nos buracos de bomba ao longo da beirada das crateras. Fiquei imaginando se eu iria alguma hora ganhar um ferimento que me levasse de volta para casa. Um dos nossos melhores oficiais havia sido atingido na noite anterior enquanto estava lá fora colocando arame farpado. Era o Bill Eaves, que fora pesquisador de línguas clássicas em Cambridge, onde ganhou medalhas por escrever epigramas em grego e latim. Agora recebera um belo ferimento a bala no ombro, com dano suficiente nos músculos para mantê-lo na Inglaterra por vários meses. E duas noites antes, Ormand e um garoto de Sandhurst chamado Harris haviam sido atingidos enquanto participavam de um grupo de trabalho. Ormand foi atingido por uma "confortável" lasca de metralha; mas Harris teve o joelho esmagado, e o doutor disse que ele provavelmente iria ficar fora da guerra de vez. Era ridículo pensar no jovem Harris atingido nas primeiras vinte e quatro horas da sua primeira estadia nas trincheiras.

De qualquer modo, estávamos destinados a um descanso da divisão, que nos levaria durante três semanas para a área de retaguarda, e aquela vida monótona de dificuldades do *front* seria removida das nossas mentes. E você nunca sabia – talvez a guerra terminasse naquelas três semanas. Os soldados começavam a precisar muito de um descanso, pois a maioria deles havia feito estadias nas trincheiras desde o fim de janeiro, e mesmo quando estávamos em Morlancourt havia um grupo de trabalho a cada dois dias, o que significava ficar fora das sete da manhã até depois da meia-noite. E Miles, o sargento do meu pelotão, não era mais o mesmo desde o ataque; mas já estava na França havia quase um ano, o que era mais tempo do que a maioria dos homens podia suportar naquela vida. O mais provável, pensei, é que o sargento Miles fique mais alguns meses e, se eu não estiver mais por aqui, que algum jovem oficial da Inglaterra o acuse de ser intratável. Cedo ou tarde eu mesmo iria ficar intratável. Era só uma questão de tempo. Mas se esse tipo de coisa pudesse ser medida pelo tempo normal, fiquei imaginando (enquanto estava deitado num beliche desejando que o Deus Barton parasse de assoprar e limpar seus óculos, que com certeza não precisavam de tanto polimento assim). Não; não era possível avaliar o efeito da guerra sobre as pessoas por semanas ou meses. Percebi que garotos abaixo de vinte anos aguentavam menos, especialmente quando o tempo era ruim. A lama e o tédio e o desconforto pareciam acabar de vez com o ânimo deles. Se um oficial perdia as estribeiras, Kinjack mandava-o para casa como inútil, junto com um relatório confidencial. Vários desses oficiais costumavam ficar vagando à toa pela estação de trem, e a maioria deles acabava em empregos seguros na Inglaterra. Mas entre os soldados rasos, se um homem se torna um inútil ele simplesmente continua onde está até ser morto ou ferido. Essa diferenciação mais fina entre os soldados de hierarquia mais baixa não era possível. Uma "pílula número nove" era tudo o que eles poderiam esperar receber se ficassem doentes. Barton às vezes me dizia que eu era muito complacente com os homens quando estávamos fora da linha de combate, mas com frequência me parecia que eu estava exigindo deles mais do que seria justo esperar. É curioso, pensei, o pouco que sabemos a respeito dos homens. Na linha de combate, você descobre quem são os inúteis, e estabelece uma espécie de camaradagem com os mais duros e bem-dispostos. Mas de volta ao alojamento essa distância aumenta e você não consegue fazer muita coisa para animá-los. Eu nunca entendi como eles conseguiam se manter tão contentes no meio daquela lida e desconforto, sem outra expectativa a não ser atacar ou ser transferido de novo para Flandres.

* * *

Na noite seguinte, pouco antes da prontidão, eu estava admirando um ardente pôr do sol e pensando que o céu era um dos aspectos redentores da guerra. Atrás da linha de apoio onde eu ficava, o terreno todo perfurado de projéteis inclinava-se sombriamente em direção ao crepúsculo; a parte mais distante era azul e solene, com algumas poucas árvores agrupadas numa serra, escuras contra as luminosas brasas de mais um dia de resistência. Eu olhava para oeste, para o lado oposto da guerra, e a estrela do entardecer brilhava serena. Armas ressoavam a quilômetros de distância. O barulho de rodas podia ser ouvido nas estradas além de Fricourt; ainda me causava estranheza lembrar que eram rodas de veículos dos alemães.

Momentos como esses são irreproduzíveis quando olho para trás e tento recuperar sua textura viva. A nossa mente elimina o tédio e o desconforto físico, e preserva uma impressão incompleta de uma experiência estranha, intensa e única. Se existisse algo como uma revisitação espectral dessa terra, e se fantasmas são capazes de viajar no tempo e escolher seu terreno, eu voltaria ao setor do Bois Français como era então. Mas como sempre suponho que as presenças espectrais perderam o sentido do olfato (e eu também não tenho muita certeza a respeito de seu equipamento auditivo), tais assombrações podem ser tão inadequadas como aquelas que agora absorvem minha energia mental. Pois a vida de trincheiras era uma existência saturada pelos sentidos externos; e embora nossas ações fossem controladas pela disciplina militar, nossos instintos animais sempre se sobrepunham. Enquanto estive lá na época, não tinha nenhum desejo de diagnosticar meu ambiente. Ter liberdade em relação à opressão dele era o que eu desejava. Ouvindo o rumor distante das rodas dos veículos alemães, lembrei de uma velha governanta alemã que eu conhecera, e de como ela costumava falar sobre "os velhos e queridos Moltke e Bismark" e de sua tranquila casa na Westfália, onde o pai dela havia sido pastor protestante. Eu ficava imaginando que tipo de lugar seria a Westfália, e pensava que deveria ter visto mais coisas do mundo antes que ele ficasse tão ocupado com derramamento de sangue. Pois até sair da guerra eu tinha apenas uma vaga noção de que existia algo fora da Inglaterra.

Bem, ali estava eu, e minha incompleta vida podia terminar a qualquer minuto; pois embora o ar da noite estivesse quieto como o de uma catedral, uma caixa de metralha logo foi lançada perto o suficiente para espatifar minhas meditações com seu horrível estrondo e nuvem de fumaça preta. Um rato disparou pelo meio das latas e sacos de areia furados, e a atmosfera da trincheira reafirmou-se no cheiro de cloreto de cal. Em meu trajeto até o abrigo subterrâneo, para pegar meu revólver e comparecer à cerimônia crepuscular de prontidão e inspeção de fuzis, ouvi a voz de Flook; logo depois de uma curva da trincheira de apoio, ele perguntava a um dos bombardeiros da companhia se ele havia visto seu oficial indo por aquele caminho. Flook estava apressado para me contar que eu sairia de licença. Não esperei para inspecionar os fuzis de meu pelotão e poucos minutos mais tarde já estava seguindo meu caminho pela trincheira da Estrada Velha de Kent. O Reduto de Maple sofria seu habitual bombardeio noturno, e como um homem havia sido morto por um projétil de canhão na Estrada Velha de Kent havia poucos minutos, fiquei feliz em me ver voltando para Morlancourt com Dottrell; contente, também, na manhã seguinte por estar indo para a estação Méricourt atrás daquele pangaré lerdo; e por ouvir os sinos suaves de Rouen no ar do anoitecer enquanto o trem de licença parava por meia hora antes de decidir se arrastar até Havre. E assim as gradações de gratidão continuaram, até que me vi numa tranquila casa em Kensington, onde iria passar a noite com um velho amigo de tia Evelyn.

Estar ali, numa agradável noite de domingo em junho, com as janelas da sala de estar abertas e alguém tocando piano na casa ao lado, era uma experiência que agora parecia tão fantástica quanto as condições anormais das quais eu voltava. Livros, quadros, mobília, tudo parecia bom e permanente e sem relação com o tempo presente e seus problemas. Eu me senti separado do que me rodeava – quase como se estivesse numa sala de espera de médico, aguardando ser informado de que tinha alguma doença incurável. O som do piano sugeria que o especialista tinha uma vida doméstica feliz, mas isso não tinha relação com meu ir e vir. Uma sensação de agradável segurança preenchia a sala; mas eu não podia mais chamar aquela vida de minha. A música meditativa pegou-me com a guarda baixa; eu era apenas um intruso vindo do *front* ocidental. Mas a sala continha um objeto que inesperadamente me fez lembrar das trincheiras – um canário silencioso numa gaiola. Eu vira canários em gaiolas sendo carregados pelos homens da companhia de túneis, quando eles saíam de suas galerias de mina.

II

Também estranha (embora eu não tenha observado isso conscientemente na ocasião) foi a experiência de voltar para a França depois de ter dormido sete noites numa cama adequada e usando roupas civis. As implicações pessoais eram óbvias, já que todo mundo em casa parecia saber que a longamente planejada ofensiva devia ter seu "pontapé inicial" no final de junho. Os oficiais que saíam de licença haviam sido advertidos para não comentar nada a respeito, mas até tia Evelyn sabia do iminente ataque. Eu não me inclinava a falar sobre as trincheiras; não obstante, me permiti soltar algumas alusões fortes. Ninguém tinha qualquer noção do que viria a ser o Grande Esforço, exceto que seria algo muito maior do que qualquer coisa que já tivesse acontecido. E de algum modo essas batalhas prévias não haviam sido divulgadas de maneira particular a ninguém, exceto aos reais participantes, que até então haviam demonstrado ser informantes não muito capazes de se expressar.

Quanto às minhas próprias aventuras, decidi não dizer nada à minha tia sobre o ataque. Mesmo assim, tudo acabou vazando na segunda noite, provavelmente depois que ela me contou o quanto o sobrinho da senhora Ampney havia sido esplêndido na Mesopotâmia. E também não deixei de mencionar que eu havia sido indicado para uma Cruz Militar. "Mas achei que você estava apenas cuidando dos cavalos", ela protestou, agarrando minha mão; seu rosto ansioso me fez desejar ter controlado minha língua. É claro, tia Evelyn queria que eu me saísse bem na guerra, mas ela não podia achar agradável ser lembrada de que aquilo de "não esqueça de usar seu casaco quente, querido" não servia de precaução contra as bombas e balas dos alemães. Depois, perdoei a mim mesmo ao considerar que ela iria descobrir isso cedo ou tarde, especialmente se eu fosse morto.

No dia seguinte, atravessei a pé os campos até Butley para tomar chá com meu velho amigo, o capitão Huxtable. Encontrei-o bochechudo como sempre, e mantendo o que poderia ser chamado de uma atitude em relação à guerra de "justiça da paz". Qualquer homem fisicamente capaz que não estivesse a serviço das Forças de Sua Majestade devia dar uma razão estrondosa para tanto, e quanto mais cedo a convocação para se alistar viesse, melhor. Essa era a sua opinião; enquanto isso, ele cuidava de suas terras junto com dois homens idosos e um rapaz; "e isso é quase tudo o que um burro velho como eu poder fazer pelo país". Dei a entender que a vida lá no *front* era muito boa, e, até aquele momento, eu provavelmente acreditava no que estava dizendo. Não iria estragar minha licença encarando os fatos, e consegui convencer a mim mesmo de que realmente queria voltar. O capitão Huxtable e eu decidimos, entre nós, que o Esforço iria pôr fim à guerra por volta do Natal. Enquanto conversávamos, andando para lá e para cá pelo jardim, com o seu rabugento retriever preto nos nossos calcanhares, as gralhas grasnavam em sinal de aprovação num grupo de elmos próximo, como se todos estivessem com a Inglaterra naquela tarde de junho. Eu sabia que o capitão teria pedido nada menos do que partir para o ataque com seu velho regimento, se fosse trinta anos mais jovem, e eu queria ter-lhe dito isso quando estávamos em pé na porta da sua casa. Mas a reticência inglesa proibia todo esse tipo de coisa, e eu simplesmente comentei que o para-raios da tia Evelyn havia sido arrancado da chaminé na primavera e que ela dissera que não valia a pena colocá-lo lá de volta. Ele riu e disse que ela devia estar ficando cansada por causa da guerra; ela sempre fora tão preocupada com seu para-raios. "Nós, os mais velhos, não podemos achar que vamos nos sentir muito animados nesses tempos de agora", acrescentou, enrugando seus pequenos olhos, perspicazes e bondosos, e dando um aperto de despedida em minha mão, que significava mais do que ele conseguia dizer em voz alta.

* * *

Quando tia Evelyn perguntou se eu gostaria que alguém mais viesse jantar no meu último dia (uma sexta à noite) respondi que preferia que estivéssemos só nós dois. Havia poucas pessoas para convidar e, como ela mesma disse, as pessoas hoje andam difíceis de contatar. Assim, depois de um jantar que incluiu dois dos meus pudins favoritos, fizemos o melhor possível daquela situação jogando *cribbage* (um jogo de cartas em que a gente era viciado quando eu ia para a casa dela nas férias escolares), enquanto o gato persa preto limpava seu rosto com a pata e piscava os olhos satisfeito junto à lareira, que fora acesa apesar de não haver necessidade numa noite quente e silenciosa como aquela. Também havíamos trazido o papagaio cinza da cozinha. Agarrado de lado às barras da sua gaiola, Popsy parecia menos preocupado com a guerra do que qualquer um que eu conhecesse. Mas talvez tivesse percebido a pontada que eu senti quando me despedi dele na manhã seguinte; os papagaios entendem mais do que aparentam, e aquele sempre gostara de mim. Não era muito de falar, mas sabia imitar tia Evelyn chamando os gatos.

Na manhã seguinte, ela se esforçou para ser estoicamente falante até que a vi virar as costas em direção à porta da casa e o táxi da vila me levou chacoalhando morro abaixo. Ela sensatamente absteve-se de vir até Londres me ver partir. Mas na Estação Waterloo fui lembrado de modo perceptível de que voltar para o Esforço era bastante duro para nossos parentes, por mais incapazes que fossem de compartilhar a experiência. Havia dois trens de licença e observei as pessoas indo embora depois que o primeiro deles partiu. Algumas iam tranquilas, com ar despreocupado; conversavam e sorriam. Outras passavam por mim apressadas, com um aspecto crucificado; notei uma mulher bem-vestida mordendo seus dedos enluvados, o olhar dela fixo; estava voltando sozinha para uma casa silenciosa numa bela tarde de domingo.

Mas eu não tinha ninguém para me ver partir, então pude me instalar no canto de um vagão, acender meu cachimbo e abrir um jornal de domingo (sabe Deus o que ele trazia, além de *communiqués*[10], listas de baixas e notícias animadoras da Galícia, Bukovina e outras opacas arenas de guerra). Teria sido agradável ler os resultados do críquete de primeira divisão para variar, e sua ausência resumia bem a vida que estávamos condenados a viver. Enquanto o trem saía apressado de Londres, observei os jardins das casas dos subúrbios passando rapidamente à minha frente. Nos meus dias de caçar raposas eu olhava os subúrbios com desdém, mas agora havia algo positivamente atraente no espetáculo de um homem citadino relaxando em seu pequeno gramado em Surbiton. O Cemitério Woking era uma cena menos atraente, e meus olhos retiraram-se dele para se certificar de que meus pacotes estavam seguros no compartimento de cima, pois aqueles embrulhos eram o importante resultado de minhas compras do dia anterior.

Armado com o cartão de filiação de tia Evelyn (que depois devolvi a ela pelo correio) eu invadi as lojas do exér-

10 Comunicados oficiais. Em francês no original. (N. do T.)

cito e da marinha e comprara um excelente salmão, duas garrafas de conhaque envelhecido, uma pistola automática e dois pares de cortadores de arame com manoplas revestidas de borracha. O salmão era agora minha principal preocupação. Duvidava de que se conservasse fresco, pois eu atrasara minha partida em vinte e quatro horas. Um bom jantar num restaurante, seguido por uma comédia leve meio sem graça, não fez parecer que o risco de desagradar Kinjack valesse a pena; mas senti que o salmão chegaria bem ao QG do batalhão. Se *cheiraria* bem provavelmente também é algo que deve ter passado pela minha mente apreensiva. O conhaque era de 1838, portanto um dia mais, um dia menos, não iria afetar sua condição, desde que eu ficasse de olho nele (essas garrafas costumavam extraviar-se em barcos de soldados de licença). Os cortadores de arame eram minha contribuição privada à Grande Esforço. Eu costumava maldizer os cortadores de arame de nossa companhia por sua estúpida falta de corte, e me ocorreu, nas lojas do exército e da marinha, que se estávamos partindo para o ataque teríamos que cortar nosso arame primeiro, para não falar do arame alemão (embora nossa artilharia fosse abrir brechas nele, eu esperava). Assim, comprei aqueles cortadores muito civilizados, que pareciam quase bons demais para o *front*. O homem na seção de armas das lojas tentara me convencer a levar um periscópio (provavelmente prismático), mas cheguei à conclusão de que um periscópio seria um atraso de vida no meu caso. Eu não deveria ficar na trincheira tempo suficiente para precisar dele. Além dos cortadores de arame e da pistola, todos os outros "apetrechos de trincheira" pareceram supérfluos. Eu não conseguia me ver liderando meu pelotão com os protetores auriculares patenteados Mortleman enterrados em meus ouvidos; e uma bússola-barômetro conjugada tampouco me atraiu muito. A pistola automática não tinha cara de cumprir com sua promessa de "deter um homem", mas podia ser enfiada dentro do bolso. Era apenas um brinquedo, mas eu estava cansado do meu revólver Colt, com o qual sabia que não era capaz de acertar nada, embora o tivesse disparado algumas vezes no escuro, quando fingi ser alguém importante na terra de ninguém. O único objeto que eu poderia ter certeza de acertar com ele seria eu mesmo, e decidi (nas lojas do exército e da marinha) que seria concebível eu precisar poupar a mim mesmo de sofrimento se o pior ficasse pior ainda e eu me visse deitado num buraco de bomba com algo mais sério do que um ferimento daqueles que levam você de volta para casa. Estourar os miolos com aquele desajeitado Colt era impensável. A pistola automática, por sua vez, era uma arma pequena e bem charmosa. Não que eu tivesse sido muito amigo de armas de fogo alguma vez. Nunca atirara num pássaro ou num animal em toda a minha vida, embora com frequência achasse que minha posição de homem esportista ficaria fortalecida se eu virasse "um homem bom com uma arma".

A verdade é que a única arma explosiva que eu tivera antes da guerra havia sido uma pistola de brinquedo que fazia barulho mas não descarregava nada. Sentado no trem de licença que voltava, relembrei como, quando tinha uns nove anos de idade, eu costumava ir até a pequena loja de doces na vila para comprar "três tostões de cartuchos" para minha pistola; e como a rechonchuda velha senhora costumava perguntar toda simpática: "Alguma coisa mais para hoje, senhor George?". E nessa hora eu seria obrigado a decidir entre balas de cravo ou hortelã, e mais uma barra de chocolate cremoso para completar os seus tostões. Vinte anos era muito tempo atrás; mas o verde da vila, do jeito que eu o havia visto na semana anterior, já começava a parecer tão remoto...

No entanto, era inútil sonhar com tudo isso agora; o salmão de Kinjack era o meu problema imediato, e assim que entrei no barco cheio de gente, consultei um comissário prestativo e minha apólice de seguros pesqueira foi providencialmente acomodada no armário de armazenagem fria. Consequentemente, minha mente ficou imperturbável quando o barco saiu pelo estuário de Southampton. Olhei para os bosques na Ilha de Wight, que se afastavam nebulosos no calor. E quando a Ilha de Wight se perdeu de vista – bem, não havia o que fazer a respeito.

* * *

Em Havre, fui instruído pela onisciente autoridade responsável pela minha volta a descer do trem em Corbie. Havre era uma cintilação de luzes piscando sobre pranchas de água escura. O trem, melancolicamente carregado, não demorou a se afastar rugindo do cais, e fomos roncando e cabeceando noite adentro. Amanheceu, e nos arrastamos por paisagens verdes com seus contornos esfumados pela garoa. Dos meus companheiros de vagão não lembro nada, exceto que um deles falava sem parar sobre a fazenda do pai dele em Suffolk. Seu pai, dizia ele, tinha um boi que produzira sessenta bezerros brancos e pretos. Essa informação foi recebida com apatia. O batalhão estava em Bussy, uma caminhada de cinco quilômetros sob o sol do fim da tarde. Procurei ficar do lado sombreado da estrada, pois o salmão na cesta era minha preocupação constante. Bussy surgiu aos nossos olhos como um lugarejo agradável junto a um afluente do Ancre. Alguns dos nossos homens estavam tomando banho, e pensei em como tinham um aspecto jovem e despreocupado, jogando água uns nos outros e gritando conforme balançavam um barquinho sob alguns álamos, que tremulavam com a brisa do pôr do sol. Como eram diferentes das figuras que marchavam penosamente em formação; e como era difícil enfiá-los naquele aprisionamento apertado da guerra de trincheiras!

Com um suspiro não lá muito próprio de um soldado, peguei meus pacotes e fui me arrastando à procura da Companhia C, aquartelada em algumas construções em volta de uma simpática casa de fazenda. Ali encontrei Flook e despachei-o para o QG do Kinjack, com a cesta e a garrafa de conhaque. Barton, a quem confiei a segunda garrafa, disse que eu era um velho Canguru esperto, e então me regalou com todos os boatos sobre as operações da semana seguinte. "O bombardeio começa no sábado", disse, "portanto, vamos ter esportes no batalhão amanhã, para o caso de sermos levados de volta a Morlancourt". Então Durley chegou com Jenkins, um dos novos oficiais que haviam sido destinados ao batalhão enquanto eu estivera fora. Fewnings, o amável ex-professor secundário, havia sido nomeado oficial de metralhadoras Lewis, mas ainda convivia conosco; ele acabava de entrar agora, com ar de homem que havia passado o dia ensinando Euclides e álgebra. O comandante de brigada, observou, repreendera-o naquela tarde por ele estar usando uma camisa de cor clara; mas nenhuma falta lhe foi apontada na organização da equipe armada de metralhadoras Lewis, e, como ele observou, em uma ou duas semanas não iria fazer muita diferença que tipo de camisa ele estaria usando. Nem Durley, nem eu havíamos jamais sido favorecidos com uma palavra do nosso comandante de armas, talvez porque nossas camisas fossem da cor ortodoxa. Não deixava de ser bizarro constatar o quanto era raro aqueles autocratas graduados perceberem que umas poucas palavras gentis podiam fazer um comandante de pelotão considerá-los generais extremamente bons.

Mas havia harmonia no refeitório da companhia, como se nossa certeza de um futuro vulcânico houvesse posto um fim às pequenas discussões ocasionais, que ocorriam quando ficávamos provocando uns aos outros. Um vigor intensamente animal impregnava nossa existência naqueles dias de vida agitada e maus presságios interiores. O comportamento de nossos serviçais expressava isso; eles ficavam competindo pelos favores de uma jovem da fazenda, e a cozinha era palco de uma comédia de galanteios primários. A morte podia estar à espera dos soldados na semana seguinte, e agora o aroma da vida era sem dúvida intenso.

Quando fui para o meu quarto, do outro lado da estrada, a noite fria tinha cheiro de grama cortada e jardins frondosos. Lá longe, na direção de Corbie, ouvia-se o som de um trem, e sapos-boi coaxavam sem parar nos pântanos ao longo do rio. Eu não lamentava estar de volta; sentia-me confiante; todos tínhamos que passar por aquilo, e eu tentava transformar a ideia de morrer em batalha numa experiência emocional. "Coragem", eu argumentava, "é uma coisa bonita, e o ataque da semana que vem é o que venho esperando desde que entrei no exército. Estou feliz esta noite, e não acho que daqui a um mês estarei morto". Indo para o meu alojamento, quase caí em cima de uma cabra que estava amarrada no meio de alguns arbustos de groselha no jardim.

* * *

Cinco dias passaram por nós. Fizemos treinamento de campo leve; os esportes do batalhão foram um grande sucesso, e fomos derrotados, num cabo de guerra entre oficiais, por nosso Nono Batalhão, que estava sediado a alguns quilômetros de nós. A noite de sábado trouxe uma sensação de propósito, pois estávamos sendo transferidos para Morlancourt na segunda-feira e o bombardeio intenso começara naquela manhã. Barton e eu (e nossa garrafa de conhaque 1838) fizemos a refeição no QG do batalhão. Kinjack estava confiante; contou-nos que os franceses resistiam bem em Verdun, o que iria fazer toda a diferença. Mas o médico parecia pensativo, e nem mesmo o conhaque conseguiu deixar Barton otimista quanto à sua capacidade de comandar uma companhia numa guerra aberta.

PARTE QUATRO

Batalha

I

Na manhã de uma mobilização do batalhão, ocupei-me de ficar fora de cena até o último momento. No final de uma marcha, recebi minhas atribuições definitivas, mas, antes de começar, Barton estava sempre num mau humor tão grande que minha ausência era algo positivo para ele. Assim, na segunda-feira, depois de engolir meu café da manhã enquanto Flook esperava para recolher as canecas e pratos na caixa de refeição, deixei Barton chamando irritado o major-sargento e saí andando, indo sentar junto ao rio até que os apitos começassem a soar. Durley e Jenkins tinham ido ver se os alojamentos estavam sendo limpos e arrumados. No verde pomar atrás dos edifícios da fazenda, os homens arrumavam suas mochilas, e suas vozes soavam tão alegres como se estivessem saindo para umas férias de verão. Para mim, era um luxo ficar sozinho alguns minutos, observando as íris amarelas e a grama alta balançando como peixes nas ondas do riacho. Eu lamentava o fato de estar dizendo adeus ao Marais e suas lagoas cinza-esverdeadas e córregos e sua congregação de troncos de álamos que sustentavam um tranquilo teto sussurrante. Pássaros de beira d'água cantavam e piavam, balançando nos juncos e canas com tufos, e uma tribo de pequenos sapos verdes e dourados saltava pela grama sem se preocupar se chegariam a algum lugar ou não. Tudo isso era obviamente preferível a uma batalha, e aquela manhã mostrava-se perfeita para ler um livro junto ao rio.

Mas no horizonte o bombardeio ressoava e pulsava num rugido borbulhante. Depois de olhar fixo por um bom tempo para a folhagem manchada de sol e para alamedas ociosamente meditativas, apressei-me em voltar para o pátio da fazenda, onde encontrei meu pelotão já todo apresentado e pronto. Antes que eu terminasse minha inspeção formal, Barton surgiu vindo da casa com os bolsos estufados, sua figura robusta cheia de coisas dependuradas, como uma árvore de Natal, com bornal, cantil, revólver, óculos de campo, máscara de gás, estojo com mapa e outros objetos. O batalhão partiu às oito; por volta de doze e trinta chegamos a Morlancourt, que estava agora congestionada com colunas de infantaria e suprimentos, e "entulhada de armas", como se dizia. Uma colônia de barracas cheias de emplastros de camuflagem havia surgido perto da vila; era a Nova Estação Principal de Vestuário. Estávamos em nossos alojamentos habituais – Durley e eu no quarto no qual havia uma representação da Torre Eiffel e um óleo meio ridículo de nosso Salvador pregando em cima de um barco, ao qual sempre nos referíamos como "o jocoso Jesus". Após um jantar mormacento, o dia terminou com uma chuva torrencial. Enquanto eu deitava no chão, sobre aquele meu saco de pulgas, a escuridão da noite emoldurada pela janela era iluminada por incessantes clarões e lampejos de armas. Mas caí no sono embalado pelo som de calhas cheias d'água e chuva gorgolejando e pingando num poço; e eram barulhos confortáveis, pois significavam que eu tinha um teto sobre a minha cabeça. Quanto ao meu saco de pulgas, não era problema; nunca dormi mais profundamente em nenhuma cama.

* * *

As ordens de operação circularam na manhã seguinte. Notificavam que a quinta-feira era o dia "Z" (de zero). O plano de batalha da Sétima Divisão não parecia agressivamente desagradável no papel quando o transcrevi no meu caderno de notas. Trincheira das rosas, alameda do pomar, alameda da maçã e avenida do salgueiro estavam entre os primeiros objetivos no nosso setor, e minha mente muito adequadamente insistia nas suas associações mais tranquilas. Não obstante, essa arcádia topográfica devia ser tomada, desimpedida e ocupada quando chegasse o momento histórico e quando o Quarto Exército, junto com os franceses, tomasse a ofensiva, estabelecendo como objetivo primeiro uma linha Montauban-Pozières, passando ao sul do Bosque de Mametz. Não haveria nenhuma falha dessa vez. Decidimos, com uma boa aura de excitação, que o Quarto Exército iria positivamente limpar a área de boches. Nesse meio-tempo, o resumo de nosso Corpo de Inteligência (conhecido como *Comic Cuts*) relatou em 27 de junho que três balões inimigos haviam sido incendiados e destruídos na tarde anterior; e também que inúmeras baterias do inimigo haviam sido silenciadas por nossa artilharia. O humorista anônimo que havia compilado os *Comic Cuts* foi também capaz de anunciar que os russos haviam capturado um reduto e algum armamento pesado em Czartovijsk, que, explicou ele, ficava a setenta quilômetros a nordeste de Luck. Em Martinpuich foi observada uma grande explosão amarelada. Na tarde de terça-feira fui até a linha de frente com Durley cumprir uma tarefa preliminar, pois íamos substituir um batalhão do regimento de fronteira no dia seguinte, no setor em frente ao Cemitério Fricourt. Nossas baterias estavam atirando incansavelmente por toda a área rural, com muito pouca retaliação.

Ao passarmos pelas fossas de armas, onde se ocultava armamento pesado num vão chamado Gibraltar, notei um cheiro adocicado nauseante que atribuí às ervas daninhas amarelas que eram abundantes ali, mas Durley explicou que era o aroma residual das cápsulas de gás. Quando descemos a encosta até a 71 Norte, aquele *resort* familiar afigurou-se quase do jeito de sempre, exceto pelo impressionante acúmulo de material de guerra que havia sido descarregado ao longo da estrada. Durley disse achar que o velho ponto nunca mais seria o mesmo depois daquela semana; e também já tínhamos a impressão de que os velhos dias em que Mansfield e Ormand estavam na nossa companhia haviam se tornado uma experiência a ser rememorada com um sentimento de perda. O setor do Bois Français tinha sido uma espécie de cidade, mas logo estaríamos deixando-o para trás nas nossas vingativas explorações da trincheira da rosa, da alameda da maçã e da avenida do salgueiro.

Em nosso caminho rumo ao *front*, encontramos um oficial do estado-maior que usava botas de cavalgar bem feitas e evidentemente apressava-se para alcançar seu cavalo. Cotovias exultavam pelos ares, e as normalmente simbólicas papoulas escarlates refestelavam-se pelos lados da trincheira de comunicação; mas ele passou rente à gente sem sequer um cumprimento, pois a tarde era barulhenta demais para ser idílica, apesar das cotovias e papoulas, tão populares entre os correspondentes de guerra. "Acho que esses capacetes de metal realmente conhecem bem o assunto todo, não é, Julian?", indaguei. Durley respondeu que esperava que eles tivessem aprendido alguma coisa desde o último outono, quando haviam permitido que a infantaria se instruísse em Loos, sem se importar com o custo. "Eles têm que aprender seu trabalho enquanto o vão fazendo, como o resto de nós", acrescentou sabiamente. Cinco balões-linguiça eram visíveis para lá da linha do horizonte, pacificamente presos à sua mãe terra. Era nosso dever desejar que fossem destruídos, e acreditar que a Unidade de Inteligência controlava bem a questão. O que a gente estava fazendo na linha de frente eu não lembro: mas enquanto remontávamos nossos cavalos na 71 Norte, dois soldados engalfinharam-se numa briga bem-humorada; um segurava a cabeça do outro embaixo do braço. E por que estou relembrando isso e esquecendo tantas outras coisas?

* * *

A manhã de quarta-feira foi terrivelmente chuvosa. Os oficiais subalternos, perdidos, sem saber onde se posicionar, encontravam-se a toda hora uns com os outros pela rua lamacenta, e juntavam-se em grupos para trocar comentários bem-humorados; não havia muito mais a fazer, e a solidão produzia a sensação de naufrágio compatível com as circunstâncias. Os homens estavam em seus alojamentos, e também mantinham o ânimo falando o quanto podiam. Ao meio-dia, Barton voltou da última reunião do coronel com os comandantes de companhia. Duas horas mais tarde veio o anticlímax. Fomos informados de que todos os preparativos para o espetáculo estavam temporariamente suspensos. Uma canção popular, *Todo mundo arrumado e sem lugar para ir*, propiciou o comentário óbvio, e nossa confiança nas ordens de operação se evaporou. Teria sido por causa do tempo, ficamos imaginando, ou o preparo da artilharia não havia sido adequado? A incerteza terminou com uma mensagem pouco animadora; tínhamos que ir para a linha naquela noite. O ataque fora adiado por quarenta e oito horas. Ninguém sabia por quê.

Às cinco horas, a Companhia C foi incorporada, com cerca de oitenta homens. Os homens vinham sem mochila; carregavam munição extra, duas granadas Mills, duas máscaras de fumaça e uma camisa à prova d'água com um suéter enrolado dentro; suas rações de emergência consistiam em duas latas de carne em conserva, oito biscoitos duros e um cantil cheio de ração. Apesar do anticlímax (que nos fez sentir que talvez aquilo pudesse ser uma segunda edição da Batalha de Loos[11]), minha impressão pessoal era de que estávamos partindo para o outro lado de lugar nenhum. Eu enfiara um livro no meu bornal e era reconfortante carregá-lo, pois era sobre

11 Loos (setembro de 1915) foi a maior ofensiva no *front* ocidental daquele ano (*The Big Push*), e nela o exército britânico usou gás como arma pela primeira vez. Nos seus cerca de vinte dias de duração, houve aproximadamente sessenta mil mortos e feridos do lado britânico (vinte e seis mil do lado alemão). (N. da E.)

a Inglaterra de Thomas Hardy. Mas se pudesse haver alguma citação familiar na minha mente durante a agitação da partida, poderia muito bem ser "nós não trazemos nada para este mundo, e com certeza não podemos levar nada dele". Havíamos nos arrastado penosamente até a cidadela e a 71 Norte muitas vezes antes; mas nunca sob uma luz vermelho-sangue como a daquela hora, quando paramos com o pôr do sol atrás de nós e o céu montanhoso inteiro, com aquela magnificência de nuvens de chuva afastando-se. As idas às trincheiras haviam sido rotina, com uma probabilidade normal de sofrermos baixas. Mas dessa vez parecia que estávamos deixando Morlancourt para trás definitivamente, e embora fôssemos apenas uma companhia de fuzileiros de Flintshire (com um intervalo de dez minutos entre nós e as Companhias B e D), era justificado que pudéssemos sentir como se os olhos da Europa estivessem em cima de nós. Quanto a mim, não senti nada que fosse digno de registro – apenas uma sensação de estar irrevogavelmente envolvido em uma coisa maior do que qualquer outra que já tivesse acontecido antes. E o simbolismo do pôr do sol se desfez entre a arraia-miúda, mais preocupada com a não infrequente precariedade de suas botas, o desconforto causado pela transpiração e o trabalho e esforço de se mostrar à altura do que estava sendo exigido, até segunda ordem. Por volta de nove horas já havíamos substituído o regimento de fronteira. A lama mostrava-se difícil, mas o céu estava límpido. O bombardeio prosseguia firme, com períodos de maior intensidade; mas aquele barulho infernal já era encarado como algo natural e servia para sustentar o otimismo. Senti-me muito sozinho sem o Durley, que havia ficado para trás com a dúzia de oficiais da reserva.

A trincheira nova, que estávamos assumindo, havia sido bastante atacada, mas passamos uma noite sem qualquer assédio. Estávamos em frente à trincheira da Estrada Rebaixada, que ficava a trezentos metros dali, numa encosta. Haviam sido cortadas várias brechas no nosso arame para que o batalhão de ataque pudesse passar. Logo cedo, na tarde seguinte, Kinjack apareceu para inspecionar essas aberturas. Com o auxílio de seu grande periscópio, logo descobriu que o arame não havia sido cortado corretamente. E aquilo tinha que ser feito naquela noite, disse ele. Barton trouxe-me a notícia. Eu estava agachado dentro de um abrigo subterrâneo que parecia uma casinha de cachorro, lendo *Tess of the D'Urbervilles*[12] e tentando esquecer os projéteis que passavam voando estrepitosamente por cima de nós. Eu meditava sobre a Inglaterra, visualizando um dia cinzento em Sussex; bosques verde-escuros com pombos voando em círculos sobre as copas das árvores; cães latindo, galos cantando e todos os lampejos e cenas casuais da vida rural. Pensei nos caçadores, partindo com seus longos casacos brancos, acompanhados por seus sabujos; em Parson Colwood arrancando ervas daninhas de seu jardim até a hora do chá; no capitão Huxtable, ajudando seus homens a trazer para dentro o último fardo de feno, enquanto uma pancada de chuva se movia pelo Weald[13], abaixo das suas campinas. Talvez fosse por tudo isso que eu estivesse no *front* com os pés ensopados, a boca inflamada, e com sono atrasado, já que a noite anterior havia sido de alerta, embora nada tivesse acontecido. A cabeça e os ombros de Barton batendo contra o cobertor antigás na entrada escavada acabaram com meu devaneio; ele queria que eu saísse e desse uma olhada no arame não cortado, o que não era nenhum devaneio, já que poderia afetar a sorte de um novo batalhão do exército que ainda não sofrera baixas. Coloquei *Tess* no bolso e segui-o até a fronteira de tiro, que estava cheia de cilindros de gás espalhados e caixas de bombas de fumaça. Uma nuvem de fumaça iria surgir depois naquela tarde, sem nenhuma razão especial (exceto, talvez, para nos fazer tossir e lacrimejar, pois o vento dali espalhou a fumaça pela nossa trincheira). Projéteis

12 Romance de Thomas Hardy (1840-1928), de 1891. (N. da E.)
13 Região do sudeste da Inglaterra, antes ocupada por densas florestas. (N. do T.)

explodiam no terreno elevado atrás de Fricourt e da serra baixa de Contalmaison. Um pássaro-martelo jovem esvoaçava dentro da trincheira, e fiquei imaginando como teria ido parar ali: parecia fora de lugar, empoleirado em cima de um corpo que jazia amarrado dentro de uma camisa à prova d'água. Quanto aos espaços abertos no arame, pareciam ruins demais para se comentar algo a respeito, e restava apenas uma noite para os alargar.

Ao voltar para o buraco, flagrei-me acariciando com perdoável orgulho meu cortador de arame das lojas do exército e da marinha. Talvez superestimasse sua utilidade, mas a presença dele realmente me pareceu providencial. Qualquer idiota seria capaz de prever o que aconteceria quando os soldados se vissem amontoados ao sair de sua trincheira para realizar um ataque à luz do dia; e eu sabia que, apesar dos insistentes pedidos à fonte de suprimentos, não tínhamos um par de cortadores decentes no batalhão.

Os figurões, de volta ao QG das brigadas e divisões, estudavam os mapas de trincheiras com as sobrancelhas enrugadas, pois a "maior batalha da história" estava prevista para eclodir na manhã de sábado. Eles estavam ocupados demais para se preocupar com as atividades de formiguinha de comandantes individuais de pelotão, e se enviassem um solidário capitão do estado-maior até nós para dar uma olhada no local, ele não seria capaz de fazer surgir cortadores de arame como se fosse um mago. Mas permanecia o fato de que a insistência em detalhes pequenos (e frequentemente irrelevantes) era uma característica proverbial da organização do estado-maior, e às vésperas da batalha o pobre Barton estaria provavelmente preenchendo uma "resposta" declarando quantos homens da sua companhia haviam desenvolvido varizes ou casado com a irmã da sua falecida esposa. Nesse meio-tempo, minha compra casual nas "lojas" havia, quem sabe, reduzido a probabilidade de o pessoal de Manchester ser agrupado e moído por metralhadoras quando saísse para o alto para atacar a trincheira da

Estrada Rebaixada. E o que o pessoal de Manchester iria dizer dos fuzileiros de Flintshire se o arame não tivesse sido devidamente cortado? Portanto, pareceu a mim que nosso prestígio como batalhão regular havia sido confiado aos meus cuidados num *front* de várias centenas de metros.

Seja como for, eu estava pronto com meu grupo assim que começou a escurecer. Havia apenas oito deles (a maioria, de outras companhias) e não tínhamos como fazer qualquer coisa antes da meia-noite devido aos frequentes bombardeios. Lembro-me de ter ficado esperando ali no escuro e observando uma pequena conflagração sinistra causada por algumas bombas de fósforo no alto da montanha à nossa direita. Quando de fato começamos, não demorei a descobrir que cortar emaranhados de arame farpado no escuro numa pressa desesperada é uma tarefa que exige engenho, mesmo quando seus cortadores de arame têm manoplas revestidas de borracha e foram recém-adquiridos das lojas do exército e da marinha. Mais de uma vez fomos levados para dentro pelas bombas que aterrissavam diante da nossa trincheira (algumas delas eram projéteis nossos, que haviam falhado e caído a curta distância); dois homens ficaram feridos e alguns relutavam em retomar o trabalho. Quando os primeiros tons cinza do amanhecer surgiram, apenas três de nós ainda estavam nisso. Kendle (um anspeçada de dezenove anos, do meu pelotão) e Worgan (um dos caras durões da nossa companhia) ainda cortavam arame com todas as suas forças; mas, à medida que a luz aumentava, comecei a perceber o pouco efeito dos cortes e puxões, que haviam acabado com nossas luvas de couro. Havíamos trabalhado três horas e meia, mas a cerca de arame não sofrera lá muitos danos, aparentemente. Kendle desapareceu dentro da trincheira e de repente veio ter comigo de novo, fumando um sub-reptício Woodbine[14]. Eu fazia um último assalto a um tufo de arame emaranhado que não poderia ser mais hostil se tivesse sido posto lá pelos

14 Marca inglesa de cigarros da época. (N. do T.)

alemães. “Não dá para fazer mais nada agora, à luz do dia”, disse Kendle. Endireitei minhas costas, rígidas e fatigadas, e olhei para ele. Seu jeito animado, fumando um cigarro, e seu sardento rosto juvenil pareciam desafiar a escuridão de onde ele emergira. Esse momento deixou uma marca forte na minha memória; o jovem Kendle era notável por sua alegria e coragem, e por suas piadas atrevidas. Muitas companhias tinham o seu Kendle, até que a guerra destruiu seu espírito... O grande semblante solícito do velho Barton agora apareceu acima do parapeito; com uma ansiedade quase de tia velha, ele mandou a gente entrar antes que nos acertassem. Mas não houve fogo aquela noite, e a metralhadora de Wing Corner havia silenciado. Wing Corner ficava ao lado da esquelética vila de Fricourt, cuja torre da igreja em ruínas era agora nitidamente visível contra o bosque verde-escuro. Os alemães, saindo de seus fundos buracos escavados, logo estariam lá do outro lado olhando feio para nós enquanto aguardavam que o bombardeio intenso fosse reiniciado. Quando descemos para o interior da trincheira, o jovem Kendle comentou que meu cortador de arame novo era uma beleza.

* * *

No dia seguinte, de calor e brisa, passamos para a nossa posição de batalha. Para a Companhia C, “posição de batalha” significava dividirmo-nos em grupos de transporte de munição, enquanto Barton, Jenkins e eu ocupávamos um inglório abrigo subterrâneo na linha de apoio. O pessoal de Manchester iria nos substituir às nove da manhã, mas às dez e meia ainda não havia sinal deles, por isso Barton, que estava num humor descontraído (devido à nossa imunidade em relação ao ataque do dia seguinte) levou a companhia embora e deixou a trincheira nova cuidando de si mesma. Eu decidira promover mais um corte no arame, que agora encarava como um inimigo pessoal, desfrutando ao mesmo tempo de uma crença vaidosa de que muita coisa dependia do meu esforço. Worgan ficou atrás de mim. Kendle não queria ficar de fora da aventura, mas dois de nós seriam menos conspícuos que três, e minha atitude em relação a Kendle era de algum modo protetora. Era estranho estar numa linha de fronteira vazia numa manhã linda como aquela, com tudo bem tranquilo depois de um bombardeio violento. Mais estranho ainda era rastejar na grama alta (que poderia muito bem ser mais alta ainda, pensei) e ficar cortando selvagemente os emaranhados que haviam nos deixado malucos no escuro, mas que estavam agora à nossa mercê. Como disse o Worgan, dessa vez estávamos fazendo um belo corte de cabelo no arame.

Deitado de barriga, eu olhava a toda hora para a hostil encosta que se erguia à nossa frente, imaginando se alguém iria acertar um tiro em nós por acaso, ou especulando sobre uma possível rajada de balas de metralhadora provenientes do Wing Corner. O fato de Barton ignorar o que estávamos fazendo fazia aquilo parecer uma fuga, e a excitação não era de forma alguma desagradável. Era mais ou menos como ir arrancar mato de um jardim depois de ter sido advertido de que poderia haver um tigre escondido entre os arbustos de groselha. Eu teria ficado atônito se alguém me acusasse de ser um interessante exemplo de presunção humana. No entanto, isso era verdade. Eu estava cortando arame de dia porque o senso comum me dizia que a vida de várias centenas de soldados poderia depender daquilo ser feito do jeito certo. Eu me sentia excitado e dava-me prazer fazê-lo. E esquecera totalmente que no dia seguinte seis unidades do exército iriam atacar, e não importa o que mais fosse acontecer, uma trágica matança seria inevitável. Mas se eu tivesse sido inteligente o suficiente para compreender tudo isso, meu talento estaria sendo aproveitado em algum lugar mais nobre, talvez o quartel-general da Unidade de Inteligência. De qualquer modo, após uma hora e meia as aberturas para passar pelo arame eram de fato boas, e o rosto vermelho e o reluzente *pince-nez* de Barton estavam pululando por trás do parapeito com incitações *sotto voce* à prudência. Logo depois, saltamos para dentro da trincheira e o pessoal de Manchester começou a chegar. Havia sido muito divertido, eu disse, brandindo meu cortador de arame.

* * *

Bem cedo de manhã, o Doutor chegou apressado do QG do batalhão para me contar que minha Cruz Militar havia sido concedida. Esse pequeno evento gratificante aumentou minha cegueira em relação ao futuro sangrento. Domesticidade e humanidade brilhavam nas congratulações de Barton; e o pequeno doutor, que logo estaria cuidando das feridas de homens gemendo, soltou a fita desbotada da sua própria medalha, arrumou agulha e linha e costurou a comenda branca e púrpura na minha túnica militar. Pelo restante do dia e, na verdade, pelo resto da minha carreira militar, o lado esquerdo do meu peito ocupava minha mente com maior frequência do que o direito – um hábito comum a inúmeros possuidores da Cruz Militar. Os livros sobre psicologia de guerra deviam conter um capítulo sobre "consequências das medalhas" e "complexos de condecoração". E mais poderia ser escrito, até mesmo aqui, a respeito de medalhas e de seu efeito estimulante sobre aqueles que realmente arriscaram suas vidas por elas. Mas a coisa mais segura a ser dita é que ninguém sabia o quanto uma condecoração era merecida, exceto o homem que a recebera. Exteriormente, a distribuição delas tornou-se cada vez mais fortuita e sem base, conforme a guerra seguia adiante; e ninguém sabia disso melhor do que a infantaria, que com razão insistia que as medalhas que tivessem sido ganhas na base deveriam ser de cor diferente.

Mas devo retornar ao 30 de junho, que terminou com um sombrio bombardeio desferido pelos canhões britânicos e um acúmulo de soldados na trincheira de apoio fora do nosso abrigo subterrâneo. Eles haviam se perdido, e lembro como aqueles homens exaustos encostaram nas paredes da trincheira enquanto seu exasperado ajudante e um confuso coronel civil reclamavam com Barton da ambiguidade das suas ordens de operação. Eles deviam atacar à nossa esquerda, e sumiram naquela direção, deixando-me com minha Cruz Militar e uma premonição de que o desastre aguardava por eles. Desde que entraram na restrita zona das minhas observações, posso registar o fato de que deixaram sua trincheira logo cedo na manhã seguinte numa hora zero equivocada, e ficaram terrivelmente isolados da artilharia de apoio, que teria deixado as coisas mais fáceis para eles.

II

No dia 1º de julho, o tempo, após uma neblina de manhã cedo, era do tipo que se costuma chamar de paradisíaco. Tomamos nosso café da manhã lá embaixo, às seis horas na nossa adega mofada, sem banho e apreensivos. Nossa mesa, aliás bem apropriadamente, era uma caixa de munição vazia. Às seis e quarenta e cinco o bombardeio final teve início, e não tínhamos o que fazer exceto ficar sentados em volta de nossa vela até que o tornado terminasse. Por mais de quarenta minutos o ar vibrou e a terra balançou e estremeceu. Em meio àquele alvoroço contínuo, os estalos e o matraquear das metralhadoras podiam ser identificados; mas, exceto pelo assovio de balas, nenhuma retaliação chegou a nós, até que alguns projéteis 5.9 balançaram o teto do nosso buraco. Barton e eu estávamos sentados; ficamos sem fala, ensurdecidos e estupidificados por aquele sísmico estado de coisas, e quando ele acendeu um cigarro a chama do fósforo cambaleou doidamente. Mais tarde, perguntei a ele o que havia pensado naquela hora. Sua resposta foi “Pantufas e pegadores de chaleira”. A minha mente também andara em coisas nesse estilo, pois durante aquele cataclismo de canhonadas um refrão ficou rodando na minha cabeça:

"Vêm como um bem e uma benção aos homens,
as canetas Sei lá o quê, Coruja e Waverley".[15]

Nem que me matassem eu seria capaz de lembrar o nome da primeira dessas três canetas. Seria "Shakespeare"? Seria "Dickens"? De qualquer modo, tratava-se de um anúncio que eu via muitas vezes em fumacentas estações de trem. Depois o bombardeio foi suspenso e diminuiu, nossa vertigem amainou, e olhamos um para o outro com um alívio estupefato. Duas brigadas da nossa divisão estavam agora subindo à superfície à nossa direita. Nossa brigada devia atacar "quando o assalto principal tiver alcançado seu objetivo final". No nosso afortunado papel de espectadores privilegiados, Barton e eu subimos pela escada para ver o que fosse possível da trincheira da Estrada Kingston. Deixamos Jenkins agachado num canto, onde ele ficou a maior parte do dia. Seu rosto absolutamente extenuado assombra minha memória. Era um exemplo do efeito paralisante que uma tal experiência podia produzir num sistema nervoso sensível ao barulho, pois era um bom oficial, tanto antes quanto depois. Não sentia simpatia por ele na época, mas sinto agora. Da trincheira de apoio, que Barton chamava de "nosso camarote na ópera", eu podia observar o quanto da batalha a formação do campo me permitisse ver, já que o terreno elevado à direita tornava impossível ver qualquer coisa do ataque na direção de Mametz. Um pequeno caderno de notas preto e lustroso contém minhas anotações particulares, e não haveria nenhum ganho em enfeitá-las com considerações adicionais. Não posso dirigir meus binóculos para o passado.

* * *

15 Frase publicitária de uma empresa de artigos de escritório de Edimburgo, Escócia, usada nos anúncios de suas famosas canetas "Pickwick", "Owl" e "Waverley". O narrador não consegue lembrar o nome da primeira caneta da série ("Pickwick"). No original: *They come as a boon and a blessing to men, the Something, the Owl, and the Waverley Pen.* (N. do T.)

7h45. O fogo de barragem está agora à direita de Fricourt e além. Posso ver a 21ª Divisão avançando cerca de mil e duzentos metros para a esquerda e uns poucos alemães vindo ao seu encontro, aparentemente para se render. Nossos homens, em pequenos grupos (e não por toda a extensão da linha) seguem firmes para o *front* alemão. O sol brilha e há uma névoa de fumaça flutuando pela paisagem. Alguns soldados de Yorkshire um pouco abaixo à esquerda, assistindo ao espetáculo e torcendo como se fosse um jogo de futebol. Barulho quase tão insuportável como sempre.

9h30. Voltei ao abrigo subterrâneo e fiz a barba. A 21ª Divisão ainda segue em campo aberto, aparentemente sem baixas. A luz do sol brilha nas baionetas conforme as pequenas figuras avançam em silêncio e desaparecem por trás de montes de entulho da trincheira. Alguns estafetas voltam, e grupos com munição seguem adiante. Morteiros de trincheira caem na trincheira da Estrada Rebaixada e no terreno onde os de Manchester vão atacar logo mais. O barulho não está tão intenso agora e há muito pouca retaliação.

9h50. Fricourt meio escondida pelas nuvens de fumaça que flutuam, azuis, róseas e cinza. Estilhaços de metralha estouram em pequenas lufadas branco-azuladas com minúsculos *flashes*. Os pássaros parecem desnorteados; uma cotovia começa a subir e depois pensa melhor e voa assustada rente ao chão. Outros pássaros esvoaçam acima da trincheira com gritos queixosos, batendo as asas, lentos. Posso ver sete dos nossos balões, à direita. À esquerda, nossos homens ainda avançam em filas de vinte e trinta homens. Outra grande explosão em Fricourt e uma nuvem de fumaça marrom-rosa. Algumas explosões amareladas.

10h05. Posso ver os de Manchester na trincheira nova, aprontando-se para atacar. Vultos descem em fila pela trincheira. Dois deles saíram para dar uma olhada nas nossas aberturas no arame! Acabo de comer minha última laranja... Fico perplexo olhando para um quadro do inferno iluminado pelo sol, e a brisa ainda faz balançar a grama alta amarelada, e as papoulas brilham sob a Serra Crawley, onde algumas bombas caíram há poucos minutos. Os de Manchester estão mandando à frente alguns batedores. Uma baioneta cintila. Um estafeta volta pelo campo aberto para o QG do seu batalhão, bem perto daqui, à direita. A 21ª Divisão ainda trota ao longo do horizonte em direção a La Boisselle. O fogo de barragem fica mais forte à direita da Serra de Contalmaison. Bombardeio pesado na direção de Mametz.

12h15. As duas últimas horas mais tranquilas. Os de Manchester ainda à espera. Alemães descarregam algumas bombas de metralha. Seria estúpido se fosse atingido! Tempo quente, sem nuvens. Uma cotovia canta toda confiante acima da minha cabeça.

13h30. Os de Manchester atacam às 14h30. Dizem que Mametz e Montauban foram tomadas. Mametz consolidada.

14h30. Os de Manchester saíram da trincheira nova e ao que parece tomaram a trincheira da Estrada Rebaixada e rumam agora para a direita. Pude ver uns quatrocentos. Muitos andam a esmo com as armas no ombro. Houve cerca de quarenta baixas à esquerda (da metralhadora posicionada em Fricourt). Pelas minhas lentes pude ver um homem deitado de lado, erguendo e abaixando o braço; seu rosto era uma mancha vermelha. Outros estão ainda deitados ao sol enquanto um enxame de vultos desaparece pela colina. Fricourt era uma nuvem de fumaça cor-de-rosa. Fogo intenso de metralhadora no lado distante da montanha. Às 14h50 não se vê viva alma na terra de ninguém, exceto as baixas (mais ou menos na metade da extensão). Nosso abrigo subterrâneo foi bombardeado de novo às 14h30.

17h. Vi uns trinta da nossa Companhia A rastejando pela trincheira da Estrada Rebaixada, vindo da trincheira nova. Os alemães despejaram algumas bombas grandes no cemitério e varreram a Estrada Kingston com metralhadora. Os feridos de Manchester ainda estão lá fora. O restante da Companhia A conseguiu atravessar – uns cem no total.

Os de Manchester são relatados como detidos no apoio do Bois Français. Seu coronel atravessou e foi morto.

20h. O capitão do alto-comando da nossa brigada passou por aqui. Contou a Barton que a Sétima Divisão alcançou seus objetivos com alguma dificuldade, exceto no *front* dessa brigada. Os de Manchester estão em apuros, e o ataque a Fricourt fracassou. Várias centenas de prisioneiros são trazidos para o nosso setor.

21h30. Nossa Companhia A mantém o Retângulo e a Estrada Rebaixada. Jenkins partiu, encarregado de um grupo de transporte. Tudo parece em ordem de novo. A Companhia C agora reduzida a seis estafetas, dois padioleiros, o major-sargento da companhia, sinalizadores e o auxiliar de Barton. Flook está fora, junto com um grupo de transporte. Céu nebuloso a oeste. Pôr do sol avermelhado. Fogo pesado à esquerda.

14h30 (tarde seguinte). O ajudante acabou de vir aqui, entusiasmado, otimista e com a barba por fazer. Ele atravessou a linha na noite anterior para incentivar a Companhia A, que foi muito bem, graças aos bombardeiros. Cerca de quarenta baixas; apenas quatro mortos. Fricourt e a trincheira das rosas ocupadas esta manhã sem resistência. Estou agora deitado à frente da nossa trincheira na grama alta, tomando sol onde ontem choviam balas. Nosso novo *front* na montanha está sendo bombardeado. Fricourt está cheia de soldados, andando para cima e para baixo, procurando suvenires. A cidade era uma ruína e agora é um monte de poeira. Um atirador (oficial da observação avançada) acabou de vir aqui com um capacete alemão na mão. Disse que Fricourt está cheia de mortos; viu um oficial deitado em cima de uma metralhadora destruída com a cabeça arrebentada – "um camarada de ótima aparência", disse ele, com alguma comoção, o que me surpreendeu bastante.

8h15. Sensação estranha de ver pessoas movimentando-se à vontade entre o nosso local e Fricourt. Coisas sendo descarregadas. Barracões e abrigos sendo erguidos sobre esqueletos de árvores e todo tipo de transporte chegando no cruzamento do cemitério. Vamos ficar aqui até amanhã cedo. Sinto um quê de fraude em tudo isso.

III

Bem cedo na manhã seguinte, saímos do nosso santuário subterrâneo na Estrada Kingston e nos juntamos ao batalhão na 71 Norte, marchando uns três quilômetros até um ponto de concentração entre Mametz e Carnoy. Ali, num amplo vão, as quatro unidades da nossa brigada empilharam armas, deitaram na grama, e descalçaram suas botas. A maioria deles não dormia havia duas noites e a previsão imediata era "obscura". Mas cada homem tinha sua camisa à prova d'água, os capacetes foram trocados por gorros de lã, os rostos sem barbear sentiram-se gratos pelo generoso sol, e os pés descalços esticaram seus alegres artelhos. Como nossa divisão havia se saído bem, havia um sentimento de confiança no ar. Mas ouvíramos falar de fracassos parciais, e completos, em outras partes da linha, e o nome de Gommecourt já chegara a nossos ouvidos com implicações desagradáveis. Era óbvio que alguns de nós iríamos logo amarrar nossas botas pela última vez, e o boato que circulava – "eles dizem que temos que atacar um bosque sei lá qual" – com certeza causava uma sensação visceral de desconforto. No entanto, sentia-se que coisas importantes estavam acontecendo, e minha Cruz Militar servia de consolo para mim. Era definitivamente uma posse pessoal da qual eu deveria me mostrar à altura, pensei. Observava os homens ao sol em posturas estranhamente desajeitadas, ouvia de relance suas conversas sobre os suvenires que haviam recolhido nas trincheiras alemãs, ou olhava atentamente para algumas armas capturadas que eram trazidas para a estrada que levava até Mametz.

Alguns homens ficavam circulando por ali, e minhas reflexões foram perturbadas por Kinjack, que dava ordens para que todos descansassem o resto do dia. "Diga a esses homens que deitem", gritou ele, acrescentando, ao retornar para o seu bivaque na encosta: "Esses filhos da puta vão adorar isso antes de ficarem mais velhos". Acreditava-se que seus modos rudes o haviam impedido de obter uma promoção, mas todo mundo sabia que o batalhão passaria por maus bocados quando Kinjack tivesse sua própria brigada.

Chegou a noite, calma e nublada, com um pôr do sol alaranjado e difuso. Sentado no meio da grama áspera e dos espinhos, fiquei lá olhando pensativamente para os quatro batalhões reunidos no vão. Uma fumaça fina erguia-se das pequenas fogueiras do bivaque, acesas para fazer chá; no meio do murmúrio rude que vinha com a fumaça, o canto anasalado de uma gaita fazia o possível para "manter acesas as lareiras em casa"[16]. À frente do vão, o campo aberto subia sem árvores até a Serra Bazentin, de um verde insípido e riscada por fendas de trincheiras abertas no solo argiloso. Canhões de campanha abriam fogo à direita e alguns aeroplanos roncavam sobre nossas cabeças. Para lá dessa montanha, nosso futuro nos aguardava. Depois dela, não haveria volta... Teria adorado que Flook me trouxesse uma laranja, mas ele estava fora com Jenkins e o grupo de transporte, e as laranjas estavam quase tão distantes quanto o pôr do sol. O coitado do Flook talvez estivesse terrivelmente preocupado por não estar com seu amigo oficial, pensei, imaginando sua impassível cara avermelhada bufando sob o peso de uma caixa de munição... Desci a montanha bem a tempo de ouvir que tínhamos ordens de subir e cavar uma trincheira em algum lugar do *front* de Mametz.

Por alguns minutos o vão ficou cheio daquele brando alvoroço dos soldados recolhendo seu equipamento. Dois ba-

16 No original, "*keep the home fires burning*", verso de uma canção patriótica da Primeira Guerra Mundial, de mesmo nome, composta em 1914 por Ivor Novello e Lena Gilbert Ford. (N. do T.).

talhões haviam sido chamados; o Royal Irish partiu antes de nós. Conforme seguimos pela estrada em direção a Mametz senti que deixava para trás toda a minha experiência prévia de guerra. Pela primeira vez, estava no meio dos escombros de um ataque. Depois de percorrer uma distância bem curta, fizemos a primeira de várias paradas, e vi, enfileirados à beira da estrada, uns cinquenta mortos britânicos. Muitos deles eram dos Gordon Highlanders. Também havia gente de Devon e de South Staffordshire entre eles, mas estavam agora acima das rivalidades – seus dedos misturavam-se em pilhas manchadas de sangue, como se aceitassem a camaradagem da morte. Havia muito material de batalha espalhado por ali, e alguns cavalos mortos. Havia também trapos e pedaços de roupa, botas despedaçadas e laceradas, e quando chegamos ao *front* alemão sentia-se um mau cheiro azedo e penetrante, diferente de tudo que minhas narinas já haviam conhecido. Enquanto isso, fazíamos nossa subida da montanha, retardada a toda hora, e fui examinando aqueles efeitos da batalha com uma curiosidade em parte complacente. Queria ser capaz de dizer que vira "os horrores da guerra"; e ali estavam eles fazia quase três dias.

Ninguém na morosa coluna sabia o motivo da nossa demora. Depois de quatro horas, havíamos andado apenas mil e quinhentos metros e estávamos ainda no meio de algumas edificações em ruínas, na periferia do vilarejo. Tenho uma vaga lembrança da estranheza do lugar e da nossa inquietante perda de tempo naquela desolação da meia-noite. Kinjack estava em algum ponto à frente de nós com um guia. O guia, tendo presumivelmente perdido o caminho, passava por momentos bem piores do que nós. Até então, nossa única atividade havia sido passar em fila por um depósito de ferramentas, onde os homens pegaram picaretas, pás, rolos de arame e estacas espiraladas. Às duas da manhã, começamos de fato a andar, passando por Mametz e ao longo de uma trincheira de comunicação. Havia alguns corpos gravemente mutilados por ali. Embora eu já estivesse com o batalhão há quase oito meses, esses eram os primeiros alemães recém-mortos que eu via. Causou-me um pouco de choque quando vi, sob o clarão incipiente do amanhecer, um homem atarracado, com uma calça bojuda, deitado meio de lado, com um cotovelo erguido, como se defendesse sua cabeça pendente; o rosto era cinza e lustroso, com um pequeno bigode denso; parecia uma boneca medonha, grotesca e sem dignidade. Ao lado dele havia um vulto queimado e mutilado, cuja postura contorcida revelava bochechas cheias de bolhas, uma boca arreganhada manchada de sangue e maxilares travados. Esses mortos eram diferentes dos nossos; talvez fosse o uniforme estranho, talvez sua aparência de hostilidade massacrada. De algum modo, compunham uma unidade junto com as pequenas placas de direção da trincheira, cujas inscrições, a nós pouco familiares, pareciam resumir aquele sentimento de estranheza que eu costumava ter quando olhava para a terra de ninguém, ignorando a humanidade que estava do outro lado.

Saindo da trincheira, fizemos fila ao longo da encosta aberta, com o Bosque de Mametz erguendo-se no declive do outro lado. Era um bosque denso, de árvores antigas e arbustos. A suposição do alto-comando da nossa divisão era que o lado próximo estivesse agora desocupado. Mas assim que paramos numa estrada rebaixada, irrompeu um tumulto ao lado do bosque, e mostrou-se, com metralhadoras e bombas, que o alto-comando havia feito a suposição errada.

Kinjack prontamente ordenou que a Companhia A avançasse para encontrar-se com a Royal Irish, cujos grupos de cobertura estavam travando um confronto de bombas no bosque. Nossos homens foram alvejados quando seguiam pela estrada e obrigados a tomar refúgio numa pedreira. Lembro-me de ter ficado nervoso e me sentido incompetente, imaginando que raios eu deveria fazer se me pedissem para conduzir um grupo “para lugar nenhum”. Mas agora as nuvens ficavam avermelhadas e estávamos fartos daquela performance toda. Houve mensagens de volta e nossos canhões dispararam um monte de metralha, que explodiu sobre o lado próximo do bosque e permitiu que o Irish batesse em retirada. Então, como Kinjack descreveu mais tarde, "fomos ridículos"; e lento, também, pois só conseguimos voltar ao nosso acampamento às oito e meia da noite. A expedição durara quase onze horas, para andar menos de cinco quilômetros – e essa era a única coisa pela qual podíamos nos congratular. O Royal Irish tivera sessenta baixas; nós, um morto e quatro feridos. De um ponto de vista militar, as operações haviam permitido ao alto-comando descobrir que o Bosque de Mametz ainda estava cheio de alemães, e portanto era impossível cavar uma trincheira no penhasco a quinze metros dele, como fora sugerido. Era óbvio agora que umas poucas patrulhas reforçadas poderiam ter esclarecido a situação de modo mais econômico do que mil homens com pás e picaretas. De qualquer modo, a informação necessária havia sido obtida, e dificilmente se poderia esperar que o alto-comando subisse lá e investigasse ele mesmo enigmas como aqueles. Mas esse tipo de combate era uma nova experiência para todos nós, e as dificuldades de organizar as ações de improviso deviam ser consideradas.

* * *

Durante a manhã, fomos um batalhão silencioso, exceto pelos roncos. Alguns canhões de oito polegadas estavam disparando a cerca de duzentos metros do vão, mas nosso sono estava habituado a barulhos como aqueles, que nos teriam mantido bem acordados na vida civil. Tínhamos a sorte de estar secos, porque o céu estava nublado. À uma hora, nossa velha inimiga – a chuva – chegou com toda força. Quatro horas de dilúvio deixaram os soldados ensopados e desconsolados, e então Dottrell fez uma de suas providenciais aparições com as rações. Caldeirões de chá quente, e um pouco de rum, fizeram toda a diferença segundo nosso ponto de vista. Pareceu-me que o intendente-mestre simbolizava aquela zona de segurança temporária, que esperava por nós quando nossas adversidades presentes davam uma trégua. Ele tinha sempre pronto um comentário bem-humorado para cada um, e sua jocosidade era criteriosa. Quais eram as piadas que ele fazia? Tento lembrar. Mas todas tinham sua utilidade. Só me lembro de ele ficar provocando um oficial chamado Woolman, cuja silhueta robusta havia aumentado anormalmente desde que ele chegara à zona de batalha. A jovem esposa de Woolman na Inglaterra mandara-lhe um colete à prova de balas; até então, o colete só servira para que ele transpirasse em profusão; e embora tivesse a fama de ser extremamente vulnerável, o tal colete inspirara um engraçadinho da sua companhia a apelidá-lo de "Asbestos Bill".

O tempo parece ter apagado da guerra as risadas. Não consigo ouvi-las na minha cabeça. Como soariam estranhas essas risadas se pudesse recuperá-las do jeito que aconteceram numa noite como essa que descrevo agora, quando todos tínhamos consciência de que iríamos realizar um ataque naquela noite; pois o míope do Barton e os demais comandantes de companhia haviam acabado de voltar de um reconhecimento do terreno que não os deixou muito mais bem informados do que quando partiram. Nesse meio-tempo, havíamos enfiado um pouco de rum para dentro e conseguíamos encontrar algo para rir. Nossas risadas brotaram como as chamas das fogueiras do acampamento ao anoitecer, para ser erradicadas ou extintas por nosso imparcial oponente, a chuva. A aparição consoladora de Dottrell foi embora e não acho que ele tenha dado muito mais risadas ao ficar a sós, chacoalhando de volta para casa.

A hora zero era quarenta e cinco minutos após a meia-noite. Duas companhias deveriam atacar num *front* de seiscentos metros, e o Royal Irish deveria fazer o mesmo à nossa direita. A companhia de Barton ficaria na reserva; devido à ausência do grupo de transporte, ela devia reunir apenas uns trinta homens.

Às nove da noite, começamos a seguir pela estrada rebaixada até Mametz. Em razão da chuva, o trajeto seco do dia anterior teve que ser percorrido num brejo. O progresso era lento devido à concentração de soldados na frente. Tínhamos apenas uns dois mil metros para andar, mas houve uma hora em que pareceu improvável que as companhias de assalto estivessem a postos na hora zero. Estava escuro como breu enquanto andávamos com esforço pela lama, e chegamos lá quinze minutos antes da hora, depois de gastar três horas e meia para andar dois quilômetros.

Barton dispôs seus homens ao longo de uma trincheira rasa de apoio, à beira do bosque inferior, que ficava a apenas um matagal à esquerda do terreno que havíamos visitado na noite anterior. Quase imediatamente começou um curto bombardeio preliminar e a escuridão tornou-se diabólica com o barulho e os clarões daquela mesma velha história de sempre. Mais uma vez, fiquei imaginando se os projéteis nunca colidiam no ar. Seguiram-se então silêncio e suspense. Barton e eu falávamos bem baixo; ele achou que seria melhor eu pegar emprestada sua lanterna elétrica e descobrir o caminho mais próximo de volta ao QG do batalhão.

Todo mundo era anônimo no escuro, mas "Sou eu, Kendle, senhor", vindo de uma figura aproximando-se do meu lado, significava a intenção de acompanhar minhas explorações. Fomos tateando nosso caminho pelo bosque, e eu logo murmurei que se não tivéssemos cuidado iríamos nos perder, o que era bem verdade, pois meu sentido de direção já se tornara incerto. Enquanto hesitávamos, algumas bombas explodiram à nossa volta na vegetação rasteira com um estrondo estúpido. Mas rimos, um encorajando o outro com bravatas, até que encontramos uma trilha. Por ela veio alguém apressado. Topou comigo e apontei a lanterna no seu rosto. Era um oficial que havia se juntado a nós na semana anterior. Ele então perdera o controle de si e eu consegui entender por seu balbuciar incoerente que ele estava a caminho do QG para dizer ao Kinjack que sua companhia ainda não havia se movido do lugar porque eles não sabiam que caminho tomar para achar os alemães. Isso não era surpresa; mas fiquei alarmado quanto à recepção que ele teria no QG, pois Kinjack já havia formado uma ideia de que aquele pobre diabo era um "medroso". Assim, fingindo uma expressão feroz, puxei minha pistola automática, agarrei-o pelo ombro e disse que se ele não voltasse direto para o "Asbestos Bill" eu iria atirar nele, acrescentando que Kinjack certamente também lhe daria um tiro se ele aparecesse no QG com uma história como aquela e naquele estado de "tensão". Isso o fez ficar sóbrio e ele aceitou meu conselho, embora duvido de que tenha causado qualquer mal aos alemães (dez dias mais tarde foi morto, de um jeito que eu só posso chamar de *bona fide*). Até aquele momento, pensei, minha contribuição àquele ataque era muito estranha; eu poupara um de nossos oficiais de ir para a corte marcial por covardia. Então comentei com Kendle que aquele parecia ser o caminho mais curto para o QG do batalhão, e também conseguimos achar o caminho de volta até Barton sem qualquer outro incidente. Disse ao Barton que o "Asbestos Bill" parecia estar apenas matando tempo, apesar do seu colete à prova de bala.

Os homens estavam sentados num degrau de tiro toscamente escavado, e logo todos nós caímos no sono. A figura corpulenta de Barton ficava dando cabeçadas do meu lado, e Kendle dormiu com a cabeça encostada no meu ombro. Ficamos assim até que meu relógio luminoso indicou duas e vinte. Então chegou um estafeta com uma mensagem verbal. "Os bombardeiros da Companhia C têm que subir agora." Com uma dúzia de homens atrás de mim segui-o pelo bosque inferior. A escuridão dava lugar a uma luz pouco reveladora conforme saíamos das árvores e subíamos uma encosta cheia de buracos de bombas. Ficava a uns quinhentos metros do descampado até a recém-capturada trincheira do quadrilátero. Pouco antes de chegarmos ali, um segundo estafeta alcançou-nos para dizer que meus bombardeiros deviam recuar outra vez; mandei-os de volta. Não sei dizer por quê, mas o caso é que eu mesmo fui; e Kendle veio comigo.

* * *

Não havia arame suficiente diante da trincheira do quadrilátero. Entrei nela por um baluarte na extremidade esquerda e encontrei três oficiais sentados no degrau de tiro, de ombros caídos e rostos abatidos e inertes. Os dois outros tinham saído, feridos. Fui informado que Edmunds, o oficial de observação do batalhão, havia ido explicar a situação ao Kinjack; estávamos em contato com os fuzileiros da Nortúmbria à nossa esquerda. Não obstante, senti que algo precisava ser feito. Explorando à minha direita, descobri o jovem Fernby, cuja atitude contrastava com a do apático trio no baluarte protegido por sacos de areia. Fernby estava fora da Inglaterra havia poucas semanas, mas parecia já bem à vontade em seu novo ambiente. Seu rosto era o de quem está exultante com o fato de não sentir medo. Contou-me que ninguém sabia o que acontecera à nossa direita; achavam que o Royal Irish havia fracassado. Fomos pela trincheira, que não chegava a bater na altura do peito. Os alemães deviam evidentemente estar cavando quando atacamos, e haviam deixado seus fardos e outros equipamentos enfileirados ao longo do lado oposto da trincheira. Dei uma olhada em volta; o amanhecer cheio de fumaça estava vivo, com intensa movimentação, e havia naquela cena uma estranheza maluca que, de alguma maneira, me excitava. Nossos homens pareciam um pouco descontrolados e não consegui ver nenhum dos suboficiais responsáveis; alguns dos soldados disparavam excitados em direção ao bosque; outros ficavam fuçando nos fardos dos alemães. Fernby disse que estávamos sendo alvejados das árvores de ambos lados. O Bosque de Mametz era um muro ameaçador de escuridão, e agora um acesso de rápidas explosões abafadas começou a vir daquela direção. Havia um túnel do quadrilátero até o bosque, que estava sendo bombardeado pelos alemães. No meio de toda aquela confusão, formei a óbvia noção de que devíamos aprofundar a trincheira. A luz do dia iria cair sobre nós de vez, e estávamos numa encosta expostos a fogo de enfiada do bosque. Eu disse a Fernby para mandar os homens cavarem com todas as suas forças, e fui para a direita com Kendle. Os alemães haviam deixado um monte de pás, mas não estávamos fazendo uso delas. Dois recrutas de aspecto durão estavam disputando a posse de um par de binóculos, então puxei minha pistola e, com ferozes juramentos, mandei-os parar com aquela bobagem e cavar. A pistola parecia estar se revelando muito útil, pensei, pois as condições na trincheira do quadrilátero estavam me dando uma espécie de ímpeto raivoso. Em alguns lugares, ela tinha apenas trinta centímetros de profundidade, e já havia homens deitados, feridos e mortos a tiros. Também podiam ser vistos corpos de alemães com suas botas de cano alto, que, no indistinto início da claridade do dia, pareciam vítimas de uma catástrofe tanto quanto os homens que os haviam atacado. Passei por cima de um dos alemães e um impulso me fez erguê-lo daquela miserável vala. Escorado contra a borda, seu rosto loiro estava intacto, exceto pela lama que limpei de seus olhos e boca com a manga do meu casaco. Ele aparentemente havia sido morto enquanto cavava, pois sua túnica estava amarrada frouxamente por cima dos ombros. Não parecia ter mais de dezoito anos. Içando-o um pouco mais, constatei que tinha um rosto muito delicado, e lembrei que esta era primeira vez que eu tocava algum dos nossos inimigos com as próprias mãos. Talvez eu tivesse naquela hora um leve senso da futilidade que havia posto um fim àquele jovem de boa aparência. De qualquer modo, eu não esperava que a batalha do Somme fosse exatamente assim... Kendle, que havia tentado fazer alguma coisa por um homem gravemente ferido, agora se juntava a mim, e continuamos, quase sempre de quatro, pela exígua trincheira. Não cruzamos com ninguém até chegar a um posto de bombardeio – três homens muito sérios que disseram que até então ninguém tinha ido além daquele ponto. Como eu estava num estado de espírito investigativo, peguei um saco de bombas e rastejei sessenta ou setenta metros com Kendle logo atrás de mim. A trincheira virou um sulco raso e terminou onde o terreno dava num pequeno vale, ao longo do qual havia uma linha férrea de bitola estreita. Ficamos observando o bosque do outro lado do vale. De lá vinha ocasionalmente um disparo de fuzil, e um capacete ficou visível por um momento. Kendle comentou que daquele ponto qualquer um podia enxergar dentro da nossa trincheira, na encosta atrás de nós. Eu disse que devíamos colocar nosso baluarte ali mesmo e mandei-o voltar e trazer os bombardeiros e uma metralhadora Lewis. Sentia-me ousado e parecia que Kendle e eu estávamos nos divertindo bastante juntos. Kendle também pensava assim. O capacete apareceu de novo. – Acho que vou atirar nele – disse Kendle, afastando-se um pouco do anteparo que nos dava proteção. Nessa hora Fernby apareceu com dois homens e a metralhadora Lewis. Kendle estava meio ajoelhado contra uma parte mais elevada do terreno; lembro-me dele puxando seu capacete da testa e erguendo-se alguns centímetros para mirar. Depois de atirar, olhou para nós com um sorriso animado; um segundo depois caiu de lado. Uma mancha surgiu no lugar em que a bala o atingira bem acima dos olhos.

Considerando as circunstâncias, eu não tinha justificativa para me sentir nem chocado, nem assustado pela repentina extinção do anspeçada Kendle. Mas após a crua constatação de que ele havia sido morto, todos os sentimentos intensificaram-se e contraíram-se numa única intenção – "acertar aquele franco-atirador" do outro lado do vale. Se tivesse parado para pensar, não teria ido para lá de jeito nenhum. Mas do jeito que aconteceu, só tive tempo de me livrar do meu capacete e equipamento, jogar o saco de bombas no ombro, informar bruscamente Fernby que estava indo descobrir quem é que estava ali, e descer a montanha a passos largos. Enquanto descia, puxei o pino de segurança da granada Mills; já com a mão direita carregada, fiz o mesmo com a esquerda. Menciono isso porque fui obrigado a extrair o segundo pino de segurança com os dentes, e aquela sensação de rangê-los fez-me lembrar que estava já a meio caminho e não tão afobado como no início. Senti faltar o fôlego quando escalei a encosta do outro lado. Pouco antes de chegar ao topo desacelerei e atirei as duas granadas. Em seguida, continuei correndo até a borda, na vaga expectativa de algum tipo de luta corpo a corpo com o inimigo. Eu fiquei uma fera com o homem que acertou Kendle; de maneira bastante inesperada, vi-me olhando para baixo, para uma bem organizada trincheira com um monte de alemães dentro. Felizmente para mim, eles estavam batendo em retirada. Nunca poderiam imaginar que estivessem sendo atacados por um único doido; e Fernby, com uma presença de espírito que provavelmente salvou minha vida, havia coberto meu avanço dando uma rajada no topo da trincheira com sua metralhadora Lewis. Atirei mais algumas bombas, mas elas não alcançaram os desajeitados vultos cinza-escuro, alguns deles meio voltados para trás para disparar seus fuzis por cima do ombro esquerdo, correndo pelo descampado em direção ao bosque, ao mesmo tempo em que uma multidão de capacetes ia aos trancos e barrancos sumindo pela trincheira. Exultante de uma maneira idiota, fiquei lá em pé com o dedo no ouvido direito e emiti uma série de *view-holloas* (um gesto que talvez conquiste a aprovação das pessoas que ainda encaram a guerra como uma forma de atividade ao ar livre)[17]. Tendo assim fracassado em cometer suicídio, passei a ocupar a trincheira – isto é, sentei no degrau de tiro, ofegante, e rezei a Deus para que os alemães não decidissem voltar.

17 *View-holloa* é um grito dado pelos caçadores quando uma raposa sai de seu esconderijo. Algo como: "Atenção! Saiu da toca!" (N. do T.)

A trincheira era profunda e espaçosa, com uma boa visão dos nossos homens no quadrilátero, mas eu não tinha ideia do que fazer agora que tomara posse dela. A palavra "consolidação" passou pela minha mente; mas eu não podia consolidá-la sozinho. Naturalmente, não subestimei a magnitude do meu feito de capturar a trincheira que havia sido alvo do ataque frontal do Royal Irish à noite. Não obstante, embora ainda incapaz de ver que meu sucesso era apenas um feliz acidente, senti-me um pouco estranho naquela minha solidão, e então reforcei meu ânimo contando os conjuntos de equipamentos que haviam sido deixados para trás. Havia entre quarenta e cinquenta mochilas, muito bem arrumadas em fileira – um dado que eu mencionaria com frequência (de maneira bastante casual) ao descrever minha exploração mais tarde. Havia a entrada para um abrigo subterrâneo, mas dei apenas uma espiada nele, sentindo-me mais seguro acima da superfície. Depois, com uma precaução apreensiva, explorei cerca de metade do caminho até o bosque, sem encontrar nenhum corpo morto. Aparentemente, ninguém tinha sido minimamente atingido pelas minhas bombas. Talvez eu estivesse decepcionado com isso, embora a descoberta de um inimigo morto ou ferido pudesse ter reavivado em mim a emoção humana. Voltando ao posto de tiro no final da trincheira, meditei por alguns minutos, de certo modo como um garoto que pegou um peixe gordo demais para poder carregá-lo para casa (se é que um evento improvável como esse aconteceu alguma vez). Por fim, dei um suspiro profundo e percorri a toda o caminho pelo qual havia vindo.

O rosto ansioso do pequeno Fernby me esperava, e desabei do lado dele com um surto de riso histérico. Ao ouvir minha história, ele perguntou se não deveríamos mandar um grupo lá para ocupar a trincheira, mas eu disse que os alemães provavelmente logo estariam de volta. Além disso, minha corrida a toda a velocidade atraíra a atenção de uma metralhadora, que agora disparava furiosamente pelo vale de uma posição em frente ao bosque. Na minha excitação, eu esquecera do Kendle. A visão de seu corpo provocou um pequeno choque em mim. Seu rosto havia ficado azulado; disse a um dos bombardeiros que o cobrisse com alguma coisa. Então vesti de novo as tiras de suporte do meu equipamento e os acessórios, dei um gole do meu cantil, pois minha boca havia de repente ficado insuportavelmente seca, e iniciei minha jornada de volta, deixando Fernby para cuidar do posto de bombardeio. Eram agora seis da manhã, e sem dúvida é uma coisa cansativa ficar relembrando tudo isso e escrevendo. Não havia nada para se gostar no quadrilátero, embora, pelo que eu ouvira dizer, fosse confortável em comparação com o inferno que iria virar poucos dias depois. Andando ora agachado, ora rastejando, consegui cobrir o caminho de volta. Passei pelo jovem alemão cujo corpo eu havia poupado de se desfigurar há um par de horas. Ele estava na lama de novo e alguém havia pisado no seu rosto. Fiquei abatido ao vê-lo, embora o corpo dele agora tivesse perdido qualquer contato com a vida e fosse parte dos descartes da guerra. Ele e Kendle haviam se cancelado mutuamente naquele processo chamado de "desgaste do efetivo". Mais adiante encontrei um dos nossos homens morrendo lentamente com um buraco na testa. Tinha os olhos abertos e respirava com um ronco horrível. Junto dele, ajoelhados, estavam dois de seus antigos colegas; um deles golpeava a terra com uma picareta, enquanto o outro ia removendo-a da trincheira com as mãos. Não estavam preocupados com suvenires agora.

Ignorando uma ordem escrita de Barton, mandando-me voltar, permaneci na trincheira do quadrilátero a manhã inteira. O inimigo fez umas poucas tentativas de bombardear nosso túnel a partir do bosque, e naquela área restrita continuei a despender a energia que era o resultado de minha tensão nervosa. Menciono isso porque, conforme o dia ia passando, eu definitivamente queria matar alguém por contato direto. Talvez isso significasse que eu estava de fato me tornando um bom “combatente”, mas só posso sugerir que, como ser humano, eu estava ao mesmo tempo exausto e exasperado. Minha coragem era do tipo de galo de briga. A briga de galos é ilegal na Inglaterra, mas em julho de 1916 o homem que pudesse se vangloriar de ter matado um alemão na batalha do Somme recebia um tapinha nas costas de um bispo numa enfermaria de hospital.

As bombas de feixe alemãs eram fáceis de evitar; demoravam oito segundos para explodir, e quem as atirava não ficava segurando-a muitos segundos depois de puxar a corda. De qualquer modo, minhas febris performances foram concluídas com uma mensagem peremptória do QG do batalhão, e então fui até o bosque inferior por uma trincheira de comunicação meio escavada, cuja existência só lembrei neste exato momento em que escrevo (o que mostra como é difícil recuperar os detalhes da experiência da guerra).

Eram quase duas da tarde, e a luz do dia perdera seu mistério quando cheguei ao quartel-general de Kinjack. As circunstâncias agora tornavam permissível sentir-me cansado e faminto, mas de momento eu esperava em vez disso receber congratulações. Minha expectativa não se cumpriu. Kinjack estava sentado furioso num abrigo de superfície, dentro de uma cova de areia à beira do Bosque Inferior. Entrei, abrigando-me do sol. O fatigado ajudante lançou-me um olhar triste do canto de uma mesa feita de caixa de munição e coberta com um cobertor cinza, e o rosto do coronel me fez sentir como se eu fosse um prisioneiro recém-capturado. Raivoso, perguntou por que eu não voltara com os bombardeiros da minha companhia de manhã cedo. Eu disse que ficara lá para ver o que estava acontecendo. Por que eu não havia consolidado a trincheira do bosque? Por que diabos eu não mandara uma mensagem para notificá-lo de que havia sido ocupada? Não fiz nenhuma tentativa de responder a essas charadas. Obviamente, eu havia estragado a coisa toda. O bombardeio da unidade de artilharia fora atrasado por três horas porque Kinjack não podia informar que “minha patrulha” havia voltado para a trincheira do quadrilátero, e de forma alguma ele podia ser culpado por estar irritado comigo, ainda mais depois que eu soube que ele havia sido repreendido ao telefone pelo brigadeiro (por meio dos pontos e traços do código Morse, suponho). Olhei para ele com um sorriso amarelo, e fui até Barton com uma dor de cabeça de rachar e a noção de que devia ser grato pelo simples fato de ter conseguido voltar.

* * *

Ao anoitecer fomos substituídos. O batalhão que nos revezou tinha o dobro do nosso tamanho (éramos menos de quatrocentos) e compunha-se de soldados do Novo Exército, inexperientes. Nossa pequena trincheira sob as árvores foi inundada por uma alegre companhia de enfáticos galeses. Kinjack os teria chamado de ralé em pânico. A maioria era homens de baixa estatura, e quando os vi chegar, no primeiro estágio de sua experiência de batalha, tive um vislumbre de sua vitimização. Um pequeno oficial de pelotão estava tranquilizando seus homens com uma valente demonstração de autoconfiança. Para manter as aparências, ordens de algum tipo precisavam ser dadas, embora na realidade não houvesse o que fazer, a não ser sentar e esperar que não chovesse. Ele falava duro com alguns deles, e senti que eram todos como um bando de crianças. Ia ser uma vigia precária para duas companhias desnorteadas como aquelas, amontoadas no quadrilátero, que havia sido um local superguarnecido por nosso próprio contingente, comparativamente pequeno. Assistindo àquela desamparada multidão de vultos cáqui sob a sombra crepuscular das árvores, acredito que vi então, pela primeira vez, a maneira cega com que a guerra destrói suas vítimas. O sol havia se posto até nos meus próprios julgamentos precipitados, e entendi a malfadada condição daqueles civis mal treinados que haviam sido enviados para atacar o bosque. Quando nos retiramos, Barton exclamou: “Por Deus do céu, Canguru, tenho pena desses pobres coitados”. Ele lamentava vagamente a sorte deles, aliás, como cabia fazer. Dois dias mais tarde, a divisão galesa, da qual eles eram uma unidade, envolveu-se em massacre e confusão. A ocupação que nós mesmos fizemos da trincheira do quadrilátero foi apenas um prelúdio daquele pandemônio que converteu o mato cerrado do Bosque de Mametz numa desolação de árvores esqueléticas e corpos enegrecidos.

Nesse meio-tempo, nós de bom grado deixamos os galeses com seus problemas e marchamos de volta vinte quilômetros para a paz e a segurança. Mametz sofria forte bombardeio quando passamos aos tropicões por suas ruínas, mas saímos de lá depressa, embora os primeiros seis quilômetros nos tenham custado quatro horas, devido ao congestionamento do transporte e da artilharia nas estradas em volta de Fricourt. Na colina acima de Bécordel, tiramos uma soneca de uma hora na grama alta molhada, com estrelas no céu e canhões ressoando e relampejando nos vales abaixo. Depois, nas primeiras luzes de um amanhecer frio e com névoa, fomos nos arrastando até Heilly. Chegamos lá por volta das oito horas, com o sol quente. Nosso acampamento era num brejo junto ao Rio Ancre – e não se tratava de um bom acampamento quando chovia (o que ocorreu não muito tempo depois), mas mesmo assim era um lugar bem mais agradável do que o campo de batalha do Somme... Depois de três horas de sono, fui acordado por Flook. Todos os oficiais foram convocados a comparecer à reunião do chefe de brigada. Nessa atividade, eu não precisava abrir a boca, a não ser ocasionalmente para bocejar. Kinjack presenteou-me com um sorriso amarelo bem-humorado. Ele só fez mais um comentário sobre a minha não consolidação daquela trincheira que eu capturara fortuitamente. Com certeza iria deixar-me de fora do “próximo espetáculo” como punição, disse. Algumas pessoas afirmaram que ele não tinha senso de humor, mas eu ouso discordar delas.

IV

Ninguém tinha qualquer ilusão a respeito da duração de nossas férias em Heilly. Nossa divisão havia recebido congratulações do comandante em chefe, e nosso chefe de brigada deixara claro que seriam necessários esforços adicionais de nossa parte no futuro próximo. Nesse meio-tempo, os soldados inventavam um jeito de ficar alegres; estar longe da batalha e numa boa vila era tudo o que importava no momento. Nossas baixas não haviam sido muitas (havíamos perdido cerca de cem homens, mas apenas uma dúzia deles haviam sido mortos). Havia um pouco de reclamação no segundo dia, que foi chuvoso e reduziu nosso acampamento à sua condição natural – um brejo; mas o comandante do exército fez-nos uma visita breve (e, graças a Deus, informal), e esse seu vislumbre de afabilidade fez os homens sentirem que haviam se portado de modo louvável. Mesmo assim, enquanto ele chapinhava entre as tendas marrons com suas botas e esporas, era possível ouvir mais de uma voz murmurando: "Por que esse velho ------ não despejou a gente num lugar mais seco?". Mas o chefe do Quarto Exército podia muito bem estar com a cabeça em outras coisas naquela tarde, já que a divisão galesa havia atacado o Bosque de Mametz cedo naquele dia, e ele devia já estar tentando digerir os primeiros informes, que chegaram a nós como boatos terríveis na manhã seguinte.

Aquecendo-me ao sol depois do café da manhã com Barton e Durley, senti que o dia que estávamos vivendo era tudo o que nos preocupava. Se havia ocorrido uma trapalhada desastrosa, com soldados correndo desembestados sob o fogo de metralhadoras, isso tinha sido a vinte quilômetros de distância e não era da nossa conta até que fôssemos convocados a fazer nosso trabalho. Não havia revista militar aquele dia, e estávamos indo para Amiens almoçar – Dottrell e o ajudante vinham conosco. Barton, tendo sobre os joelhos um caderno de notas marrom para trabalho externo, escrevia uma carta à esposa. "Você sempre acende seu cachimbo com a mão esquerda, Canguru?", perguntou ele, olhando para mim enquanto arrancava outra folha do caderno. Respondi que achava que sim, embora nunca tivesse reparado nisso antes. Depois fiquei falando meio à toa sobre o quanto podemos ser pouco observadores. Contei (sabendo que o velho Barton gostava de ouvir esse tipo de histórias) que "tínhamos um relógio do nosso avô na sala de casa e durante anos e anos eu achei que o nome do fabricante era Thos. Verney, London. Então, um dia decidi polir o velho mostrador de metal e descobri que estava escrito Thos. Vernon, Ludlow!" – Barton achou isso uma feliz coincidência, pois ele morara em Shropshire e tinha ido às corridas de Ludlow. Um quilômetro quadrado de Shropshire, garantiu ele, valia mais que a França inteira. Durley (que estava lendo *Great Expectations* com um rosto que expressava fuga da realidade) fez um apelo em favor de Stoke Newington, o lugar onde vivia; disse que era cheio de cantinhos antigos muito curiosos – claro, se você soubesse onde procurá-los –, e que devia ter sido um lugar bem pacato nos dias de Dickens. Voltando ao meu assunto original, observei: "Nós tínhamos também um barômetro antigo, mas ele nunca funcionava. O quanto eu consigo lembrar, ele ficava apontado para *Espere Chuvas vindas de Noroeste*. Da última vez que estive de licença, percebi que não dizia *Espere* e sim *Exceto* – se bem que sabe lá Deus o que isso queria dizer!". Meus companheiros, que não eram de falar muito, garantiram-me que com um cérebro como o meu eu devia estar no alto-comando.

Passeando sob os álamos que balançavam e cintilavam junto ao rio, permiti-me devanear um pouco, lembrando o preguiçoso tique-taque do velho relógio Ludlow... Quer dizer que fazia só três semanas que eu tinha estado ali, ao pé da escada, entre o barômetro e o relógio, numa manhã de verão tão linda como aquela? Lá em cima, no banheiro, tia Evelyn estava colocando ervilhas-de-cheiro e rosas numa tigela com água, cantarolando baixinho enquanto arrumava tudo a seu gosto. Visualizando o banheiro dela com sua banheira e pia de cobre (que "davam o maior trabalho para limpar"), seu piso cinza e os azulejos holandeses azuis e brancos nas paredes, e o sabugueiro lá fora da janela, achei esses objetos familiares tão caros a mim quanto eram para a própria tia Evelyn, já que na minha mente eles e ela compunham uma coisa só (apesar de ela dizer há anos que iria se desfazer da banheira e da pia de cobre).

Quem sabe se naquele momento ela não estaria uma vez mais levando uma tigela de água com rosas até a sala de visitas enquanto o relógio batia seu tique-taque lento, e o papagaio assobiava, e a cozinheira cortava alguma coisa na mesa da cozinha. Talvez houvesse também o ronco asmático de um trator trabalhando na colina fora da casa... Deparar com um trator havia sido sempre um grande evento para mim na infância, quando saía para passear cavalgando meu primeiro pônei. E pensar na cozinheira me fez pensar no jardineiro com seu passo ruidoso, entrando com um maço de legumes, e o jardineiro me fez lembrar os pássaros pousados na rede que protegia os morangos, e não havia qualquer limite a esse tipo de devaneio sobre uma Inglaterra onde não havia guerra e a grama do campo de críquete da cidade ainda estava sendo aparada por um homem que não sabia que algum dia iria se juntar "aos Buffs"[18], migrar para a Mesopotâmia e marchar sobre Bagdá.

* * *

Amiens ficava a dezessete quilômetros e os cavalos não estavam lá muito inteiros; mas Dottrell arrumou transporte motorizado para os últimos onze quilômetros – o antigo intendente do nosso batalhão (que havia sido intendente do

18 Assim eram chamados os membros do Royal East Kent Regiment, um dos mais antigos regimentos de infantaria do exército britânico. Acredita-se que a origem do nome deve-se ao fato de seus soldados usarem capas protetoras feitas de couro leve – *buff*. (N. do T.)

QG do Quarto Exército desde que o Quarto Exército existia) prometera emprestar seu carro. Assim, não havia nada de errado com o mundo enquanto nós cinco caminhávamos juntos, e me permiti uma ilusão momentânea de que estávamos bem distantes da guerra. Olhando a paisagem vasta e tranquila, com alguns retângulos de milho maduro e trevos vermelho-sangue, imaginei que aquela luz calma e benfazeja poderia estar estendendo-se até a zona de batalha. Mas um carro do alto-comando nos ultrapassou, e quando ele seguiu com ares de importância levantando uma nuvem de pó, vi de relance um alemão algemado, prisioneiro – que logo iria fornecer material para um otimista parágrafo de um relatório da Unidade de Inteligência, e acrescentar sua história à onisciência dos poderes que agora expediam ordens de operação com a asserção de que estávamos "perseguindo um inimigo derrotado". Logo estávamos em Querrieux, uma grande vila confortavelmente ocupada pelo alto-comando do Quarto Exército. Quando passamos pelo chalé branco do general, Dottrell especulou ironicamente sobre os rendimentos médios de seu estafe pessoal, acrescentando que eles deviam sofrer de uma terrível insônia com tantos canhões disparando a vinte e cinco quilômetros de distância. Deixando que nossos cavalos aproveitassem ao máximo a forragem do Quarto Exército, entramos para apresentar nossos respeitos ao opulento Intendente, que havia se afastado das obrigações do batalhão após a Primeira Batalha de Ypres[19]. Ele nos garantiu que poderia ficar sem seu carro por algumas horas, já que tinha dois à disposição dele, ao que Dottrell retrucou dizendo que não imaginava como ele se arrumaria com apenas um carro.

Em Amiens, no conhecido restaurante Godbert, almoçamos como duques numa sala reservada, com venezianas

19 Batalha ocorrida entre outubro e novembro de 1914, no oeste da Bélgica, e que envolveu os exércitos belga, britânico e francês contra o alemão. A região próxima a Ypres ainda veria outras batalhas importantes da Primeira Guerra, até outubro de 1918. (N. da E.)

verdes. “Só Deus sabe quando iremos ver uma toalha de mesa limpa de novo”, comentou Barton, enquanto pedia lagostas, pato assado e duas garrafas do melhor “borbulhante” que eles tivessem. Sabe-se lá mais o quê continha aquela refeição; mas me lembro de conversar com a língua solta sobre esporte, e do velho Joe contando como escapara por pouco de ser rebaixado por “ter feito uma aposta” quando o batalhão estava estacionado na Irlanda antes da guerra. “Havia alguns ótimos cavaleiros no regimento naquela ocasião; eles só falavam e pensavam em caçadas, corridas e polo”, disse ele; e acrescentou que era uma sorte para alguns de nós que a habilidade em cavalgar não fosse necessária para vencer a guerra, já que a maioria dos oficiais que montava parecia agora estar ou remando um barco ou subindo uma ladeira de bicicleta. Por fim, quando de rosto corado fomos perambular no sol, ele observou que estava começando a pensar em procurar uma moça novinha para deixar sua mulher com ciúmes. Eu disse que sempre restava a catedral para dar uma olhada, e descobri que sem querer havia feito uma piada muito boa.

V

Dois dias mais tarde, desocupamos o acampamento em Heilly. Os álamos junto ao rio balançavam e mostravam o branco de suas folhas, e demos adeus ao seu belo som tremulante ao irmos embora envoltos na nossa própria nuvem de pó às quatro horas de uma tarde de luz ofuscante. Os álamos esperavam, com suas boas-vindas indiferentes, a chegada de outro batalhão, morto de cansaço e diminuído. Tal era o seu hábito, e assim seguia a guerra. Deve ser difícil, para quem não tivesse experimentado, imaginar a sensação de voltar à área de batalha, particularmente quando se sai de um lugar seguro como Heilly. Recheada por um pouco promissor destacamento de um batalhão de serviço militar local, nossa unidade estava bem descansada e, podia-se supor, cheia de entusiasmo. De qualquer modo, era bom para todos, inclusive os próprios soldados, acreditar que a vitória estava próxima. Vendo em retrospecto, no entanto, eu achava difícil concebê-los como um corpo de homens otimista, e se os homens do novo destacamento tivessem quaisquer ilusões a respeito da guerra moderna, eles com certeza logo iriam perdê-las.

Meu exíguo diário preservou alguns detalhes daquela marcha de quinze quilômetros. O marechal de campo Haig passou por nós de carro; e vi um médico, de avental branco comprido, em pé na porta da igreja de Morlancourt. Passando pela cidade, seguimos por uma trilha, conhecida como "Estrada Vermelha", chegamos à cidadela "na rica luz amarela do anoitecer" e acampamos na colina atrás da estrada de Fricourt. Duas horas mais tarde, ficamos "prontos para a ação", e então partimos para Mametz, apenas para sermos trazidos de volta depois de andar menos de um quilômetro. Eu adormeci, apesar do som de fogo pesado na direção de La Boisselle, do matraquear das carretas de artilharia na estrada da cidadela e de homens gritando e procurando seus apetrechos no escuro. Há coisas piores do que adormecer sob um céu de verão. A gente acorda enrijecido e frio, mas com uma mente milagrosamente clara.

No dia seguinte, passei para as linhas de transporte, uns três quilômetros na retaguarda, pois era um dos oito oficiais mantidos na reserva. Ali vivi monotonamente enquanto o batalhão se envolvia na batalha da Serra de Bazentin. Meu tédio era combinado com suspense, pois após o primeiro ataque eu poderia ser enviado para lá a qualquer hora e, portanto, nunca podia ficar vagando muito longe das linhas de transporte.

A batalha não começou antes do amanhecer da sexta-feira, portanto na quinta-feira Durley e eu estávamos de folga e fomos dar uma olhada na velha linha de frente. Concordamos que era estranho ficar andando pela terra de ninguém e inspecionando as antigas trincheiras alemãs num clima meio que de férias. O chão estava cheio de munição não utilizada, e fomos tomados por um espírito perverso de destruição. Atirando granadas de morteiro Stokes pelas escadas escuras e sombrias dos abrigos subterrâneos alemães, nos divertíamos com o barulho das explosões. Por alguns poucos minutos, sentimos como se estivéssemos recuperando um pouco do que era nosso, em troca do que havíamos sofrido em frente àquelas trincheiras, e por acaso estávamos perto das crateras de mina onde o ataque havia falhado. Mas logo apareceu um oficial da Unidade de Salvamento gritando conosco, e fugimos antes que ele pudesse nos identificar. Foi assim que "fechamos a tampa" dos nossos dias e noites no setor do Bois Français, que agora não era nada além de umas poucas centenas de metros de terreno destruído – uma confusão de arame abandonado, valas sem sentido e crateras não mais assustadoras. Parecia não ter sentido o esforço gasto em empilhar aqueles sacos de areia desbotados, e até mesmo o 1º de julho havia se tornado uma memória improvável, agora que os corpos mortos haviam sido tirados de lá. Cardos densos já cresciam entre os fuzis enferrujados, roupas rasgadas e o equipamento abandonado daqueles que haviam caído há algumas semanas.

* * *

Aquela noite ouvimos que o Segundo Batalhão havia montado acampamento a cerca de oitocentos metros do nosso. Sua divisão fora trazida de Flandres e estava a caminho de Bazentin. Ao voltar de um passeio depois do jantar, descobri que vários oficiais do Segundo Batalhão tinham vindo nos visitar. Estava quase escuro; os oficiais estavam em pé do lado de fora da nossa barraca, junto com Durley e os outros, e davam a impressão de que buscavam manter sua coragem com a volubilidade comum entre soldados que sabiam que logo estariam participando de um ataque. Entre eles, grande e impulsivo, estava David Cromlech[20], que fizera parte do nosso batalhão durante três meses no inverno anterior. Quando me aproximei do grupo reconheci sua voz com um choque de agradável surpresa. Ele e eu nunca havíamos estado na mesma companhia, mas éramos amigos íntimos, embora de uma maneira ou outra eu o tenha deixado até aqui de fora da minha história. Nessa ocasião seu rosto era apenas vagamente discernível, portanto não vou descrevê-lo, embora fosse um rosto digno de nota. A inclinação a manter certa distância emocional, que é parte do meu temperamento, me fez ficar em segundo plano por um ou dois minutos, e então fiquei ouvindo de relance suas exclamações terrivelmente divertidas, com aquela indefinível pontada de afeto que é com frequência sentida por um observador distante ao ver um comportamento assim espontâneo. Quando me juntei ao grupo tínhamos tanta coisa para contar um ao outro que logo voltei com ele até a sua encosta sem barracas. No caminho, fiz a ele um relato quase sem respiro das minhas aventuras no Bosque de Mametz, mas nenhum de nós dois queria realmente ficar falando sobre a batalha do Somme. Provavelmente já estaríamos fartos disso antes de ter terminado. Ele acabara de se juntar ao Segundo Batalhão, e eu estava ansioso para ouvir sobre a Inglaterra. Os homens do seu pelotão estavam deitados um pouco adiante; mas logo os murmúrios daqueles que ainda estavam reclinados haviam cessado, e tudo à nossa volta no escuro eram soldados dormindo e as pirâmides dos fuzis empilhados. Sabíamos que aquele poderia ser nosso último encontro, e gradualmente uma fundamental estranheza e simplicidade encobria e abrigava nossos colóquios em voz baixa. Conversamos sobre as coisas maravilhosas que faríamos depois da guerra; pois, para mim, David muitas vezes parecia perten-

20 Personagem supostamente inspirado em Robert Graves (1895-1985), poeta e escritor inglês que também foi oficial do exército britânico na Primeira Guerra. Escreveu *Good-bye to All That* (1929), suas memórias da guerra, em que trata de alguns dos episódios presentes neste livro. (N. da E.)

cer menos à minha experiência de guerra do que à liberdade que viria depois dela. Ele havia abandonado sua exuberância defensiva agora, e senti que estava bastante infeliz e sozinho – jovem demais para ser morto na Serra de Bazentin. Era meia-noite quando o deixei. A primeira coisa que fiz de manhã foi ir depressa até a colina na esperança de vê-lo de novo. Mal sobrara algum vestígio do batalhão que havia acampado ali, e o máximo que consegui foi identificar o lugar onde a gente sentara na sua lona da barraca. Até que descobri um pedaço de papel prateado que possivelmente era da barra de chocolate que havíamos comido enquanto ele contava sobre o mês de férias que passara em Gales depois de sair do hospital.

Quando voltei para a nossa barraca nas linhas de transporte encontrei todos num estado de excitação. Dottrell e o grupo da ração haviam voltado de uma peregrinação que durara a noite inteira, com informações sobre o ataque do dia anterior. A brigada alcançara seus primeiros objetivos. Dois dos nossos oficiais haviam sido mortos e havia ainda vários feridos. O velho Barton ganhara um ferimento, muito oportuno e confortável, no ombro. Hawkes (um sujeito confiável e eficiente que pertencia a uma das outras companhias) havia sido enviado para assumir o comando da Companhia C, e estava naquele exato momento concluindo seus rápidos, porém metódicos, preparativos para a partida.

* * *

A reserva Echelon era um lugar árido e irritante de se percorrer. O tempo transcorria lentamente e gastamos grande parte dele deitados na barraca em cima de nossas valises abertas. Durante a letárgica tarde do mesmo sábado eu estava, portanto, ocupado em poupar minhas energias. Durley apelidara nosso grupo de "os oito negrinhos", e agora havia apenas sete. A maioria deles sentiam-se mais dispostos que eu a falar, e de repente eu acordei de uma soneca e ouvi que falavam "daquele maluco do Cromlech". Seus comentários fizeram-me lembrar, não pela primeira vez, das impressões diversificadas que David provocava em seus colegas fuzileiros.

Em sua melhor forma, eu sempre o considerei um companheiro ideal, embora suas opiniões costumassem ser desconcertantes. Mas ele não se relacionava nada bem com oficiais que não dessem valor à inteligência e não gostassem das coisas ditas com franqueza. Na verdade, era um grande especialista em irritar as pessoas, embora não tivesse essa intenção. Ficou no nosso Segundo Batalhão alguns poucos meses antes de ser transferido para "o Primeiro", e durante aquele período ouvia-se o coronel comentar que o jovem Cromlech soltava a língua de um jeito que passava demais da conta, e que já estava na hora de ele desistir de ficar lendo Shakespeare e começar a usar sabonete e água. Mas depois ele acrescentou: – Estou agradavelmente surpreso em descobrir que ele não é covarde nas trincheiras.

David com certeza era lamentavelmente desasseado, e seu ar desligado quando estava fora de serviço era outro traço que o tornava impopular. Além disso, como já sugeri, não era bom em "ser visto sem ser ouvido". "Gosta demais de dar sua opinião sem que alguém lhe peça" costumava ser o comentário que obtinha como recompensa quando dava alguma sugestão inteligente. Até Birdie Mansfield (que já havia rodado o mundo o suficiente para se mostrar intolerante) foi ouvido uma vez exclamando: "A não ser que você tome cuidado, meu filho, vai virar o mais convencido dos jovens arrogantes que Deus já inventou!" – e esse protesto foi a reação a uma afirmação de David de que todos os esportes, exceto boxe, futebol e escalada de montanhas, eram esnobes e estúpidos.

Do chão da barraca, Holman (um garoto todo bem-arrumado que estudara em Sandhurst[21] e ainda não descobrira

21 Academia militar real da cidade de mesmo nome, no sul da Inglaterra. (N. do T.)

que não era sábio olhar com desdém para oficiais temporários que "não teriam sido admitidos no regimento em tempos de paz") estava agora dizendo: "Seja como for, eu estava em Clitherland com ele no mês passado, e ele deixou todo mundo irritado com seu jeito afetado de falar sobre a Batalha de Loos, e com suas ideias extravagantes sobre quem realmente havia escrito a Bíblia". Durley então observou com ar filosófico: "O velho Longneck com certeza não é o tipo de homem que você encontra todo dia. Eu nem sempre consigo acompanhar as teorias dele, mas acho que ele vai longe – desde que não esteja morto e sepultado quando vier a paz". Holman (que estava conosco há poucos dias e logo se tornou bastante democrático) descartou a defesa de Durley dizendo: "Esse desgraçado só fica satisfeito quando está virando alguém de cabeça para baixo. Já ouvi ele dizendo que Homero era uma mulher. Dá pra aguentar? E você acredita que ele teve o desplante de me passar uma espécie de puxão de orelha sobre sair com garotas em Liverpool. Se você quer saber, acho o cara um baita dum metido, e quanto mais cedo ele bater as botas, melhor". Foi quando Perrin (um cara quieto, de uns trinta e cinco anos, que estava sentado num canto escrevendo para a esposa) encerrou a discussão dizendo: "Ei, cale a boca, Holman! Pelo que sabemos, a essa hora o pobre coitado já deve estar morto."

* * *

Mais tarde naquela noite, eu estava deitado na barraca com *O Retorno do Nativo*[22] nos joelhos. Os outros dormiam, mas minha vela ainda pingava na caixa de munição perto do meu cotovelo. Ninguém reclamara "Pelo amor de Deus, apague essa vela!"; o que foi uma sorte, pois eu estava totalmente sem sono. Como será que andariam as coisas em

22 Uma das novelas mais populares de Thomas Hardy (1840-1928), publicada em 1878. (N. do T.)

Bazentin?, pensei. E será que iriam me mandar para lá no dia seguinte? Um certo receio invadiu-me. Não queria morrer – de qualquer modo, não antes de terminar de ler *O Retorno do Nativo*. "A fina camada mercurial sobre os rios e lagos desapareceu; e de amplos espelhos de luz, passaram a ser opacas lâminas de chumbo." As palavras descreviam meu ânimo; mas havia mais nelas do que isso. Eu queria explorar o livro devagar. Ele me dava saudades da Inglaterra, e fazia a guerra parecer uma perda de tempo. Desde que minha existência se tornara precária eu percebi como usava pouco meu cérebro em tempos de paz, e agora estava tentando evitar que minha mente ficasse estagnada. Mas não era fácil pensar os próprios pensamentos estando no serviço ativo, e a atitude de meus companheiros era quase sempre mecânica; eles banalizavam tudo com conversas corriqueiras e tornavam trivial até mesmo a excitação da guerra. Meu encontro com David Cromlech – após três meses sem vê-lo – reacendeu meu gosto pela vivacidade e pela originalidade. Mas eu não tinha nenhuma certeza de vê-lo de novo, ou de conhecer alguém que pudesse remexer nas minhas apreensões dormentes como ele fazia. Seria um erro, fiquei imaginando, tentar manter a inteligência viva quando eu não era mais capaz sequer de considerar que minha própria vida me pertencia? Na mortiça luz de cor marrom da barraca, sentei refletindo com a chama dourada da minha única vela ao lado. A conversa da noite anterior com David assumia agora um tom um pouco fantasmagórico. O céu estava sem estrelas, nublado, e o ar tão quieto que você podia acender um fósforo sem precisar pôr a mão para proteger a chama. Fantasmas não riscam fósforos, claro; e eu sabia que havia fumado meu cachimbo, e observado o rosto de David – pálido, distorcido e estranho – quando ele acendera um cigarro. Deviam estar presentes também os ruídos habituais: mas já faziam parte do nosso ambiente, tanto quanto o tempo, e era fácil imaginar que o silêncio não fora quebrado pelos disparos das baterias de campo e pelo remoto taque-taque de fuzis e metralhadoras. Seria esse episódio sombrio alguma premonição de que nós dois seríamos mortos? Pois o país afigurava-se ilimitado e estranho e tristemente imbuído do significado estígio da guerra. E os soldados que dormiam à nossa volta às centenas – não seriam eles como os mortos, entre os quais em alguma obscura região, onde o tempo sobrevive em lembranças fantasmais, nós dois poderíamos ainda conversar com esperanças e previsões de um futuro isento de antagonismos e perplexidades?... Foi em meio a uma sonora cadência como essa que meus pensamentos se detiveram. Bem, o pobre David estava lá na batalha; quem sabe minha mente estivesse de algum modo em contato com a sua (embora ele talvez sentisse desprezo pelo meu "estilo refinado", pensei). Refletindo mais racionalmente, olhei para meus companheiros, enrolados em seus cobertores, com o rosto virado para o chão ou escondido nas dobras. Pensei no destino terrível que agora estava sempre perto deles, e em como eu poderia vê-los deitados mortos, com toda a sua jovialidade silenciada e sua falação, que me havia deixado impaciente, concluída para sempre. Olhei para o jovem e galante Fernby; e para o Durley, aquela alma bondosa e sensível; e meu próprio desalento e insatisfação me aliviaram. Eu não podia salvá-los, mas pelo menos podia compartilhar com eles os perigos e desconfortos que enfrentavam. "Lá fora na escuridão, os canhões sacodem as montanhas e produzem clarões assustadores nos vales. Inevitavelmente, a guerra prossegue em seu equívoco; mas entre os que dormiam e roncavam tive meu pequeno momento de magnanimidade. O que eu sinto nada mais é do que a vela que produz sombras titubeantes na barraca. Mesmo assim, não deixa de ser alguma coisa, quem sabe, que um homem possa estar acordado aqui, embora não encontre sentido na imensa destruição que aceita cegamente como parte de algum propósito oculto." Foi assim (de um jeito talvez excessivamente pomposo) que registrei no meu diário o resultado das minhas ruminações.

* * *

Por mais cinco dias minha experiência de guerra continuou a marcar passo naquele singular acampamento. Chamo o acampamento de singular, pois era assim que me parecia, mesmo então. Havia uma sensação de algo provisório naqueles homens indo e vindo, carregando e descarregando carretas e vagões, levando forragem, gritando com cavalos e mulas, alimentando fogueiras e produzindo cheiros de comida. Um aroma de um certo tipo de madeira queimada na fogueira poderia me fazer ver aquele acampamento agora com clareza, pois ele era cheio de caixas de munição espalhadas e empilhadas, usadas como combustível, e para construir abrigos. Ao longo da estrada de Fricourt a Méaulte, colunas de infantaria ficavam indo e vindo, procissões de prisioneiros eram trazidas e pequenos grupos de "feridos a pé" arrastavam-se gratos em direção à estação de liberação de baixas. Aquela paisagem fatigada tinha um aspecto ressecado e surrado; só as papoulas produziam pontos vermelhos dissonantes, combinando com os quepes da cavalaria hindu que estava acampada por perto.

No meio de toda essa atividade o tempo para mim passava preguiçosamente. Dentro de nossa barraca eu costumava olhar as manchas da tinta de camuflagem que podiam ser vistas através da lona, criando padrões e imagens entre as quais a brancura do céu aparecia nas aberturas e rasgos. As manchas de tinta eram como pássaros desajeitados, de asas abertas, ou peixes flutuando, ou macacos em árvores fantasmagóricas, ou qualquer outra coisa que meu cérebro ocioso decidisse inventar.

Num canto, uma batalha era travada (em estilo futurista) e uma figura brandia um porrete enquanto seu oponente saltava de lado, perdendo um braço e uma perna com a explosão de uma bomba. De repente, alguém chegava e escurecia a entrada trazendo um boato de que o batalhão seria mobilizado para atacar o bosque superior – um novo nome, que logo viraria um nome horrível. A noite caía, com os outros jogando *nap*[23] e falando de notícias velhas da guerra lidas no *Daily Mail*, e os criados cantando junto a uma viva fogueira de caixas de munição no crepúsculo, num dia de borrasca. E eu relembrava velhos dias antes da guerra, em que voltava dirigindo para casa depois de assistir a uma partida de críquete, e então ficava pensando se algum dia voltaria de novo a esse tipo de coisa.

Lembro-me de outra noite (foi a última que passei nesse lugar) quando o tempo parecia estar aguardando algum acontecimento espetacular nesse mundo de estúpidos combates. Ou será que era como se a desolação das inúmeras mortes tivesse feito o céu se deter numa atitude de inércia taciturna? Olhei em frente para Albert; suas árvores altas eram silhuetas planas azul-acinzentadas, e a torre quebrada da basílica poderia ser um imenso monte de folhagem. Acima dessa paisagem de quietude concentrada e silhuetas fumacentas, os balões de observação oscilavam lentamente, seus narizes apontando em direção à linha de batalha. Apenas o distante baque dos canhões perturbava o silêncio – como alguém chutando bolas de futebol – um choque suave, a quilômetros de distância. Andando junto ao rio, passei pelas fileiras da cavalaria hindu; o campo de cevada acima mal podia produzir um sussurro, de tão quieto que estava o ar. Bem embaixo, a oeste, raios de um alaranjado pálido jorravam pelo campo, que recuava com uma espécie de rica beleza arrependida, como o cenário de fundo de uma obra-prima a óleo. Para mim aquela noite expressava a tragédia indefinida que se movia, com agonia em cima de agonia, em direção ao outono.

Debrucei-me numa ponte de madeira, olhando para baixo, para as trevas verde-escuras do riozinho cheio de ervas daninhas, mas meus pensamentos nada podiam contra uma infelicidade tão imensa. Eu não era capaz de alterar a história da Europa, ou de mandar a artilharia cessar fogo.

23 Jogo de cartas britânico, também conhecido como *napoleon*. (N. do T.)

Só podia arregalar os olhos para a guerra, como costumava fazer com o mormacento céu, com nostalgia de vida e liberdade e vagamente altruísta em relação aos meus colegas vítimas. Mas um segundo-tenente não podia tentar nada – exceto cumprir o que dele esperavam os oficiais superiores; e no final das contas, concluí, o armagedom era imenso demais para minha solitária compreensão. Então o sol apareceu para lançar um último olhar avermelhado à guerra, e eu voltei para o acampamento com suas barracas agrupadas e fogueiras crepitantes. Terminei o dia jogando conversa fora com Fernby a respeito de caça às raposas.

* * *

A divisão agora já fazia uma semana que estava em ação. No dia seguinte haveria revezamento. No final da tarde, Dottrell fez recuar o transporte cerca de cinco quilômetros, até uma colina acima de Dernancourt. Grato por ter finalmente algo para fazer, ocupei-me em levantar barracas. Ao terminar, assisti ao sol se pondo gloriosamente por trás da estrada principal para Amiens. As árvores no horizonte mostravam-se azul-escuras contra o clarão, e o pó da estrada flutuava em anéis; caminhões arrastavam-se sem parar, enquanto as longas sombras das árvores compunham uma espécie de miragem no halo dourado da poeira. A área ao longo do rio estava cheia de acampamentos, mas o sol baixo fazia tudo parecer agradável e tranquilo. Depois que a noite caiu, a paisagem brilhou e cintilou com as fogueiras dos acampamentos, e uma meia-lua vermelha apareceu para abençoar os exércitos combatentes com seus raios neutros. Então fomos instruídos a mover as barracas para o alto da colina e fiquei em atividade de novo; o batalhão estava sendo aguardado para a meia-noite aproximadamente. Após esse pequeno tumulto de emergência, fui até o cruzamento com Dottrell, e lá ficamos esperando horas seguidas. O intendente estava num estado de ansiedade contida, pois não conseguira voltar ao QG do batalhão nos últimos dois dias. Sentamos entre algumas cevadas na encosta junto à estrada, e conforme o tempo passava conversamos em clima de camaradagem, mantendo-nos acordados com um trago ocasional de rum do seu frasco. Eu sempre gostava de ficar com Dottrell, e aquela noite o velho batalhador de voz rouca estava mais eloquente do que ele seria capaz de imaginar. Na simplicidade de sua conversa havia um tom universal que parecia resumir toda a dura experiência da divisão de infantaria. Para ele, era coisa importante o batalhão estar voltando de uma batalha, embora, como ele mesmo disse, agora tratava-se de um novo batalhão a cada poucos meses.

Uma hora antes do amanhecer a estrada ainda era um quadro despovoado sob o luar. Durante a noite inteira, o canhão ao longe explodira e fizera estrondo, com um som abafado, terrível, e imensos clarões, como ondas de algum tumulto de águas rolando pelo horizonte. Agora abria-se um intervalo de silêncio, no qual se ouvia um cavalo relinchar, estridente, assustado, solitário. Em seguida, teve início a procissão dos soldados que voltavam. As fogueiras do acampamento ardiam baixas quando a tormentosa coluna chegou se arrastando. Primeiro vieram os canhões de campo, com homens cochilando, rijos, sentados em seus cavalos exaustos, seguidos por vagões, carretas e cozinhas de campanha. Depois desse rumor de rodas veio a infantaria, andando bamboleante, mancando, desgarrando-se, fora de sincronia. Se alguém falava era apenas alguma palavra murmurada, e os oficiais montados cavalgavam como se estivessem dormindo. Os homens carregavam sua água de emergência em latas de gasolina, contra as quais as baionetas batiam e faziam um retinir oco; a não ser pelo arrastar de pés, era esse o único som. Assim, com uma aparência quase espectral, vultos marrons trôpegos passavam ao largo com seus fuzis erguidos, as cabeças curvadas para a frente, sob os capacetes redondos e largos. O luar e a aurora começavam a fundir-se, e pude ver a cevada ondulando indolente contra o céu. Um trem rugiu junto à margem do rio, soltando uma nuvem de fumaça furiosa esbranquiçada contra as árvores escuras. Os fuzileiros Flintshire vinham chegando já fazia um tempo. Na colina atrás de nós, o balão fixo oscilava lento lá no alto o seu volume bulboso, com as cordas esticadas, refletindo o primeiro clarão do raiar do dia. Depois, como se reagisse à nossa expectativa, teve início um som agudo de gaitas escocesas, e os Gordon Highlanders entraram, meio capengando. Mas havíamos ficado sentados esperando no cruzamento de estradas quase por seis horas, e agora havia rostos reconhecíveis quando Dottrell saudou nossa principal companhia.

Logo todos eles já estavam dispersos e instalados pela encosta, dormindo à luz do dia, que fazia tudo parecer comum. Mesmo assim, eu vira algo naquela noite que me tomou de pavor. Tudo era parte da jornada diária – uma divisão exausta retornando da Ofensiva do Somme –, mas para mim era como se tivesse visto um exército de fantasmas. Era como se visse a guerra do jeito que ela poderia ser vislumbrada pela mente de algum poeta épico daqui a cem anos.

PARTE CINCO

Fuga

I

Na tarde do sábado fizemos uma viagem curta de trem e depois marchamos seis quilômetros fáceis até um vilarejo chamado La Chaussée. Vinte e quatro horas de descanso e uma barba feita operaram o milagre usual nos soldados (a recuperação psicológica era um problema que ninguém tinha tempo de reconhecer que existia) e agora estávamos longe do *front* pelo menos por uma quinzena. Era um anoitecer dourado e poeirento, e a estrada levava-nos por uma zona de campo verde e tranquila. Talvez seja ilusoriamente harmoniosa essa visão retrospectiva do batalhão, marchando à vontade por uma estrada pouco percorrida, no final de uma tarde de julho, com o coronel Kinjack cavalgando com ar ausente à frente, ou detendo-se para nos ver passar por ele – seu rosto pensativo e indulgente, expressando algo do orgulho e da satisfação que sentia.

E assim vai continuar, pensei; dentro e fora, dentro e fora, até que alguma coisa aconteça comigo. Já havíamos percorrido essa mesma estrada no último mês de janeiro. Apenas cinco oficiais daquele lote estavam conosco agora: não eram muitos os que haviam sido mortos, mas, de um jeito ou de outro, eles haviam "saído de cena", e ao tomar consciência disso tive uma sensação desalentadora dos "bons velhos tempos". Na tarde anterior, soube que Cromlech havia sido morto no bosque superior. Essa notícia deixara-me estupefato, mas a dor não havia começado a se fazer sentir ainda, e não havia tempo sobrando para lamentações pessoais quando o batalhão se aprontava para voltar ao descanso divisional. Ficar pensando em Cromlech teria sido calamitoso. "Uma notícia horrível, essa do pobre velho 'Longneck'", foi o único comentário que Durley, Dottrell e os outros se permitiram fazer. E, afinal, ele não era o único que havia batido as botas nos últimos tempos. Era estranho como os homens pareciam encarar sua vitimização como algo natural. Dentro e fora; dentro e fora; cantando e assobiando, a coluna oscilava à minha frente, mais ou menos com a mesma extensão de sempre, pois houvera menos de cem baixas em Bazentin. Mas tratava-se de cada um por si, e o efeito na corporação era de otimismo e despreocupação. Um editor de Londres dirigindo pela estrada num automóvel do alto-comando havia notado que o ânimo dos soldados era impressionante. E de fato era. Mas de algum modo os que escreviam nos jornais sempre excluíam de seus artigos as realidades mais horríveis da guerra, pois considerava-se impatriótico ser implacável, e a suposição era que os mortos sentiam-se gloriosamente felizes. Não havia, porém, por que se preocupar com isso tudo; eu era parte do batalhão, e agora precisava providenciar alojamento para os homens.

Alguns australianos tinham se hospedado nos alojamentos de La Chaussée (e eles que me perdoem por dizer isso), e deixaram-nos em péssimas condições. A higiene fora negligenciada, e os habitantes locais queixavam-se irados de que sua mobília havia sido usada como lenha para a lareira. Será que os australianos deixaram mais alguma coisa para trás, pensei eu? Pois alguns deles haviam estado em Gallipoli, e é possível que os germes da disenteria fizessem parte do legado que nos haviam deixado.

O fato é que acordei na manhã de segunda-feira não me sentindo nada bem e, após um esforço mecânico para sair desfilando no clarão da luz do sol, refugiei-me nas trevas do quarto que eu ocupava sozinho. Sentindo-me cada vez pior, à noite lembrei que tinha comigo um termômetro, que me havia sido dado quando era oficial de transportes. Jamais tomara a temperatura de nenhum cavalo, mas agora, tremendo de febre, experimentei usá-lo em mim mesmo. Quando vi que marcava quarenta e meio percebi que a coisa era séria; na manhã seguinte, tomei consciência meio confusamente de que Flook havia ido buscar o médico, e à tarde eu inacreditavelmente me vi no Hospital New Zealand, que ficava num prédio bem antigo no centro de Amiens.

* * *

As vantagens de ficar doente eram absolutamente óbvias. Deitado acordado naquela ampla enfermaria, em minha quarta noite, percebi que me sentia bastante exaurido, mas muito melhor – quase melhor demais, na verdade. Naquela noite minha temperatura estava normal, o que me fez lembrar que essa passagem do serviço ativo para a invalidez era uma experiência psicológica forte. A porta para a segurança ficava meio aberta, e embora um imparcial médico do New Zealand decidisse o destino de cada um, havia um impulso perfeitamente natural de lutar pela própria vida em vez de lutar contra os alemães. Menos de duas semanas antes, eu ficara sentado numa barraca tendo nobres pensamentos a respeito de compartilhar as adversidades com meus colegas fuzileiros. Mas essa defesa emocional não funcionava agora, e as impronunciáveis palavras "arrumar um jeito qualquer de voltar para casa" forçavam seu caminho obstinadamente, querendo ocupar o primeiro plano, apoiadas por uma multidão de desculpas autocomplacentes.

Durley e o ajudante vieram me visitar aquela tarde; brincaram comigo, dizendo que eu estava com um aspecto excelente. Enquanto ficaram lá, falei em voltar dentro de alguns dias, e sinceramente senti como se quisesse isso de fato. Mas levaram minha bravura embora junto com eles, e agora eu previa que outra noite de descanso iria me dar um aspecto indecentemente saudável para um homem internado num hospital. "Acho que todos eles vão achar que estou me fazendo de doente para escapar do serviço", pensei. Repassando os últimos meses na minha mente, argumentei comigo mesmo que havia feito tudo o que se esperava de mim. "Oh, Deus", rezei, "por favor, me mande de volta para a base!" (Quantas vezes esse pedido não foi cochichado durante a guerra?) Naquele dia vi o nome do jovem Allgood na Lista de Honra – uma notícia que havia sido como alguém bater a porta na minha cara após minhas quatro semanas na escola do exército e que me proporcionou uma dor adicional, pois já me sentia suficientemente deprimido com a morte do meu amigo Cromlech. Fiquei compadecido de Allgood, pois gostava dele. Mas era apenas um dos milhares de jovens promissores que haviam morrido desde 1º de julho. Cedo ou tarde eu provavelmente seria morto também. Uma lufada de vento sacudiu as cortinas, soprando-as para dentro da alta janela com um suspiro murmurante. O vento veio da direção do Somme, e eu podia ouvir o estrondo distante dos canhões. Todo mundo na enfermaria parecia dormir exceto o rapaz cuja cama estava cercada por anteparos. Eram anteparos vermelhos e por entre eles brilhava uma luz. Desde que fora posto lá dentro ele não parara de chamar a enfermeira de plantão. Ao longo do dia isso aos poucos foi dando nos nervos de todo mundo, pois a enfermaria já era suficientemente cheia de respirações ofegantes e gemidos. Uma das vezes consegui ver de relance seu rosto branco e seus olhos infelizes. Seja qual fosse o ferimento que tivesse sofrido, estava tirando o máximo proveito dele: era essa a opinião do homem ao meu lado (que sofrera mais do que teria desejado, em ambas as pernas). Mas ele deve estar bem mal, pensei, quando a irmã saiu dos anteparos de novo. A voz dele continuava naquele tom baixo, rápido e uniforme de delírio. Às vezes eu conseguia entender algo do que ele dizia, preocupado, infeliz e queixoso. Alguém chamado Dicky ocupava a sua mente, e ele continuava gritando para o Dicky. "Não saia, Dicky; eles sabem atirar bem como o diabo!" E depois, "Dane-se o bosque... Dicky, seu burro, não saia!"... Todo o horror dos ataques do Somme estava no seu desvario; todas as trevas e toda a assustadora luz do dia... Vi a irmã voltando com um médico de avental branco; era reconfortante ver que a luz atrás do anteparo ainda brilhava; logo depois a inquietante voz ficou inaudível e eu dormi. Na manhã seguinte, os anteparos haviam sumido; a cama estava vazia, pronta para o próximo.

* * *

Não naquele dia, mas no seguinte, minhas súplicas ao Todo-Poderoso foram colocadas à prova. O doutor veio até a enfermaria para a sua alegre inspeção matinal. Ao chegar à minha cama perguntou como me sentia. Olhei para ele, incapaz de afirmar que me sentia doente e também sem a menor vontade de admitir que me sentia bem. Felizmente, ele não esperava uma resposta. "Muito bem, muito bem, vou ter que mandar você embora", disse com um sorriso; e antes que meu coração tivesse tempo de bater de novo virou-se para a enfermeira e acrescentou: "Apronte-o para o trem da tarde". A enfermeira tomou nota disso e minha mente emitiu um espontâneo *Magnificat*. Agora, com alguma sorte, pensei, vou conseguir umas duas semanas num daqueles hospitais do litoral, em Étretat ou Le Tréport, provavelmente. A ideia de ler um livro à beira-mar era uma bênção. Ninguém poderia me culpar por isso, e eu deveria estar de volta ao batalhão no final de agosto, se não antes.

Na minha saída apressada do meu alojamento em La Chaussée, alguns dos meus pertences haviam ficado lá, e o bom e velho Flook levou-os até o hospital no dia seguinte. Ele entrara com passos pesados naquele seu embaraço desajeitado para deixar aquele fardo de tranqueiras junto à minha cama, anunciando num tom de voz baixo e rouco: "Trouxe as coisas todas", e dizendo que o pessoal da Companhia C esperava me ver de volta logo. De algum modo, Flook, com sua devoção rude e sempre solícita, parecia ser meu vínculo mais forte com o batalhão. Quando apertei a mão dele e disse adeus, piscou um olho e recomendou, em tom confidencial, que eu não tivesse muita pressa de voltar. Um bom descanso não iria me fazer nada mal, disse; mas quando o vi sair na ponta dos pés, fiquei pensando quando é que ele iria ter umas férias, e se ele algum dia iria voltar para a sua cabina de sinaleiro na ferrovia.

Os detalhes da minha viagem até a base são conforme o que segue. Primeiro, fui carregado com todo cuidado escada abaixo numa maca (se bem que eu poderia com facilidade ter andado até a ambulância, ou mesmo até a estação de trem, se tal esforço me tivesse sido solicitado). Depois, a ambulância me levou até Corbie, e dali o trem (com quatrocentas e cinquenta baixas a bordo) foi com seu barulho surdo, contínuo e sedante até Rouen; fizemos aqueles noventa e cinco quilômetros em dez horas, e às duas da manhã entrei carregado no Hospital nº 2 da Cruz Vermelha. Lembro com simpatia desse hospital em particular. De manhã, um médico cordial veio me examinar. "Bem, meu rapaz, o que há de errado com você?", perguntou. "Eles dizem que é uma enterite", respondi, com um sorriso indefinido. Ele segurava um jornal na mão enquanto dava uma olhada num quadro descritivo atrás da minha cama. Meu nome o fez consultar o *The Times*. "Esse é você?", perguntou. De fato, meu nome estava ali, numa lista dos que haviam recebido a Cruz Militar, lista que por acaso havia sido publicada naquele dia. O doutor deu-me um tapinha no ombro e informou-me de que eu deveria ir para a Inglaterra no dia seguinte. A boa sorte havia arrumado "um jeitinho de me levar para casa". Mesmo agora eu não consigo pensar naquele momento sem achar que era parte de um dos pequenos milagres da Grande Guerra. Pois estou certo de que eu teria ficado em Rouen se aquele médico observador e de bom coração não tivesse notado meu nome entre os condecorados. E nesse caso eu teria voltado ao batalhão a tempo das operações do Bosque Delville, que muito possivelmente teriam qualificado meu nome para ocupar um lugar no Memorial de Guerra do vilarejo de Butley.

* * *

O navio do hospital deixou Rouen por volta do meio-dia. Enquanto o vapor descia o Sena num dia de clima excelente, fiquei deitado observando a paisagem por uma escotilha com uma sensação de gratidão que diferia de qualquer outra que já houvesse sentido antes. Haviam grudado uma etiqueta em mim; eu a havia mantido, e ainda está na minha mão esquerda enquanto escrevo essas palavras. Ela traz escrito Formulário do Exército W3083[24], embora em forma e substância seja uma etiqueta comum de bagagem civil. Tem carimbado "Deitado no Trem e no Navio" em letras azuis, e "Doente P.U.O." do outro lado. No navio, meu cérebro ocioso ficou imaginando o que seria aquela sigla. Imaginei que talvez fosse de alguma doença começando com P. Talvez "Pólipos, Origem Desconhecida". Entre Rouen e Havre concebi várias soluções meio sem graça, como "Oficial Perfeitamente Íntegro". Mas minha escolha final foi "Adoentado Até Outubro"[25].

Ao meio-dia do dia seguinte chegamos a Southampton. Nada podia ser melhor do que isso, pensei, enquanto era carregado imerecidamente do navio até o trem; e achei impecáveis os tranquilos milharais de Hampshire e seus bosques sem indícios de guerra naquela soporífera tarde de agosto. De início, imaginei que estávamos a caminho de Londres; mas quando a viagem mostrou sinais de envere-

24 Modelo de etiqueta hospitalar. (N. da E.)

25 Em inglês, a sigla P.U.O. justifica tais hipóteses (*Polypipsis Unkown Origin*, *Perfectly Undamaged Officer*, e *Poorly Until October*, respectivamente). (N. da E.)

dar pelo interior, preferi nem saber para onde estávamos indo. Reclinado, com uma satisfação perversa, olhei para a Inglaterra. Gente pacífica que havia ficado em casa acenava para aquele trem da Cruz Vermelha, parada em pé enquanto ele passava. Era bom pensar que eu lutara por eles, embora fosse difícil definir exatamente o que havia feito para ajudá-los. Um homem idoso, andando de bicicleta por uma estrada poeirenta, de terno azul-escuro e chapéu de palha, soltou uma mão do guidão para acenar sua total gratidão. Tudo parecia feliz e doméstico. Eu fora libertado da ideia da morte, e daquela outra coisa que vinha me perseguindo, o pavor de ficar cego. Cerrei meus olhos satisfeito, fiquei sonolento e quando despertei já estava em Oxford. Por volta de cinco da tarde, me vi num pequeno quarto branco no térreo da Somerville College. Ouvindo o soar tranquilo dos sinos de Oxford e alguém dedilhando melodiosamente um piano do outro lado do gramado, com um vislumbre de altos castanheiros balançando contra um céu azul, sussurrei a palavra "paraíso". Será que o merecia? Sentia-me grato demais para me preocupar com isso.

II

Em Oxford morava o senhor Farrell, um velho amigo de tia Evelyn. Alguns anos antes da guerra ele havia morado perto de Butley, e agora vinha me visitar no hospital, onde eu estava encostado a uma árvore no gramado, ainda mantendo as aparências de um oficial inválido. Ele sentou-se ao meu lado e conversamos bastante sobre tia Evelyn e seus vizinhos. Ele era irlandês e um falante loquaz, mas parecia ter perdido muito de sua antiga vivacidade. Notei que tinha o cuidado de manter a conversa segura do lado de cá do Canal, provavelmente levando em conta meus sentimentos, embora eu não tivesse me incomodado em lhe contar duas ou três coisas sobre o Somme. O senhor Farrell era um funcionário público aposentado e uma autoridade em registros militares. Havia escrito sobre a vida de vários generais famosos e também uma história oficial da Rebelião Indiana. Mas não demonstrou curiosidade pelas operações militares do momento. Tinha mais de setenta anos, e seu rosto mostrava-se opaco e fatigado enquanto ele falava sobre as restrições de alimentos na Inglaterra. "Estamos com escassez de açúcar", observou, "mas isso não me afeta; meu médico tirou o açúcar da minha dieta há muitos anos". Olhei seus dentes perceptivelmente marrons, e então desviei os olhos, como se temesse que fosse ler meus pensamentos, pois lembrei que tia Evelyn costumava me repreender por chamá-lo de "dentes de açúcar"; seus dentes descuidados pareciam de fato torrões de açúcar molhados no chá...

O velho e querido senhor Farrell, com sua gravata vermelha e seu anel de camafeu, e seu cabelo prateado e bigode desigual, manchado de tabaco! Conforme seu grande vulto arrastou-se indo embora pelo gramado, pensei que suas roupas tinham ficado grandes para ele, se bem que ele sempre as usara um pouco folgadas. Seria possível que essas pessoas escrupulosas que ficavam em casa estivessem emagrecendo enquanto os soldados engordavam com suas boas rações no *front*? Comecei a suspeitar que a Inglaterra não era mais o que costumava ser. Mas minha mente logo vagou indolente pelo passado que o veterano historiador militar trouxera com ele para o jardim do colégio. Lembrei-me de noites de verão quando eu era garoto e ficava entreouvindo, da minha cama no andar de cima, o murmúrio de vozes lá embaixo na sala de visitas, onde tia Evelyn conversava após o jantar com o senhor Farrell e o capitão Huxtable, que para chegar lá havia caminhado pelos campos vindo de Butley, ao anoitecer. Às vezes eu descia a escada na ponta dos pés e ficava de ouvido colado à porta (com bastante esperança de ouvi-los fazer algum comentário elogioso a mim), mas eles quase sempre estavam em uma falação sobre política, ou sobre a Índia. O senhor Farrell passara muitos anos na Índia, e o capitão

Huxtable também andara por ali; e tia Evelyn adorava ouvir a respeito daquele país. Quando íamos visitar o senhor Farrell, ele sempre mostrava livros antigos encantadores, com lâminas coloridas de cenas indianas. Eram uns coroas esquisitos, bebericando chá e fumando seus charutos (que tinham um aroma muito bom) e falando todas aquelas bobagens sobre lorde Salisbury e seu governo. "Ho, ho, ho", ria o senhor Farrell toda vez que concluía mais uma de suas histórias engraçadas, que sempre terminavam com o que alguém havia dito a outra pessoa ou então com o que ele próprio havia dito para desmontar os argumentos de alguém no clube. Eles não paravam de conversar, não importava o que acontecesse. Mesmo que entrasse uma borboleta preta imensa pela sala, eles não davam a mínima bola. Seria muito divertido, pensei, se eu disparasse minha pistola de percussão do lado de fora da porta da sala de visitas, só para assustá-los. Enquanto subia a escada de novo de pijama, fiquei imaginando que um dia eu mesmo seria como eles... O senhor Farrell gostava de jogar tênis; costumava sacar por baixo, segurando a bola alguns poucos centímetros acima do chão antes de acertá-la...

Ao sair de meu devaneio retrospectivo, senti que essa guerra havia feito o passado parecer muito peculiar. As pessoas não eram mais do jeito que costumavam ser, ou então eu é que havia mudado. Talvez porque experimentara algo que elas não podiam compartilhar ou imaginar? O senhor Farrell pareceu-me acanhado aquela tarde, quase como se estivesse conversando com um sobrevivente de algum desastre incompreensível. Olhando à minha volta, comecei a sentir que queria estar em algum lugar onde eu não precisasse ser lembrado a todo instante da guerra. Por exemplo, havia lá aquele homem alto, bem conservado, empurrando o filho bem devagar pelo gramado numa cama de rodas. O filho mostrava-se pálido e amuado, como não poderia deixar de estar depois de ter perdido uma das pernas. O pai era todo solicitude, mas de algum modo eu inferi que os dois não haviam se dado muito bem antes da guerra. Mais de uma vez eu vira o filho olhar para o pai como se não gostasse dele. Mas o pai estava orgulhoso de seu filho incapacitado, e ouvi-o contar a uma das enfermeiras o quanto o filho havia se portado de maneira esplêndida no ataque de Gommecourt, e mostrar-lhe uma carta também, provavelmente do coronel do rapaz. Fiquei imaginando se ele alguma vez se permitiria descobrir que o espetáculo de Gommecourt não havia sido nada mais que um massacre de bons soldados. Provavelmente ele guardava um mapa da guerra com pequenas bandeiras em cima dele; quando circulou a informação de que o Bosque de Mametz havia sido capturado, ele devia ter movido uma pequena bandeira dois centímetros adiante depois do café da manhã. Para ele, o bosque era um trechinho verde num pedaço de papel. Para a divisão de Gales havia sido um pesadelo de sangue... "O sol está muito quente aqui pra você, Arthur?" Arthur balança a cabeça e franze as sobrancelhas para o céu. Então o pai, com sua barba bem aparada e seu elegante colete de couro de búfalo, começa a ler para ele o último despacho de Haig[26]. "Há forte evidência de que as forças inimigas envolvidas no *front* de batalha foram severamente abaladas pelos seguidos sucessos obtidos por nós e nossos aliados..." A voz, em tom equilibrado, segue tagarelando até que a enfermeira chega com uma xícara com tubo alimentador. "Hora de mais um pouco de caldinho de carne!" E a nutrição é administrada sob o olhar de aprovação do pai.

III

Na minha última semana permitiram-me sair do hospital às tardes, e eu costumava subir o Cherwell de canoa. Para mim esse lazer constituía uma tarefa bem pesada, pois a

26 Douglas Haig (1861-1928) foi um oficial britânico, marechal de campo durante a Primeira Guerra Mundial, com destacada atuação principalmente na batalha do Somme e na terceira Batalha de Ypres. (N. do T.)

água era um emaranhado de algas e nos trechos mais difíceis era quase impossível avançar. Com certeza a Grande Guerra fizera uma diferença para o encantador rio Cherwell. Mas eu me sentia muito mais alegre ultimamente, pois meu amigo Cromlech havia se erguido de novo do mundo dos mortos. Eu vira o nome dele na lista de mortos do jornal, mas logo depois alguém me telegrafou para informar que ele estava num hospital de Londres e se recuperando bem. Por uma quinzena inteira eu me acostumara à ideia de que seu corpo morto estava em algum lugar entre os buracos de bombas do Somme, e era uma experiência estranha desembaraçar-me das observações mentais necrológicas que eu extraíra das memórias felizes de nossa camaradagem no Primeiro Batalhão. "Aquele capeta", pensei com afeição; "ele sempre consegue fazer as coisas de um jeito diferente das outras pessoas".

Por volta do final de agosto, eu estava de volta a Butley com uma licença por doença de um mês e a possibilidade de uma prorrogação. Assim, pela primeira ou duas primeiras semanas esqueci o futuro e desfrutei dos mimos e atenções de tia Evelyn. Minha visão da guerra limitava-se ao batalhão onde eu servira. Depois de ser mantido fora do *front* por quase cinco semanas, eles esperavam que eu fosse reconvocado a qualquer momento. E essa notícia veio numa carta de Durley. Reprimindo a inquietação que ela me causou, coloquei a carta no bolso e fui vadiar pelo jardim. Era uma manhã linda do início de setembro – quase o meu tipo favorito de tempo, pensei. O jardim estava malcuidado e com folhagem em excesso, pois havia apenas um homem idoso cuidando dele agora. No dia anterior, eu começara a tentar recivilizar o gramado de tênis, alto demais, mas tinha sido mais ou menos como remar de canoa pelo Cherwell, e aquele dia eu decidi podar o cedro. Enquanto trepava na árvore com um facão na mão, pude ouvir o velho Huckett circulando com o tanque de água pelo jardim da cozinha. Depois tia Evelyn veio com sua cesta de flores cheia de dálias; enquanto ela olhava para mim lá de baixo, outro galho quebradiço partiu-se e caiu, assustando um dos gatos que saiu atrás dela. Ela pediu que eu tivesse mais cuidado, acrescentando que não ia ser nada engraçado se eu caísse de uma árvore tão alta.

Mais tarde naquela manhã visitei os estábulos. O abandono tomara conta do lugar, que estava cheio de urtigas sob as macieiras e com o velho pônei cortador de grama pastando solitário e com a crina desgrenhada. Na pequena sala dos arreios de Dixon, as selas iam ficando mofadas e havia pontos de ferrugem nos freios e estribos que antes ele mantinha tão brilhantes. Uma lata de *Harvey's Hoof Ointment*[27] estava lá esquecida desde 1914. Dixon gastaria um bom tempo para pôr tudo aquilo em ordem de novo, ponderei, esquecendo por um momento que ele havia morrido há seis meses... Não era lá muito divertido ficar vagando pelo estábulo, com a cabeça no mundo da lua. Mas um rouxinol gorjeou sua pequena canção de outono de uma macieira; atrás dos galhos carregados de frutas pude ver, batido pelo sol, o imperturbável Weald, e olhei amorosamente para as chaminés dos fornos de lúpulo que brilhavam por aqueles quilômetros, que eram o campo da minha infância. Eu podia sentir o aroma do outono no ar também e pensei que devia tentar passar alguns dias caçando filhotes de raposa antes de voltar ao posto militar. Lá em Sussex havia algumas pessoas que de bom grado me emprestariam um cavalo, e decidi escrever ao velho coronel Hesmon a respeito. Subi até o escritório para fazer isso; remexendo numa gaveta atrás de papel para escrever, descobri um espelhinho de bolso – uma relíquia dos meus dias nas fileiras do Yeomanry[28]. Manuseando-o distraidamente, descobri-me usando-o para decifrar o que estava escrito no mata-borrão,

27 Marca de unguento para cascos de cavalos. (N. do T.)
28 Yoemanry é uma designação geral de unidades e subunidades do exército territorial britânico, que descende de regimentos de cavalaria voluntários. Hoje, essas unidades prestam diferentes serviços militares. (N. do T.)

que evidentemente estava em cima da mesa já havia algum tempo, pois a caligrafia era de Stephen Colwood. "*P.S. O velho chefe está saldando minha dívida anual. Não é um cara generoso?*" Stephen devia ter escrito isso quando estava conosco no verão de 1914. Provavelmente estava escrevendo para seu irmão soldado na Irlanda. Imaginei-o acrescentando o pós-escrito e passando o mata-borrão rapidamente. É curioso como o passado aflora de repente, pensei, tristemente, pois minha experiência de tais associações comoventes estava "ainda em sua infância", como alguém disse ao se referir ao gás venenoso quando dava uma palestra para carne de canhão na escola do exército.

Relembrando a mim mesmo naquela época, percebi a dificuldade de recapturar a atmosfera do tempo de guerra na Inglaterra de então. Um historiador da guerra informar-nos-ia de que "a excitação e suspense anteriores agora haviam amainado, e a nação estabilizara-se na sua organização de mão de obra e de produção de munição". Eu gostaria de resgatar algo mais íntimo do que isso, mas não posso confirmar nada incomum em Butley, exceto um campo de críquete abandonado, a ausência da maior parte da população jovem e uma certa quantidade de conversas sobre as perspectivas de alimentos para o inverno. Dois de nossos vizinhos mais próximos haviam perdido seus únicos filhos, e com eles, seu interesse pela vida; mas tais tragédias permaneciam reservadas e discretas. As mulheres trabalhavam no hospital local e os homens mais velhos eram superintendentes nos centros de recrutamento e nos tribunais; mas havia poucas mudanças aparentes e nenhum campo de treinamento militar num raio de quinze quilômetros. Por isso acho que estou sendo preciso quando digo que tia Evelyn ia levando a vida de sempre (ainda mais agora que sua mente estava temporariamente tranquila a respeito de minha carreira no serviço ativo). Ela era, é claro, um pouco intolerante em relação aos alemães, pois engolira todas aquelas histórias sobre atrocidades na Bélgica. Era seu dever, como inglesa patriota, concordar com um certo prelado quando ele pregava o axioma de que "todo homem que matou um alemão estava realizando um ato cristão". Não obstante, se tia Evelyn encontrasse um prussiano ferido a caminho do correio, ela sem dúvida comportar-se-ia com sua natural humanidade (combinada com o entusiasmo de estar ministrando primeiros socorros). Nesse meio-tempo evitamos assuntos controversos (como o de que todos os alemães eram demônios em forma humana), e enquanto eu escrevia minha carta ao coronel Hesmon ela entrou no escritório com os braços carregados de alfazema, e espalhou-a pelo chão debaixo da janela. O sol iria secá-las muito bem ali, disse, acrescentando que eu devia achá-la atualmente uma velha chata, já que ela não tinha assunto e parecia gastar todo o seu tempo tentando arrumar uma nova empregada. Eu lhe garanti que para mim era um grande alívio, depois de ter ficado recebendo ordens o tempo inteiro no exército, estar com alguém que não tinha muito assunto para conversar.

Mas aquela noite depois do jantar achei que quem estava um pouco chato era eu, e decidi atravessar os campos para conversar com o Protheroe, um solteirão de meia-idade que morava numa modesta casa velha com sua tranquila irmã. Antes de sair, minha tia implorou que tivesse o cuidado de apagar a lamparina a óleo da sala de visitas ao voltar. Lamparinas a óleo eram muito pouco seguras – francamente perigosas, na verdade!

A noite estava muito quieta; conforme eu seguia pelo caminho do campo, tive quase certeza de estar ouvindo os canhões. Não que eu quisesse; mas os jornais noticiavam que uma nova ofensiva havia sido iniciada em Guillemont, e eu não conseguia deixar de sentir que nossa divisão estava nisso (ainda pensava nela como "nossa divisão"). De qualquer modo, nossa vila estava bem silenciosa, e o mesmo podia-se dizer da casa da fachada branca de Protheroe, com seu portão que rangia e as janelas de persianas vermelhas. Bati com a aldrava e a senhorita Protheroe veio abrir a porta, bastante surpresa por me ver, embora eu a tivesse encontrado algumas horas antes, quando ela apareceu para devolver o exemplar do mês anterior da *Blackwood's Magazine*. Protheroe estava no meio de uma partida de xadrez com o médico da vila, um homem pequeno, reservado, cujas menores ações eram extremamente deliberadas. Ele escolhia que peça iria mover, então segurava-a decidido, hesitava um segundo, soltava-a, e então reiniciava sua rotina de coçar o queixo e semicerrar os olhos, enquanto Protheroe tamborilava os dedos na mesa e olhava fixo para uma borboleta que se batia suavemente contra o teto do pequeno salão confortável, e sua irmã, com uma expressão de gentil preocupação, tricotava alguma coisa de lã para o irmão, que, apesar de ter mais de quarenta anos, servia como recruta de infantaria na França. Minha chegada colocou um fim às perplexidades do médico; e como fui recebido quase como um herói que volta para casa, estava inclinado a ser cordial. Dei um tapinha nas costas de Protheroe, disse que ele tinha ali o melhor abrigo subterrâneo, e me permiti ficar à vontade para falar sobre a guerra. Reconheci que a coisa estava bem difícil, com uma sensação interior de que tais horrores que eu fora obrigado a testemunhar eram algo de que podia me orgulhar agora. Fui longe ao ponto de chegar a afirmar que não teria perdido essa guerra por nada. Ela de alguma forma fazia as coisas ficarem mais claras, observei, franzindo as sobrancelhas com ar solene, enquanto acendia meu cachimbo, e esquecendo por um momento a bênção que havia sido ela ter me trazido de volta para casa. Ah, sim, eu sabia de tudo sobre a batalha do Somme, e podia garantir-lhes que estaríamos em Bapaume por volta de outubro. Respondendo às suas confluentes perguntas, senti que me invejavam por essa minha experiência.

Quando estava a caminho de casa, senti-me exultante por ter ultrapassado os limites provincianos de Butley. Afinal, era uma grande coisa ter estado no centro da Guerra Europeia, e minha existência em tempos de paz havia sido ociosa e sem propósito. Foi azar de Protheroe e do médico; eles deviam odiar ter sido deixados de fora disso... Suponho que devemos pagar nosso tributo a essa maldita guerra, pensei naquela hora, sentado no escritório com uma vela ardendo. Sentia-me bem, pois a senhorita Protheroe havia me preparado uma xícara de chocolate. Tirei a carta de Durley do bolso e dei outra olhada nela; mas não era fácil especular a respeito de suas implicações. Não há problema com a guerra desde que você não seja morto ou destruído por ela, concluí, apagando com um sopro a vela para poder observar melhor a luz do luar, que quadriculava o piso com as sombras das grades da janela. Onde os raios do luar caíam mais em cheio tocavam os resíduos da alfazema secando. Abri a janela e senti o perfume do ar de outono. Uma coruja piou no jardim, e pude ouvir um trem seguindo pelo Weald. Provavelmente um trem-hospital vindo de Dover, pensei, e então fechei a janela e fui fazendo ranger os degraus, escada acima, na ponta dos pés, para não incomodar tia Evelyn.

* * *

Cerca de uma semana mais tarde recebi duas cartas de Dottrell, escritas em dias consecutivos, mas entregues na mesma remessa postal. A primeira começava assim: "O velho batalhão está tendo um mau momento. Estivemos no *front* há uma semana, e perdemos duzentos homens em três dias. O posto médico, um pedaço de um abrigo subterrâneo feito às pressas, foi explodido. Naquela hora abrigava cinco homens feridos, cinco padioleiros e o médico. Todos morreram menos o médico, que ficou enterrado no entulho. Estava tão terrivelmente abalado quando o desenterramos que teve que ser mandado de volta, e provavelmente deve estar na Inglaterra agora. É um verdadeiro inferno aquilo. O batalhão está atacando hoje. Espero que tenham melhor sorte. O panorama não é cor-de-rosa. Feliz em saber que você está já sentando e se alimentando. Um monte de nossos melhores homens foram atingidos recentemente. Logo precisaremos de outro batalhão. Todos os rapazes mandam seu carinho e desejam tudo de bom, e eu humildemente desejo o mesmo".

A segunda carta, que eu por acaso abri e li primeiro, era a pior das duas.

"Querido Canguru... Só umas palavras para informá-lo do terrível azar que tivemos ontem. Atacamos Ginchy com um batalhão muito fraco (cerca de trezentos) e capturamos o lugar, mas fomos expulsos da metade dele – devido ao problema de sempre. O coitado do Edmunds foi morto liderando sua companhia. Perry também. Durley foi gravemente ferido, no pescoço e no peito, eu acho. É terrível pensar nesses dois esplêndidos amigos sendo excluídos, mas acho que o Durley vai se recuperar. O Asbestos Bill morreu dos ferimentos. O Fernby, que era bombardeiro do Orange County, foi gravemente atingido e não se espera que sobreviva. Vários outros que você não conhece também foram mortos. Apenas dois oficiais voltaram sem ser atingidos. O major-sargento da companhia Miles e o Danby foram ambos mortos. O batalhão agora *não está* com escassez de mantimentos! O resto da brigada sofreu proporcionalmente. Vou escrever depois. Muito ocupado." (...)

Fiquei andando pelo quarto, assobiando e ajeitando os quadros tortos. Então soou o gongo para o almoço. Tia Evelyn chamou minha atenção para os figos, que eram os melhores que a gente colhia da velha árvore naquele outono.

IV

Outubro trouxe uma prorrogação da minha licença por doença e algumas manhãs com os cães de caça. Na época em que recebi outra carta do Dottrell, o Bosque Delville havia mais ou menos enterrado seus mortos, na minha mente, pelo menos – se não o fizera totalmente na realidade. O velho intendente desabafou numa boa queixa, da qual cito um trecho.

"Bem, saímos para um descanso, a uns dez quilômetros do lugar onde estávamos no último Natal. O plano era ficarmos lá três semanas, mas depois de oito dias recebemos com um "Por quê?" ordens inesperadas de voltar para o velho ponto. Kinjack nos deixou para assumir o comando de uma brigada; uma grande perda para o batalhão. Todos eles vêm e vão embora; ficam no batalhão o tempo suficiente para obter algo dele, e depois somem e dificilmente pensam novamente nos homens e oficiais que foram o meio de eles alcançarem uma promoção. É um mundo egoísta, meu amigo. Todos os oficiais comandantes me pedem para ficar com o velho batalhão que eles tanto adoram. Eu fico. E eles também, até que conseguem um posto melhor. Eles não sabem nem se preocupam com o que vai acontecer comigo (que a pedido especial deles tenho permanecido aqui com a 'querida velha unidade') quando eu largar o Serviço para receber uma pensão de trinta *shillings* por semana."

Temo que eu mesmo não estivesse muito preocupado com a "querida velha unidade" enquanto saía com os cães de caça Ringwell nos cavalos do coronel Hesmon. Apesar da guerra, a caça vinha sendo exercida sem problemas, embora poucos participassem dela. "A caça vinha sendo mantida viva pensando nos garotos do *front*", que certamente apreciavam a ideia (desde que fossem bons caçadores de raposas e estivessem ainda vivos para valorizar o esforço feito em nome deles). Quanto a mim, estava armado de meu uniforme e da coloração protetora de minha Cruz Militar, e ninguém poderia fazer mais por mim mesmo. Ficava o tempo que queria com Moffat, o simpático homem que agora reunia os cargos de mestre e secretário, e por umas poucas semanas o passado pré-guerra parecia ter sido trazido como por encanto em meu especial benefício. Era difícil acreditar que as manhãs enevoadas de outono, que me faziam desejar aqueles bem conhecidos bosques e fazendas e montes, estavam simultaneamente irradiando uma irrelevante claridade sobre a saliência[29] de Ypres e sobre Joe Dottrell, andan-

29 Projeção em território inimigo.

do exausto de volta com o grupo de intendência por algum lugar perto do Bosque Plug Street. Não acho que eu fosse capaz de ver as coisas exatamente assim naquela época. O que escrevo agora é o resultado de uma vista de pássaro sobre o passado, e o oficial subalterno caçador de filhotes que vejo ali é parte do "mundo egoísta", para o qual sua atenção havia sido atraída. Ele está ouvindo o coronel Hesmon enquanto os cães de caça vão sendo expulsos à força de um grande bosque – ouvindo que o jovem Winchell se saiu bem com sua brigada (sem ter ideia de quantos deles foram "expulsos" de suas trincheiras) e sendo informado pelo loquaz velho coronel de que o conde alemão que morava antes no Parque Puxford era sem dúvida um espião e só caçava com os Ringwell por essa razão; o coronel agora lamentava não ter cavalgado até o Parque Puxford e quebrado todas as janelas antes que a guerra fosse declarada. Também afirmou que qualquer homem com menos de quarenta anos que não estivesse vestindo o uniforme do rei não era nada além de um maldito fujão. Comentei com Moffat mais tarde que o coronel parecia estar exagerando um pouco em relação à guerra. Moffat contou-me que o velho ficava praticando tiro com revólver em seu jardim, dirigindo insultos a troncos de árvores individuais e desse modo expressando sua opinião sobre a Alemanha como um todo. Ele era mais ou menos assim em relação a vulpicidas e socialistas em tempos de paz. "É muito esquisito; pois o Hesmon é um homem extraordinariamente bom", disse Moffat, que via a guerra como uma rematada chateação, mas não desperdiçava sua energia insultando a guerra ou quem quer que fosse. Ele já tinha muito o que fazer, pois achava que não era nada fácil preservar a caça, e realmente não sabia dizer o que os sabujos iriam arrumar para comer no ano seguinte. Acrescentou que "os *dachshunds* da senhora escaparam por pouco de serem presos como aliados do inimigo".

* * *

A atividade ao ar livre em Sussex foi apenas um divertimento provisório, e no dia 1º de novembro fui a Londres para uma última consulta com a junta médica. No Caxton Hall, em Westminster, passei alguns minutos observando com ar funéreo uma sala de espera vazia. Acima da lareira (sem fogo) havia afixada uma nota, muito bem emoldurada, a quem pudesse interessar. Trazia a tabela de preços para membros artificiais, com instruções sobre como os oficiais podiam obtê-los sem custos. A sala não continha nenhum ornamento. Enquanto eu ajustava minha mente àquela nota marginal sobre a vida do exército, que um jornalista teria chamado de "humor negro", uma atendente entrou para avisar que o coronel Crossbones (ou qualquer que fosse o nome dele) iria me receber naquele momento. Algumas formalidades "deram por encerrado" meu período de liberdade, e eu fingi estar me sentindo satisfeito enquanto saía de Westminster, embora ficasse imaginando se os políticos não teriam alguma expectativa de que as hostilidades seriam encerradas em torno do Natal, e vendo o almirantado com a ideia de que devia ser muito bom estar na marinha.

As despedidas começaram mais uma vez. Um último dia com os Ringwell terminou no cruzamento junto ao velho percurso ponto a ponto de Harcombe. Fui por um caminho e os cães de caça, por outro. Alvoroçados pela alameda, desapareceram no crepúsculo chuviscoso. O grito de Moffat, "Boa sorte, garoto!", deixou-me cavalgando sozinho, acompanhado apenas pelo ranger da sela. Eu devia estar de volta ao posto militar no dia seguinte, mas havíamos feito uma boa caçada nos bosques, com uma parte dela muito agradável a céu aberto, e eu havia saltado um monte de troncos caídos e desfrutado muito do meu dia. Olhando para a paisagem marrom indistinta, concluí que a guerra valia a pena se estivesse sendo levada a cabo a fim de salvaguardar esse tipo de coisa. Será? Fiquei conjeturando; e se alguma dúvida surgia, eu a descartava antes mesmo de ser formulada. Cavalgando para a parte baixa do campo onde eu deixaria o cavalo que me fora emprestado, lembrei que no dia em que a guerra foi declarada eu havia dormido no chão da prefeitura. Dois anos e três meses atrás eu me alistara por "três anos ou pela duração". Agora começava a parecer que eu me alistara por toda a vida (embora essa palavra fosse uma que já tivera dias melhores). Sob a sombra alta das montanhas, as luzes da cidade brilhavam acolhedoras. Mas um toque de corneta distante em algum campo dava a impressão de estar convocando um último agricultor relutante. "No final, vocês todos terão que ir", parecia dizer, e um chamado incômodo como esse soava por toda a Europa...

A caminho de casa, no trem, li sobre a Romênia no jornal. Todo mundo, inclusive tia Evelyn, adorou quando a Romênia passou para o nosso lado em agosto. Mas os resultados não haviam sido animadores. Não pude evitar que me sentisse chateado com o exército romeno por deixar que seu país fosse invadido pelos alemães. Eles realmente poderiam ter encenado algo melhor do que isso!

PARTE SEIS

No posto militar

I

O acampamento militar de Clitherland havia adquirido um aspecto de estabilidade coercitiva; mas isso era perfeitamente natural, já que por mais de dezoito meses vinha fabricando fuzileiros Flintshire, muitos dos quais ele agora mandava de volta para o *front* pela segunda e terceira vez. O acampamento era um cooperador essencial no esforço nacional, tanto quanto a Fábrica de Explosivos Brotherhood & Co., que flamejava, borbulhava e exalava mau cheiro com seus vapores venenosos a poucas centenas de metros dali. O terceiro inverno da guerra havia se instalado nas fileiras de cabanas com uma insipidez calamitosa; crepúsculos obscurecidos pela neblina sucediam-se a noites aborrecidas e desalentadoras, nas quais não havia nada para fazer e nenhum lugar aonde ir.

Agachado o mais perto possível do fumacento aquecedor da minha cabana, ouvia o lamento do vento em volta do telhado, passos pisando alegremente as tábuas da passagem, e todos os ruídos e estrépitos sistematizados e as clarinadas do acampamento. Sirenes de fábricas e apitos de navios na neblina lá adiante no Mersey às vezes se uniam em imensas e desagradáveis dissonâncias; seu som combinava com as fumacentas fábricas de munição, o cascalho dos subúrbios industriais e o canal que se arrastava esquálido pelas terras ressecadas e hostis que aguardavam apenas que algo fosse construído em cima delas.

Exceto o pessoal da equipe permanente, eram poucos os oficiais que eu conhecera antes desse inverno. Mas compartilhei minha cabana com David Cromlech, que estava bem o suficiente para poder jogar uma partida de futebol bem disputada, embora seu pulmão direito tivesse sido perfurado por um fragmento de metralha. Bill Eaves, o acadêmico de Cambridge, também havia voltado e estava sossegadamente aproveitando ao máximo os poucos meses que lhe restavam (ele seria morto em fevereiro quando liderava um pequeno ataque local). E havia também o jovem Ormand, dado a fazer caretas quando mencionava sua próxima consulta com a junta médica, que com certeza iria aprová-lo para o Serviço Geral. Eu podia conversar com esses três sobre "os velhos tempos do Primeiro Batalhão", e aqueles tempos já haviam ganhado uma ilusória aceitabilidade, em comparação com o que nos aguardava; pois o Grande Esforço do último verão e outono não havia encontrado um sucessor na Ofensiva de Primavera (que, é claro, iria "colocar os boches para correr").

A refeição, às oito, era uma atividade que podia ser aproveitada para ocupar uma hora e meia. Enquanto Ormand fazia seu comentário corriqueiro – que sua única razão para sair de novo era que isso iria lhe permitir saldar sua conta no Cox's Bank –, meus olhos desviavam-se até a mesa principal, na qual o coronel sentava-se entre aqueles majores afáveis e tolerantes que poderiam muito bem ter adotado como lema a cantilena dos soldados: "Nós estamos aqui porque estamos aqui porque estamos aqui porque estamos aqui". Às nove e meia, o coronel dirigia-se à antessala para a sua partida de *bridge*. Seu subcomandante, o major Macartney, iria se juntar bem depois, e ficaria ouvindo um ou dois de seus colegas e bebericando lentamente um porto, com uma mão que tremia nervosamente. Era provável que sua mente com frequência se voltasse para a Irlanda, para atirar de tocaia e pescar salmão. Não havia nada de sinistro com o major, embora seus traços revelassem certa severidade, que lembrava um pouco o falecido lorde Kitchener. Era um homem reservado e digno, muito mais que os outros majores. Esses personagens festivos estavam ostensivamente dirigindo a economia interna do acampamento, e como os soldados eram bem alimentados e bem cuidados, mereciam receber o crédito por isso. O treinamento de recrutas havia sido deixado para os sargentos-instrutores, a maioria deles suboficiais do melhor padrão, habituados a trabalhar duro de manhã até q noite, e rigorosos porque tinham que ser rigorosos. A matéria-prima a ser treinada era cada vez pior. A maioria dos que vinham agora tinha entrado para o exército de má vontade, e não havia razão para que achasse o serviço militar algo tolerável. A guerra tornara-se indisfarçavelmente mecânica e desumana. O que nos primeiros dias haviam sido unidades de voluntários, era agora turbas de vítimas. Eu estava mal começando a me dar conta disso.

* * *

Mas Clitherland dava acesso a compensações. Uma delas era o campo de golfe em Formby. O trem elétrico levava apenas vinte minutos até lá, e Formby era famosa por seu ar revigorante, pela confortável casa do clube e pela comida incrivelmente boa para tempos de guerra. Eu ia lá pelo menos uma tarde por semana; em geral, jogava sozinho, e com frequência tinha os campos todos só para mim, o que não era uma desvantagem, já que sempre fui consideravelmente afeito à minha própria companhia.

Meu propósito principal, no entanto, era passar um dia com os cães de caça. Para isso, conseguia prontamente uma licença das obrigações aos sábados de manhã, já que um oficial que quisesse sair para caçar era justificadamente encarado como um sustentáculo das tradições regimentais do pré-guerra. Os encontros de sábado dos caçadores de Cheshire ficavam bem longe, mas nada que estivesse aquém da impossibilidade poderia me demover, e ficar elaborando meus planos era um antídoto eficaz para a fadiga de guerra. Na verdade, era algo bem próximo de tentar alcançar o impossível quando eu sentava na minha cabana ao anoitecer, cogitando com volúpia deliberativa, consultando um mapa e calculando de que maneira meu auxiliar contratado poderia me encontrar em tal e tal estação, medindo a distância dali até o encontro, e assim por diante, da maneira bem conhecida por todo jovem esportista entusiasmado. Nesses sábados, eu acordava muito animado com o dia ainda escuro. Saindo de Liverpool num dos primeiros trens, eu observava ansioso os desoladores inícios de um dia encoberto de dezembro, alimentando o quanto podia a ilusão de estar escapando de tudo que estivesse associado com o uniforme que eu vestia, e olhando com todo carinho para minhas botas marrons Craxwell, próprias para andar no campo.

Nessas condições, nenhum dia podia ser ruim, e embora mais de uma dessas caçadas de sábado tenha sido interrompida por geada, eu me sentia singularmente compensado com as poucas caçadas que conseguia fazer. Compensado apesar até da forte queda que sofri um dia ao tentar saltar um tronco caído que teria sido mais sensato evitar, já que meu auxiliar contratado era um cavaleiro mediano, embora bem-disposto. De qualquer modo, o contraste entre o acampamento de Clitherland e o sábado no campo em Cheshire era como a diferença entre guerra e paz – especialmente quando, no final de um bom dia, eu andava alguns quilômetros voltando com os cães, conversando com o organizador da caçada no meu melhor estilo pré-guerra.

Além dessas compensações, eu contava agora com a companhia de David, que fazia as vezes do "soldado veterano" e, como sempre, era bastante argumentativo. De fato, enquanto eu, após o jantar, ficava elucubrando em cima do meu mapa de Cheshire, de um centímetro igual a um quilômetro, ele geralmente ficava demorando-se no refeitório e participando ativamente da guerra de palavras com outros "soldados veteranos", entre os quais ele era agora ouvido como alguém que tinha autoridade. Era uma coisa importante ter estado na Batalha do Somme; mas ter participado também da Batalha de Loos fazia ele se sentir um figurão. Na nossa cabana, porém, procurávamos assuntos mais recentes do que batalhas do passado e trincheiras destruídas. Eu gostava de conversar sobre literatura inglesa, e ouvia-o falar como se ele fosse um oráculo, que eu podia, vez ou outra, me aventurar a contestar. Embora ele fosse nove anos mais novo que eu, muitas vezes eu me descobria invertendo nossas idades, já que ele sabia tão mais a respeito de quase tudo, exceto de caça à raposa. Ele fazia pouco caso da maioria dos livros que eu tinha até então venerado, pois David era uma pessoa que consumia seu entusiasmo rapidamente, e uma vez quase me tirou a respiração quando mostrou desprezo pelo *Paraíso Perdido* chamando-o de "aquela poção acadêmica moribunda". Eu não imaginava que era possível falar de modo desrespeitoso sobre Milton. De qualquer forma, John Milton era condenado à perdição, e John Skelton apresentado como "um dos poucos poetas realmente bons". De algum modo, porém, nunca consegui aceitar de todo sua supremacia sobre Milton como um fato estabelecido. Nessa época, Samuel Butler era a fonte de boa parte da perspicácia de David em derrubar do pedestal nomes e noções altamente respeitados.

Em todo caso, eu estava sempre pronto a perder outra ilusão literária, pois muitas das sutilezas capciosas do meu amigo eram tão bem urdidas, e tão imperceptíveis, quanto os anéis de fumaça duplos que ele exalava com tanta habilidade. Ele era cheio desses pequenos truques divertidos, e eu nunca cansava de ouvi-lo imitar a fala de um galês irritado. Gostava de música, também; mas revelou-se um fracasso quando fomos a um concerto de orquestra em Liverpool. David disse que aquilo "o perturbava psicologicamente". Tampouco ia bem quanto ao gosto musical. Nenhuma música prestava exceto as melodias das baladas folclóricas do norte, que ele adorava cantar nos momentos mais inesperados. *The Bonny Earl of Murray* era uma de suas favoritas, e ele a cantava num estilo agradavelmente melancólico. Mas por mais que eu admirasse essas cantigas lamentosas, não podia aceitar que tomassem o lugar da Quinta Sinfonia de Beethoven, que havíamos ouvido no concerto. Percebo agora que o que eu deveria ter dito era: "Ah, pare de falar besteira, David!". Mas em vez disso eu tentava desajeitadamente explicar os méritos dos vários compositores, não aqueles que haviam inventado *The Minstrelsy of the Border*, mas isso era exatamente o que ele queria me ver fazendo. Às vezes ele me deixava com muita raiva. Lembro uma manhã em que ele estava se barbeando com uma mão e lendo *Robinson Crusoé* na outra. Crusoé é que era um homem de verdade, comentou; caçar raposas era um esporte de esnobes e débeis mentais. Achando que era muito cedo para alguém ficar azucrinando os outros, respondi irritado que na minha opinião Crusoé estava certo, mas que havia um monte de gente que caçava e eram pessoas ótimas, e chegavam até a ser grandes homens, a seu modo. Tentei pensar em alguém para sustentar meu argumento, e depois de um momento exclamei: "Anthony Trollope[30], por exemplo! Ele costumava caçar bastante, e ninguém dirá que era um débil mental". E ele: "Não, mas provavelmente era um esnobe!". Eu quase perdi as estribeiras ao tentar refutar aquele insulto ao caráter de Trollope, e David ainda piorou as coisas ao dizer que eu não tinha ideia do quanto eu ficava engraçado quando voltava ao meu eu dos tempos de paz. "Eu tive uma overdose dessa droga da caça quando estava com o Segundo Batalhão em 1915", ele acrescentou. "Se tivesse sido capaz de ficar taga-

30 Anthony Trollope (1815-1882), escritor inglês da era vitoriana, autor das célebres *Crônicas de Barsetshire*, um condado imaginário. (N. do T.)

relando a respeito de Jorrocks[31] e de dizer que havia caçado com cães Bedfordshire a vida toda, o coronel e o ajudante teriam se comportado de maneira muito decente comigo". Eu repliquei: "Você não pode ter tanta certeza assim disso, e de qualquer modo não existe essa história de 'cães Bedfordshire'. Bedfordshire é principalmente Oakley, que não é nenhuma área rural de primeira classe. Você precisa também cuidar de dar os nomes certos ao ficar falando bobagens sobre coisas das quais não entende". Mas o que importava para David se Oakley fazia fronteira com Grafton, Fizwilliam ou Whaddon Chase? Eu nunca havia caçado nessas áreas, mas sabia que eram boas, e não fiquei fingindo que não tivesse interesse por elas, mas fiz firme objeção a que fossem ridicularizadas por um excêntrico como ele, "sim, um excêntrico cheio de manias", como David. "Você é um excêntrico cheio de manias", observei em voz alta. Mas como ele sempre tomava minhas réplicas apenas pelo que elas valiam, a questão terminou amigavelmente, e um minuto mais tarde eu já era capaz de avisá-lo de que estava indo para a revista sem a gravata.

Já disse que, como regra, evitávamos conversar sobre guerra. Exteriormente nossas opiniões não diferiam de modo perceptível, se bem que seu senso da "tradição regimental" era mais forte que o meu, e ele "não via sentido no idealismo antiguerra". Mas cada um de nós tinha sua atitude em relação à guerra. A minha (que nem sempre havia sido fácil de sustentar) era que eu queria ter bons sentimentos em relação a ela. Queria que a guerra fosse uma experiência impressionante – terrível, mas não horrível a ponto de interferir em minhas emoções heroicas. David, ao contrário, não acreditava na sublimação e parecia querer que a guerra fosse ainda mais feia do que era na realidade. Sua mente a odiava e, no entanto, ele se apegava a maus cheiros e detalhes sórdidos. Assim como o seu rosto (que

31 Jorrocks é uma prestigiosa raça de cavalos de corrida anglo-árabe, criada na Austrália. (N. do T.)

tinha certa esquisitice, como se fosse visto por um espelho levemente distorcido), as imagens de guerra que sua mente produzia eram grosseiras e fora de foco. Embora em alguns aspectos fosse mais impressionável do que eu, ele tinha, como uma vez o informei, "um faro de primeira para qualquer coisa que fosse abominável". Deve-se acrescentar, a bem da verdade, que isso foi uma vez em que ele discursava sobre a ubiquidade de certas instituições na França. Sua informação era toda de segunda mão; mas quem o ouvisse falar – de olhos bem abertos, mas no papel de homem experiente – poderia imaginar que Amiens, Abbeville, Béthune e Armentières eram iluminadas principalmente por "luzes azuis" e "luzes vermelhas"[32], e que, para um jovem bom, passar por Havre ou Rouen era uma espécie de peregrinação[33] deste mundo para o próximo.

II

Ir para Liverpool era, para a maioria de nós, o único antídoto para o tédio cotidiano do posto militar. Liverpool costumava significar o Hotel Olympic. Esse contraste palaciano com o acampamento era a principal causa do saldo negativo de Ormand e outros jovens oficiais. Por nunca ter atravessado o Atlântico, eu não percebia que o hotel era uma importação americana, mas sei agora que a coisa toda devia ter sido trazida de Nova York na mente de um passageiro de primeira classe. Ao entrar no Olympic, você pisava em quadrados brancos e pretos de borracha sintética, e o interior

32 As luzes azuis eram comuns na guerra, usadas para reduzir a luminosidade à noite e dificultar ao inimigo a visibilidade. As luzes vermelhas serviam para identificar os bordéis nas cidades francesas. (N. do T.)

33 Em inglês *Puritan's Progress*, provavelmente uma referência a *The Pilgrim's Progress (O Peregrino)*, livro de John Bunyan, publicado em 1678, uma alegoria da vida cristã (sob a ótica protestante) bastante lida e influente na Inglaterra da Primeira Guerra Mundial.

quente tinha o cheiro desse piso pseudoluxuoso. Tudo era branco e dourado e liso; era, digamos, um paraíso hermeticamente selado feito de imitação de mármore. Sua amplidão tornava a ressonância mais lânguida; uma de suas atrações era uma piscina coberta, e o lugar todo parecia ter a acústica de uma piscina; o barulho ficava abafado e se diluía num subtom aquoso, e mesmo os arrastados *intermezzos* da orquestrinha de cordas ressoavam e se estendiam como se estivessem um grau afastados da audibilidade comum. Ou pelo menos assim parecia ao subalterno de Clitherland que descansava numa poltrona ultraestofada comendo deliciosos bolos com chá, depois de deslizar da piscina para o barbeiro, e de comprar algumas revistas sobre literatura no caminho. Depois, pediria um coquetel no bar; e em seguida iria compensar a si mesmo por Clitherland com um jantar que desafiasse sua digestão.

Notas de cinco libras sumiam rapidamente no Olympic, e muitas delas eram gastas por pessoas cuja parte no esforço nacional era difícil de diagnosticar. No salão de jantar, comecei a observar que alguns não combatentes estavam se saindo muito bem fora da guerra. Eram pessoas cujos rostos careciam de dignidade, enquanto pediam lagostas e escolhiam charutos colossais. Lembro-me de chamar a atenção de Durley para algumas pessoas desse tipo quando ele jantou comigo entre os espelhos e aquela imitação de magnificência. Elas concluíram sua espetacular refeição com uma sobremesa de sorvete, e agora deliciavam-se com um acréscimo final – cerveja escura e ostras. Comentei que na minha opinião deviam ser especuladores. Por um momento, Durley observou-os com olhos não perscrutadores, mas não fez qualquer comentário; que ele os achasse incríveis, não seria surpreendente; seus dois irmãos haviam sido mortos em combate e seu senso de humor havia sofrido proporcionalmente. Eu observei que até nós não estávamos nos dando tão mal assim, e enchi de novo sua taça de champanhe. Durley estava de licença por doença e fora a

Liverpool passar uma noite, para me ver e também visitar um ou dois outros no posto militar. A guerra estava muito presente em sua mente, mas evitamos discuti-la durante o jantar. Depois, quando estávamos sentados num canto tranquilo, ele me fez um relato do que acontecera no Bosque Delville no dia 3 de setembro. Por ter sido ferido na garganta, falava num sussurro forçado. Sua narrativa foi mais ou menos como segue:

"Depois da primeira vez que estivemos ali – cavando uma trincheira em frente ao Bosque Delville – viemos de novo para o Reduto Bonté e voltamos para lá logo ao raiar do dia 30. Naquele dia e no seguinte fomos bombardeados por canhões de longo alcance. Cerca de dez horas da noite do dia 31, Kinjack decidiu transferir o acampamento. Levamos duas horas nisso, embora o novo local ficasse a apenas mil e quinhentos metros, mas estava escuro como breu e chovia. Enfiei-me numas ceroulas e estava me acomodando numa barraca de sino quando recebemos a ordem de ir para Montauban a toda velocidade. Kinjack foi na frente. Você já pode imaginar a bagunça que foi – os homens indo o mais rápido que podiam, ficando sem forças e perdendo contato no escuro, e o ajudante galopando para cima e para baixo, xingando todo mundo; eu nunca o vira em tal estado antes – você sabe como ele é um cara calmo normalmente. Nós partimos com tamanha pressa que eu estava com a minha perneira por cima da ceroula! Devem ter sido quase nove quilômetros, mas fizemos em pouco mais de uma hora. Quando chegamos ali ninguém sabia dizer a que se devia todo aquele alvoroço; ficamos de prontidão o dia seguinte inteiro e depois disso só fomos para o bosque à noite. Devíamos atacar a partir do canto direito do bosque, com os East Surrey cobrindo nossa esquerda e os de Manchester atacando Ginchy à nossa direita. Nosso objetivo era a trincheira *pint*, tomando *bitter* e *beer* e desimpedindo *ale* e *vat*, e também o caminho *pilsen*, no qual a brigada achava que havia alguns grandes refúgios subterrâneos. Quando mostrei o plano de batalha ao major-sargento, tudo o que ele disse foi: 'Vamos ter confusão vinda da alameda *Ale*'. Mas ninguém tinha ideia de que iria ser aquele pandemônio que foi!... De qualquer modo, às oito e meia da noite de 2 de setembro eu coloquei a Companhia C dentro do bosque, com Perrin e sua companhia logo à frente de nós. Muitas das árvores foram reduzidas a lascas e a maior parte dos arbustos havia ido embora, por isso não foi difícil avançar por ali. Mas enquanto nos posicionávamos em buracos de bomba e numa trincheira que atravessava o bosque, vinham bombas de todas as direções e sinalizadores Véry subiam pelo bosque todo, e mais de uma vez precisei deitar e usar minha bússola luminosa antes de poder dizer que lado era qual. O jovem Fernby e os bombardeiros do batalhão estavam à minha direita, e eu vi mais dele do que de Perrin durante a noite; ele estava muito brincalhão; haviam comentado conosco que seria um espetáculo decente. O único problema que tivemos aquela noite foi uma bomba que caiu entre alguns homens posicionados num buraco; dois dos padioleiros choravam e diziam que havia sido um massacre.

O dia seguinte começou cinzento e triste; bombas guinchando por cima das nossas cabeças, a terra sendo levantada na frente do bosque e galhos finos caindo no meu capacete. Quando estávamos perto de zero, a terra era levantada continuamente. Caíam galhos enormes. Você não conseguia ouvir as bombas chegando – simplesmente sentia a terra tremer quando elas caíam. Havia uma espécie de tela de fumaça, mas ela serviu apenas para que os boches soubessem que estávamos chegando. Ninguém parece ser capaz de explicar exatamente o que aconteceu, mas as companhias à esquerda nunca tiveram qualquer esperança. Elas ficaram expostas a partir da alameda *ale*, portanto o major-sargento estava certo a respeito da 'confusão'. Edmunds foi morto quase imediatamente e sua companhia e a B foram feitas em pedaços assim que eles saíram do bosque. Eu levei a C comigo logo atrás de Perrin e sua turma. Avançamos em três investidas. Tudo se resumia a entrar e sair de buracos de bomba, com o chão todo mole como terra de vaso. O chão partido e a encosta de montanha nos pouparam um pouco do fogo. A trincheira *bitter* era simplesmente uma vala preenchida quando a atravessamos. O aeroplano de contato ficou acima das nossas cabeças o tempo todo, disparando contra os boches. Depois da segunda investida, olhei em volta e vi que alguns dos homens estavam recuando um pouco, e não era para menos, pois muitos deles eram recém-chegados da Inglaterra! Fiquei pensando se não deveria voltar até onde estavam, mas a única coisa que surgiu na minha cabeça foi um fragmento do que um instrutor havia me dito quando eu era recruta no Artists' Rifles antes da guerra. *Num ataque, continue sempre em frente!* Excetuando isso, não consegui pensar em muito mais; o barulho era aterrador e eu nunca havia ficado com a língua tão seca na vida. Uma coisa eu sabia: precisávamos manter o fogo de barragem. Tínhamos mais de quinhentos metros para vencer antes da primeira elevação do terreno e havíamos sido especialmente orientados a seguir a barragem de perto. Era uma espécie de efeito de cinema; barulho infernal e de repente silêncio. Um dos meus estafetas foi atingido no rosto da alameda *Ale*; lembro-me de algo como um meio-tijolo voando sobre minha cabeça, e as balas do fogo de enfiada que pareciam esmagar o ar diante do meu rosto. Vi um homem bem à minha frente tombar lentamente, quase com graça, e pensei 'coitado do cara, essa foi sua última final de campeonato'. De qualquer modo, as duas companhias estavam todas misturadas na hora em que fizemos a terceira investida, e de repente nos vimos olhando para dentro da trincheira *beer* com os boches ajoelhados embaixo de nós. Bem à minha esquerda, Perrin, no alto, e um boche grande, em pé dentro da trincheira, dispararam um no outro; quem caiu foi o boche. Então os alemães fugiram pela alameda *Vat*, e fomos capengando atrás deles. Vi um dos nossos esmagado, com um monte de sangue atrás do pescoço, peguei seu fuzil e cinto de munição e continuei, com o Johnson, meu estafeta. A trincheira havia desabado num monte de lugares. Eles continuaram virando-se de costas e atirando em nós. Uma hora, quando Johnson estava logo atrás de mim, ele atirou (um bom tiro, cuidadoso – com os dois cotovelos apoiados) e atingiu um deles bem no rosto; o vermelho saltou do rosto do homem e seus braços levantaram. Depois disso, eles sumiram. Pouco depois, fomos detidos por uma metralhadora disparando a toda na trincheira, no lugar onde ela estava muito danificada, e nos refugiamos num grande buraco de bomba que fora aberto nela. Johnson foi buscar metralhadoras Lewis e bombardeiros. Pude ver quatro ou cinco cabeças aparecendo e sumindo ao longe e então disparei, mas não acertei nenhuma. O fuzil que eu tinha era um daqueles 'fuzis de caçador' que não havia sido bem cuidado, e não demorou para que nada acontecesse quando eu apertei o gatilho, que havia ficado solto de algum jeito e não disparava mais a carga. Recarreguei e tentei de novo, e então joguei a coisa fora e voltei a entrar na trincheira. Havia um homem ajoelhado, com seu rifle sobressaindo em pé, então pensei em usá-lo; mas quando estava me virando para pegá-lo outro fragmento dos tempos de paz veio à minha mente – *Nunca prive um homem de sua arma numa situação de perigo!*

A próxima coisa que eu soube foi quando voltei a mim e me vi relembrando um tremendo golpe na garganta e no ombro direito, e me sentindo sem fala e paralisado. Havia homens se movimentando para lá e para cá acima de mim. Então ouvi um grito frenético – 'Eles estão voltando!' e eu estava sozinho. Pensei 'Vou ser bombardeado e feito em pedaços aqui deitado' e consegui apenas avançar até onde uma metralhadora Lewis estava disparando. Caí no chão e Johnson veio e cortou meu equipamento fora e amarrou minha garganta. Alguém pôs minha pistola no meu bolso lateral, mas quando Johnson me pôs em pé ela era pesada demais e me fez cair de lado, então ele a jogou fora. Lembro dele dizendo, 'Abram espaço, deixem ele passar' e de homens que diziam 'Boa sorte, senhor' – muito educado da parte deles nessas condições! Fui indo pela trincheira até conseguir de algum jeito sair pelos fundos – tudo muito nebuloso – fumaça flutuando e buracos de bomba –, desci o monte – pensando 'Preciso voltar para a Mãe' – continuei caindo e levantando – e Johnson sempre me ajudando. Cheguei ao QG do batalhão; havia um suboficial do lado de fora; ele me pegou muito gentilmente pela mão esquerda e me conduziu, com cara de muito preocupado. Quando me vi ao ar livre de novo, atrás do monte, soube que estava a salvo. Caí e não consegui mais levantar. Johnson sumiu. Senti que estava tudo acabado para mim até que ouvi a voz dele dizendo, 'Aqui está ele' e o padioleiro me carregou... Quando estava no posto de primeiros socorros, tiraram um pedaço de papel do meu bolso e leram para mim. 'Salvei sua vida sob fogo pesado'; assinado e datado. Os padioleiros fazem isso às vezes, me contaram!"

Ele riu, com voz rouca, seu rosto iluminado por um raio do seu antigo humor... Perguntei se o ataque fora considerado bem-sucedido. Ele achava que não. Os de Manchester haviam falhado, e Ginchy só foi tomada de fato cerca de uma semana depois. "Quando eu estava no hospital em Londres", prosseguiu ele, "conversei com um velhaco do comando da brigada; ele havia sido levemente intoxicado por gás. Contou que havíamos feito tudo o que se esperava de nós; foi apenas um ataque de contenção no nosso setor, para evitar que os boches abrissem fogo monte abaixo, na retaguarda dos nossos homens que estavam atacando Guillemont. Eles sabiam que nós não tínhamos a menor chance de tomar a alameda *Ale*".

Ele contou isso de uma maneira simples, indiferente, ilustrando a história com gestos inconscientes – mirando com um fuzil, e assim por diante. Mas o pesadelo de fumaça e luz do sol havia estado nos seus olhos, com uma sensação de confusão e calamidade e eu só podia tentar conjeturar o quanto de realidade aquilo continha. Ele era o sobrevivente despedaçado de um batalhão destruído que "havia feito tudo o que se esperava dele".

Perguntei a respeito do jovem Fernby. Durley havia estado no mesmo hospital que ele em Rouen e o vira uma vez. "Eles estavam tentando estimulá-lo um pouco, pois parecia não reconhecer ninguém. Eles sabiam que nós dois havíamos estado no mesmo batalhão, então fui levado até a ala dele uma noite. Sua cabeça estava toda ferida de metralha. Falei com ele e tentei que me reconhecesse, mas ele não sabia quem eu era; morreu algumas horas depois".

O silêncio foi o único comentário possível; mas eu vi os anteparos vermelhos em volta da cama, e Durley cochichando junto à cabeça enfaixada de Fernby, com seus olhos inalteráveis, enquanto a enfermeira aguardava em pé, com as mãos entrelaçadas.

III

No início de janeiro, David foi aprovado para o Serviço Geral no exterior. Eu fui totalmente tomado de surpresa quando ele voltou e me contou. Ao que parece, o médico perguntou-lhe se ele queria prestar um pouco mais de serviço no país, mas um repentino orgulho raivoso o fez pedir que lhe dessem o S.G. Duas semanas mais tarde, ele obteve sua licença final e fui vê-lo partir na Estação de Liverpool.

Um mal-humorado veterano de vinte e um anos de idade (encarregado, não oficialmente, de um lote de jovens oficiais que saíam do país pela primeira vez), ele foi abrindo caminho a empurrões pela plataforma lotada, com os ombros encurvados, o colarinho virado até as orelhas e as mãos enfiadas nos bolsos. Notava-se certa determinação filosófica, combinada com uma aparência de infeliz irrequieto que não era incomum nele. "Dessa vez reduzi meu equipamento ao mínimo. Vou sem revólver. Cheguei à conclusão de que existe uma probabilidade de cinco contra um de que jamais venha a usá-lo", observou, enquanto batia os pés no chão tentando aquecê-los. Ele não explicou como chegara a calcular aquelas probabilidades, mas sempre gostara de brincar com fórmulas. Então o trem começou a andar e ele saltou desajeitadamente no seu vagão. "Mande lembranças ao Joe quando chegar ao Primeiro Batalhão", foi meu esforço final de cordialidade. Ele assentiu com um sorriso forçado. Partir pela terceira vez era um negócio terrível e seu rosto demonstrava isso.

"Eu deveria estar indo com ele", pensei, sabendo que poderia ter obtido o S.G. na minha última consulta da junta se tivesse tido o peito de solicitá-lo. Mas como é que alguém poderia pedi-lo tendo a esperança de conseguir mais alguns dias no Cheshire e sabendo que o tempo estava congelando de frio na França? "Que mistura mais estranha ele é", pensei, vagando distraidamente ao sair da estação. Nada poderia ter sido mais desalentador do que a ruidosa rua de pedra junto às docas, com armazéns encardidos que impediam a entrada dos fiapos de luz do dia, e um céu cinza que fazia antever mais neve.

Lembro-me de voltar para a cabana naquela noite, vindo do refeitório. Havia neve pelo chão, e o clarão fechado por persianas e o ruído abafado da fábrica de explosivos pareciam mais sombrios do que normalmente. Sentado junto ao aquecedor comecei a ler uma revista que David havia deixado. Era um semanário propagandístico contendo traduções da imprensa estrangeira. Um jornal de Copenhague dizia: "Os filhos da Europa estão sendo crucificados no arame farpado porque as massas mal orientadas estão gritando por isso. Elas não sabem o que fazem, e os estadistas lavam as mãos. Eles não ousam libertá-los de sua morte como mártires..." Seria isso verdade, pensei; discursos divergentes como aquele eram novidade para mim. Pensei no Dick Tiltwood, e em como ele costumava entrar na minha cabana com evidências claras de juventude como essas em seu rosto; e no pequeno Fernby, com seu cabelo escuro, outro exemplo disso; e no anspeçada Kendle, e em todos aqueles outros cuja morte violenta havia entristecido minha experiência. David agora voltava a candidatar-se a esse martírio militar, e (lembrei com triste certeza) o mesmo estava acontecendo comigo.

Deitado acordado enquanto a luz do aquecedor morria avermelhada no canto do quarto, lembrei-me da cara cor de vinho do comandante do exército, com suas fileiras de medalhas, e de como o jovem Allgood e eu marchávamos diante dele na escola do exército no último mês de maio, com o sol brilhando e a banda tocando. Ele recebera a saudação de quatrocentos oficiais e suboficiais do seu exército. Quantos deles já haviam sido mortos desde então, e o quanto era ele responsável por suas mortes? Será que sabia o que estava fazendo, ou era meramente um velho cavalariano bem-sucedido, cuja popularidade em tempos de paz o levara a ascender ao seu atual pedestal?

Era natural que eu me lembrasse de Flixécourt. Aquelas quatro semanas preservavam sua influência na minha mente, e agora pareciam ser o primeiro ato de uma peça – um primeiro ato despreocupado, que não se dispunha a olhar adiante desde a sua experiência da luz do sol e da beleza gloriosa das florestas de faias. A vida na escola do exército, com sua exuberante saúde física, havia sido como um prelúdio de algum sacrifício realmente conclusivo da fogosa juventude. O segundo ato havia me levado ao fatídico 1º de Julho. O terceiro ato mandara-me de volta para casa, a fim de repensar as coisas. Os ataques de outono haviam sido uma disseminada confusão de perda de pessoas, com resultados inconclusivos. No início do verão, o Quarto Exército estava pronto para avançar com novo ímpeto. Agora estava empacado na lama congelada diante de Bapaume, como um tanque abandonado. E a história era a mesma pelo caminho todo até Ypres. Políticos e jornalistas belicistas adoravam usar a palavra "cruzada". Mas as "normas cavalheirescas" (que eu vi resumidas na escola do exército) haviam sido trituradas e explodidas em julho, agosto e setembro, e o que restara delas fizera a "cruzada" daquele ano terminar num lamaçal de tormentos e frustrações. No entanto, eu era perseguido pela memória daquelas semanas em Flixécourt – quase como se relembrasse um tempo em que estivesse apaixonado. Será que era pela vida que eu estava apaixonado então? – pois aqueles dias pareciam saturados da fecundidade da saúde física e do tempo bom, e era quase como se minha própria vitalidade germinativa estivesse se fundindo com algum rito sacrificial de celebração da colheita. "Germinação e germano-aversão"[34], pensei, recuperando meu senso de realidade com um trocadilho fraco. Depois disso adormeci.

* * *

Eu tinha o desconfortável hábito de rememorar, ao acordar de manhã, que a guerra ainda estava em andamento e que esperava que eu voltasse para ela; mas, afora isso e as horas em que era tomado por meus pensamentos mais íntimos, a vida no acampamento era relativamente alegre, e me permitia ser levado por sua ruidosa corrente de vida bem-humorada. Ao final de cada dia, sentia-me compensado pelo fato de ter encurtado um pouco o inverno, pois o novo ano começara com dias de frio congelante. Nosso Primeiro Batalhão, enterrado na lama até o pescoço diante de Beaumont-Hamel, estava agora experimentando uma geada de nove graus negativos enquanto realizava pequenas operações ligadas à melhoria da linha. Dottrell escreveu que eles não estavam preocupados com nada "além do correio e da ração de rum", e me aconselhou a ficar de fora até que o tempo melhorasse. Não era difícil ter vontade de seguir seu conselho; mas logo depois fui para Liverpool, para o que eu sabia ser minha última consulta com a junta médica. Era um dia escuro e gelado, e todos os oficiais na sala de espera pareciam querer se sentir o pior possível para a ocasião.

34 No original, *Germinating and German-hating*. (N. do T.)

Um jovem pálido confidenciou-me que vinha de uma farra de bebida na noite anterior e que esperava agora conseguir mais quatro semanas de serviço doméstico.

Havia dois médicos do exército de cabelo prateado sentados a uma mesa, remexendo documentos azuis e brancos. Um, com um bigode encerado, lançou-me um olhar fatigado quando entrei no consultório. Com um gesto de cabeça indicou-me uma cadeira junto à mesa. "Está se sentindo apto a sair de novo?", perguntou. "Sim, razoavelmente, obrigado." A caneta dele começou a se mover pelo papel azul. – "Foi considerado apto para o Serviço Ger..." Levantou o olhar, irritado. "Pare de balançar a mesa!" (eu estava batucando nela com os dedos). O outro coronel olhou indulgente para mim por cima de seu *pince-nez*. O de bigode encerado resmungou algo e continuou escrevendo. De qualquer modo, balançar a mesa não iria deter aquela sua caneta!

PARTE SETE

Rouen em fevereiro

I

Em alguma hora da segunda semana de fevereiro, atravessei o mar até Havre num navio detestável de nome Archangel. Assim que o navio começou a se mover, tive consciência de uma sensação de alívio. Era inútil preocupar-se com a guerra agora; eu estava na máquina de novo, e toda a responsabilidade pelo meu futuro passava ao aleatório controle dos poderes, quaisquer que fossem, que manipulavam a Força Expedicionária Britânica. A maioria de nós se sentia assim, imagino, e a experiência era conhecida como "estar na encrenca de novo". Afora isso, minha única lembrança da travessia é que alguém roubou, enquanto eu dormia, meu casaco de trincheira novo.

Às nove da noite do dia seguinte, apresentei-me ao posto militar de base da Quinta Infantaria, em Rouen. A viagem desde Londres durara trinta e três horas (algo que eu registro para aqueles que gostam de detalhes da guerra em *slow-motion*). O acampamento da base ficava a uns três quilômetros da cidade, junto a uma floresta de pinheiros. No escritório onde me apresentei fui informado de que meu destino era o nosso Segundo Batalhão; isso me deu algo definido sobre o que ruminar, pois queria ir para algum lugar onde eu já fosse conhecido e a perspectiva de me juntar a um batalhão estranho me fez sentir mais sem lar do que nunca. O ajudante da Quinta Divisão de Infantaria instruiu-me a pegar alguns cobertores; o quarto de despensa ficava logo virando a esquina, disse ele. Depois de tatear no escuro e tropeçar em cordas de barracas, eu já começava a ficar irritado quando abri uma porta e me vi numa sala de guarda. Um homem, nu do peito para cima, ajoelhado no chão, apertava o peito com força e chorava descontroladamente. Os da guarda estavam em pé em volta, com olhares desconfortáveis, e o sargento ao lado dele, paciente e imperturbável. Enquanto ele me levava até o depósito de cobertores perguntei-lhe qual era o problema. “Nada, não, senhor, o homem estava detido porque agrediu um polícia militar, e agora acabou de receber a notícia de que o irmão foi morto. Parece que levou isso mais a sério do que a maioria. Ficou meio doido, rasgou a roupa e passou a xingar a guerra e os *fritzes*. É quase como um caso de neurose de guerra, parece. É a terceira vez que ele sai pra guerra. Hoje em dia, quando a coisa fica feia, é difícil aguentar bem, senhor”. Enquanto voltava para a escuridão de novo, ainda ouvia seus gritos desgarrados.

“Bem, bem; esse parece ser um lugar bastante depressivo para se chegar!”, pensei, enquanto deitava acordado, tentando me manter aquecido e mastigando um pedaço de chocolate, num canto estreito de uma lona estendida a um metro e meio de altura. Do outro lado de um cobertor do exército que servia de divisória, dois oficiais papeavam interminavelmente em galês. Eles comparavam suas respectivas experiências em alguma sórdida casa de prazer de Rouen, e suas revelações não me fizeram achar a guerra mais divertida. Na verdade, tratava-se de uma das conversinhas mais lamentáveis que eu já ouvira. Mas que direito tinha eu de culpar aqueles pobres diabos por tentarem passar algumas horas de diversão antes de partir para o *front*?... Não obstante, a guerra parecia estar fazendo tudo o que podia para me fazer sentir pouco heroico.

No dia seguinte, encontrei com a Quinta Divisão de Infantaria. O refeitório era deprimente. Eu não conhecia ninguém, e não era um lugar onde as pessoas se sentissem inclinadas a se interessar umas pelas outras, pois ninguém estava ali para ficar mais do que alguns dias. Elas eram unânimes em reclamar do padre católico beberrão que gerenciava o refeitório; a comida era ruim, e quatro *shillings* e três *pence* por dia era considerado um preço exorbitante. Quando não estavam no campo de treinamento (apelidado de "arena de touros"), os oficiais espalhavam-se pela sala do refeitório para jogar cartas, maldizer aquele tempo frio e falar tediosamente sobre a guerra, com um toque adicional de cinismo ineficaz que não existia doze meses antes. Observei-os agrupados em volta do mural de avisos depois que um papel foi afixado lá. Estavam checando se o nome deles aparecia na lista daqueles que iriam para o *front* no dia seguinte. Os que constavam da lista davam uma risada forçada e sentavam, fingiam despreocupação e ficavam lendo algum jornal velho. No mesmo quadro de avisos havia os nomes de três recrutas que haviam sido fuzilados por covardia desde o fim de janeiro. "A sentença foi devidamente cumprida..." Por enquanto, podíamos apenas ouvir o rosnar dos canhões e havia também a expectativa em relação à Ofensiva de Primavera.

Eu sentia como se tivesse um dedo de febre, e na manhã seguinte o médico me disse que havia pegado sarampo alemão. Portanto, transferi-me ingloriamente para o Hospital Fixo nº 25, que era um conjunto de barracas com uma cerca de arame farpado em volta, a uns trezentos metros do acampamento. Já havia seis na barraca e minha chegada não foi bem recebida. Foi preciso trazer uma cama extra, e os quatro que jogavam cartas amontoados perto de um aquecedor fumarento foram interrompidos por uma rajada de vento ártico. Havia neve no chão e a barraca não chegava a ficar muito aquecida, nem em seus melhores momentos. “Muito bem, senhor Parkins, acho que o senhor vai ter que se afastar um pouquinho para dar espaço ao novo paciente”, disse a enfermeira. Enquanto minha cama era arrastada na posição por um servente, o senhor Parkins deixou claro que seis, tudo bem, mas sete era um incômodo. Um de seus oponentes disse para ele parar com aquela conversa fiada e jogar de novo. As cartas haviam voado da mesa e Parkins perdera o que, segundo ele, era a primeira mão decente que tivera aquela manhã. Mas a superlotação adicional logo deixou de ser um problema, e eu tampouco estraguei o círculo bem estabelecido deles me oferecendo para jogar, pois estava satisfeito em ler um livro e observar meus colegas inválidos.

O mais quieto deles era Strangford, um tipo de simplicidade adolescente, magricela e excessivamente alto e crédulo. Usava um *kilt*, mas era de uma boa cepa norte-irlandesa. Apesar de ter apenas dezenove anos, já passara vários meses nas trincheiras. Seu pai mantinha um bando de cães de caça no condado de Down, e seu rosto iluminava-se quando eu o incentivava a me contar mais a respeito deles. Mas exceto quando estava falando ou tinha alguma pequena tarefa para mantê-lo ocupado, seu cérebro parecia parar de funcionar completamente. Ele então sentava na beirada da cama, e ficava esfregando devagar o joelho, onde tinha uma bela ferida; uma massa de cabelo castanho desarrumado pendia sobre sua testa, e suas imensas mãos desajeitadas e punhos vermelhos sobressaíam de sua túnica. Depois de esfregar o joelho, pegou uma carta do bolso da camisa e inclinou sua inexpressiva cara de bobo em cima dela; às vezes sorria secretamente, mas depois que terminou de ler toda a carta ficou com ar solene – talvez imaginando quando é que iria ver de novo sua casa e seus cães de caça.

Parkins fazia óbvio contraste com esse jovem modesto. Reunidos na intimidade acidental da vida militar, os homens costumavam ficar ansiosos em se mostrar da melhor maneira possível, particularmente no que se refere aos seus antecedentes civis. "Aposto que ele costumava se vestir muito bem antes da guerra", era um tipo de comentário frequentemente feito por jovens comandantes de pelotão. Parkins tinha por volta de trinta anos de idade, e com frequência lembrava-nos de que havia estado em Cambridge; na sua vida privada, fora professor secundário. Embora causasse boa impressão de início, logo revelava seus defeitos, pois o tédio desleixado daquela barraca fazia aflorar a mesquinharia e o egoísmo. Com seus olhos anuviados e o pequeno bigode escuro, não era um homem a quem você pudesse se afeiçoar. Mas era alguém satisfeito consigo mesmo, e fazia o possível para nos divertir com rimas indecentes e anedotas. Também gostava de usar certas expressões pomposas, como "por ora" e "no que tange a". Ao jogar cartas, por exemplo, dizia, "Não tenho do que me queixar no que tange a esta mão." Dava uma de conquistador, provocando as enfermeiras quando elas vinham trazer comida e citando Omar Khayyám para elas – "um jarro de vinho, um pedaço de pão e tu ao meu lado, cantando no deserto" –, e referia-se à barraca como "esse surrado caravançará, cujos portais são a Noite e o Dia alternados". Parkins não escondia seu desagrado em relação ao *front*, e tinha agora a esperança de conseguir um emprego como oficial de transporte ferroviário. Mas era o tipo de homem que acabaria morto em algum ataque terrivelmente infame depois de ter feito o melhor possível para se esquivar dele.

O jovem Holt era outro personagem de segunda categoria, rechonchudo, rosto liso e de uma esperteza espúria. Escapara da infantaria e fora para a seção de balões, e agora se exibia com um casaco de couro e gola de pele – brincando de "ser da Royal Flying Corps". Ele achava que os suboficiais tinham uma superioridade social sobre a infantaria. Ficar lá em cima num balão elevava um homem em mais de um sentido, e ele com frequência expressava sua discriminação de muitas maneiras. Ao se referir à artilharia, dizia: "Sim, há muito mais distinção na Real Artilharia – muito mais do que a que você encontra nos canhoneiros da Garrison[35]!" Holt era uma criatura tranquila e inofensiva, mas abusava da nossa paciência com sua incessante repetição de uma piada gasta, que consistia em dizer num tom de voz alto "Eu vou subir e vou até o meu pai e vou dizer a ele: Pai! Deeescansar!"

E havia também o White, um capitão territorial inteligente, encarregado da bateria de morteiros pesados de trincheira. Baixo e de compleição robusta, com uma voz profunda, bem-humorado, falava de um jeito confuso sobre a guerra – sarcástico em relação aos métodos ingleses, mas facilmente impressionado por "figuras públicas" notáveis de políticos e generais. Gostava de discutir tecnicalidades sobre morteiros de trincheira, e pelo jeito que falava dos seus homens eu sabia que havia conquistado a sua gratidão.

Havia ainda outro homem bastante jovem, que fora funcionário do Departamento Colonial e tinha ido para o Egito como sargento da Yeomanry antes de obter seu posto na infantaria. Falava comigo com um sotaque *cockney* sobre sua jovem esposa, e era evidentemente um homem bom e confiável, embora incapaz de compreender uma ideia original. Dois dias depois de tê-lo visto pela última vez, eu não conseguia mais me lembrar nem do seu rosto nem do seu nome.

O último dos meus companheiros era Patterson, dezenove anos de idade e recém-saído da Universidade de Edimburgo para um posto na artilharia de campo. Seu lar era em Perth e ele adorava mingau de cereais, e sempre pedia à enfermeira que desse um jeitinho de conseguir uma segunda ração para ele. Falava o inglês da Escócia e fazia piadas de guerra ingênuas, e depois me surpreendeu ao citar Milton e Keats. Autoconfiante, com uma espécie de amável truculência, era criterioso e cuidadoso em tudo o que fazia. Com seu cabelo claro crespo, olhos cinza, e compleição robusta,

35 Referência à Royal Garrison Artillery, uma divisão de além-mar da Real Artilharia Britânica, cuja tarefa original era manejar os canhões das guarnições e fortalezas do Império Britânico nas colônias, incluindo as baterias de artilharia costeira. (N. do T.)

era um modelo de juventude atraente. Se sobrevivesse, seria um homem arguto, agradável. Será que ainda vive?, me pergunto...

Após os primeiros dias eu costumava atravessar escondido a cerca de arame para ir passear nos bosques de pinheiros de aroma limpo. Os suspiros ondulantes das altas colunas conseguiam tranquilizar meus pensamentos, após o tédio da barraca e o bate-papo dos jogadores de cartas agachados junto ao aquecedor. Os pinheiros aguardam pacientemente que os canhões parem, pensei, e senti menos ressentimento da guerra do que sentia desde que saíra da Inglaterra... Uma tarde eu segui uma alameda que descia o monte até uma casa grande com as venezianas fechadas. Melros ralhavam uns com os outros nos arbustos enquanto eu atravessava o malcuidado jardim, e havia alguém cortando lenha num matagal castanho depois da casa. Um cão latiu do quintal do estábulo; galinhas cacarejavam, uma vaca mugiu. Esses sons domésticos eram reconfortantes para alguém exilado como eu na vida militar. Pensei nos crepúsculos estendidos da primavera e naquele adorável despertar do ano, totalmente esquecido da Ofensiva de Primavera. Mas foi só por um breve momento, e a dura realidade voltou a mim quando tive que me espremer de volta pelo arame farpado da cerca do hospital. Estava perdendo minha crença na guerra, e precisava de aquiescência mental – ser como o jovem Patterson, que viera lutar por seu país sem questionar, que ainda conseguia ajoelhar ao lado da cama e rezar suas orações simples, acreditando firmemente que estava na artilharia de campo para fazer do mundo um lugar melhor. Eu também havia acreditado nisso, tempos atrás, mas agora a única oração que parecia valer a pena pronunciar era a de Omar Khayyám:

> "Pelos pecados que enegrecem a face do homem, concede-lhe – e recebe – perdão."

II

De volta ao posto militar de base da infantaria, passados meus dez dias de sarampo alemão, fiquei olhando fixo para o mural de avisos durante nove manhãs seguidas, antes que meu nome (datilografado e com um pequeno erro de ortografia – Sharston) me levasse a sair andando por ali com o devido ar de despreocupação. Nessa hora o oficial médico entrou, sacudindo um pouco da neve do casaco. Robusto, de face rosada e rechonchuda, parecia o otimista típico. Havia estado dois anos com o batalhão de combate e agora permanecia na base de vez, com uma bem merecida medalha de distinção por serviços prestados. Nós nos dávamos bem, mas ele tinha uma atitude depressiva, e era um profundo pessimista. Agora exclamava, de maneira bem crua, que só passaria ali mais um inverno, se tivesse sorte. Eu já ouvira esse seu comentário antes, e da primeira vez isso me entristecera, pois esperava que a guerra fosse terminar no outono seguinte. Quando o garçom do refeitório lhe trouxe um uísque, arrisquei perguntar sua opinião sobre a retirada alemã do Ancre; pois nessa época eles estavam recuando para a Linha Hindenburg[36] e alguns suboficiais mais animados celebravam isso como prova de que estávamos "botando os alemães para correr". O médico garantia-me que os alemães estavam era "tirando pelo da nossa cara"; a ideia parecia lhe dar satisfação; e ele sempre se mostrava mais animado quando anunciava que, com certeza, iríamos perder a guerra. Agora juntava-se a nós um major da brigada de fuzileiros, com sotaque irlandês, que havia sido cavalariano na Guerra da África do Sul. Ele tivera seu crânio fraturado por um fragmento de metralha na primeira batalha de Ypres, mas apesar disso mostrava-se bem otimista e achava muito bom estar de volta à França como subcomandante de um batalhão do Novo Exército. A Inglaterra, segundo ele, não era lugar para um homem honesto; a visão de todos aqueles canalhas fraudando o governo

36 Posição de defesa construída pelos alemães no inverno de 1916-1917.

deixava-o doente. Quando o médico discordava daquela visão tão nefasta das coisas, o major dizia: "Sim, as coisas não poderiam ser piores, mas com mais uns dois ou três anos o trabalho estará terminado". Achava-o mal-humorado e contraditório no início, mas ele foi se moderando quando passou a me conhecer melhor, embora não fosse fácil discutir qualquer coisa com ele, pois simplesmente expunha suas opiniões em voz alta e então ouvia a réplica dos outros sem muito interesse, como quem ouve pela metade (o que literalmente era verdade, pois era totalmente surdo de um ouvido, e só havia sido liberado para o serviço ativo depois de uma discussão com o oficial de guerra). Sua filosofia rude e prática tinha um efeito revigorante, e ele era um exemplo salutar de contradição humana. Um homem de bom coração, eu achava; mas sua atitude em relação aos que alegavam objeção de consciência era francamente brutal. Ele descreveu, com evidente satisfação, seus métodos de lidar com dois homens que haviam aparecido no posto militar da brigada de fuzileiros com essa alegação. Um deles fora um osso duro de roer, pois era um homem bem instruído, e as autoridades ficaram com receio dele. Mas o major conseguiu aplicar-lhe dois anos de trabalhos forçados. Ele teria lhe dado uma boa surra se tivesse recebido permissão para isso, comentou. O outro era um humilde infeliz que mal sabia falar, e que se recusara a marchar. Então o major o amarrou à traseira de uma carroça e arrastou-o pela estrada até deixá-lo bem esfolado. "Depois de uns cem metros ele já havia gritado o suficiente, e a partir daí virou um soldado bem decente. Entrou nos eixos, e acabou sendo morto nas trincheiras". Ele deu um sorriso amarelo. A disciplina precisava ser imposta com brutalidade, disse o major; e, como já observei, ele não era receptivo a argumentações.

Eu não havia formado qualquer opinião a respeito dos objetores de consciência, mas não podia evitar pensar que deviam ser homens mais corajosos do que alguns que eu vira usando uniformes em locais seguros e recebendo saudações de soldados genuínos.

* * *

Decidido a aproveitar ao máximo meu último dia na base, fui até Rouen no começo da tarde, sem perder tempo solicitando uma licença ao ajudante. Fiz a maior parte do caminho num vagão de carga; a cidade tinha uma linda aparência quando atravessamos o rio. Não havia muito o que fazer quando cheguei lá, mas a primeira coisa era cortar o cabelo. Fizera isso há uma semana, mas dessa vez o corte teria que durar um bom tempo, pois eu não era muito afeito aos barbeiros do batalhão. Assim, pedi ao homem que cortasse o mais curto possível e, enquanto ele cortava e aparava, olhei soturnamente para mim no espelho, cogitando prosaicamente as probabilidades de a minha cabeça precisar alguma vez de outro corte de cabelo. Um capitão na cadeira ao lado havia passado pelo repertório completo – corte de cabelo, barba, xampu, massagem facial e fricção. "Agora me sinto bem melhor", observou ele ao se levantar para sair. Usava botas de trincheira e estava evidentemente a caminho do *front*. Eu o ouvira desfiando para o barbeiro, que falava inglês, um panegírico sobre as perspectivas de sucesso aliado na primavera. "Vamos dar-lhes o golpe definitivo dessa vez!" O barbeiro perguntou-lhe a respeito da longa cicatriz que percorria sua cabeça. Ele sorriu: "Um suvenir do Bosque do Diabo". Fiquei imaginando por quanto mais tempo ele iria manter seu entusiasmo pelo *front* ocidental. Pessoalmente, preferi vagar à toa por Rouen, fingindo que era um turista comum de tempos de paz. Nos bairros antigos da cidade você podia passear à vontade sem encontrar muitos soldados ingleses.

Mais tarde eu estava indo para o Hôtel de la Poste para um banho e jantar de encerramento. Nesse meio-tempo, fiquei feliz em ver vitrines e explorar as ruas secundárias. Era um sábado à tarde e as pessoas estavam ocupadas fazendo compras. No final das minhas andanças, entrei na catedral, deixando para trás o agito da praça e o pôr do sol amarelado e tempestuoso que resplandecia acima dos telhados. Talvez na catedral eu conseguisse escapar da guerra por uns momentos, embora a religião cristã visivelmente não pudesse reivindicar a condição de um poder neutro benevolente.

Era o dia de algum santo, e a nave estava lotada de figuras que se deslocavam e faziam seus passos ecoar no crepúsculo. Às vezes, ouvia-se o ruído de alguma cadeira arrastada por algum fiel. Velas ardiam em grupos luminosos, como flores douradas cintilantes, nos santuários onde mulheres ajoelhadas contemplavam e sussurravam e moviam suas mãos com devoção. No púlpito, um padre falava sobre o significado de "Jésu" para a Quaresma, inclinando seu rosto pálido e quadrado ora para um lado, ora para o outro, e gesticulando mecanicamente. A congregação, sentada e em pé, ouvia o sermão; entre eles, junto ao meu cotovelo, uma criança pequena encarava fixo o padre com olhos inocentes e tolos. Essa criança não podia entender o sermão mais do que seria capaz de entender a guerra. Ela devia estar vendo um homem bem-vestido e sozinho, de mãos unidas, e falando com veemência; e também as figuras de pessoas chamadas soldados que pertenciam a uma coisa que fazia um barulho muito maior que o padre, que agora parava de repente, e o monótono canto começava de novo diante do altar (soando, pensei eu, bastante pungente e sem esperança).

O padre, inferi, tinha estado a nos lembrar de que devemos amar uns aos outros e ser como crianças. "Jésu" afirmara isso, e Ele morreu para nos salvar (mas não para salvar os alemães ou os austríacos ou qualquer um desse bando). Não adiantava tentar me sentir enlevado quando tais pensamentos ocupavam minha mente; mas havia uma certa consolação na solenidade da catedral, e permaneci ali depois que a missa terminou. Aos poucos, a glória esmaeceu da rosácea sobre o órgão. Olhei para todas as janelas, até que suas luzes viraram apenas borrões e manchas, e os profetas e mártires vestidos de azul e púrpura e verde fundiram-se com a escuridão externa.

* * *

O Hôtel de la Poste ainda não havia modernizado totalmente seu interior, mas oferecia bastante conforto e servia as melhores refeições de Rouen. Por isso, era frequentado por todo oficial britânico empregado no distrito, e havia se tornado uma espécie de clube para aqueles indispensáveis residentes – tanto assim que foram feitas incisivas sugestões pelos oficiais mais graduados de que o Poste deveria ser colocado fora do alcance de todos os oficiais subalternos da infantaria a caminho da linha. O lugar, segundo eles, estava ficando cheio demais, e a conduta de um "cavalheiro temporário" desfrutando sua última refeição decente provavelmente seria mais adequada a um abrigo subterrâneo do que a um clube militar.

Recostado numa cadeira de vime, desfrutei dos efeitos de um banho quente e fiquei imaginando o que poderia pedir para jantar. O elevador desceu deslizando do nada e parou com um baque surdo. Um corpulento coronel de cabelo grisalho, com insígnias verdes e uma medalha da coroação, saiu do elevador pisando duro, apoiado numa bengala e olhando em volta dele debaixo de um quepe verde e dourado, com sobrancelhas agressivas. Sua desaprovação focalizou-se num grupo de suboficiais de infantaria cujas pernas canhestras eram estorvadas por altas botas de trincheira; casacos de trincheira e mochilas jaziam atiradas de qualquer jeito em cima das cadeiras; naquela noite, ou no dia seguinte, ou em "alguma outra boa hora" eles iriam arrastar-se para a guerra em algum superarejado trem de reforço, olhando com inveja para os trens da Cruz Vermelha passando por eles – no sentido contrário – e desmerecendo a paisagem francesa, "tão diferente daquela da boa e velha Blighty[37]". Em comparação com os soldados "da tropa", que viajavam em caminhões destinados ao transporte de cavalos e gado, podiam considerar-se sortudos. O coro-

37 Termo com que se costuma às vezes fazer referência, afetuosa ou jocosa, à Inglaterra ou à Grã-Bretanha. (N. do T.)

nel, por sua vez, provavelmente supervisionava um escritório cheio de funcionários que faziam listas de mortos e feridos e de reforços. Eu visitei um lugar desses quando tentava obter uma transferência do meu nome para o Primeiro Batalhão, e fui recebido sem a menor cortesia. Estavam todos ocupados demais em cuidar dos assuntos privados de um segundo-tenente insatisfeito, como bem se poderia esperar. Mas o contraste entre o *front* e a base era uma história antiga, e de qualquer forma as unidades da base estavam em desvantagem no que se refere às honras e glórias que faziam da guerra uma experiência tão edificante para aqueles em contato íntimo com ela. Eu sorri com sarcasmo, longe das vistas do coronel de verde e dourado. O elevador subiu de novo, e restou um murmúrio confuso de vozes masculinas e um bater de pés no chão de madeira encerado. Oficiais empurravam as portas giratórias em grupos de dois e três, paravam para comprar um jornal inglês do *concierge*, sumiam para ir dependurar seus casacos e apareciam de novo, ajeitando suas túnicas e alisando o cabelo, atentos às polainas, se estavam bem ajustadas ou não. Jovens cavalarianos eram numerosos, e suas conexões sociais elevadas eram visíveis nas botas de cavalgar bem cortadas e em suas cabeças, predominantemente pequenas. Eram jovens de boa aparência e modos refinados, bebericando coquetéis, e que ficavam respeitosamente em pé quando algum brigadeiro da cavalaria passava por eles. A cavalaria ainda aguardava sua oportunidade de participar do *front* ocidental... Será que teriam essa chance algum dia?, fiquei cogitando. Pessoalmente, pensei que seria uma pena se isso acontecesse, pois não gostava da ideia de um monte de bons cavalos sendo mortos e feridos, e eu sempre tivera um coração mole no que se refere a cavalos. E depois de terminar meu jantar e uma garrafa de vinho Borgonha, senti que tinha o coração mole para quase tudo. O grande salão de jantar estava cheio de frequentadores de clubes masculinos londrinos vestidos como coronéis, majores e capitães, com uma objeção de consciência ao desconforto físico. Mas, afinal de contas, alguém tinha que ficar na base; a guerra moderna oferecia um nicho para todos, e muitos deles pareciam mais bem qualificados para uma mesa de baralho do que para uma campanha militar. Eles eram vítimas das circunstâncias tanto quanto os infelizes soldados nas trincheiras. Fumando um charuto, decidi que era possível ter um olhar tolerante em relação a quase todo mundo, especialmente após um bom jantar no Hôtel de la Poste.

PARTE OITO

O segundo batalhão

I

Embora a guerra tenha sido descrita como o maior evento na história, ela podia ser tediosa e repetitiva para um oficial de infantaria comum como eu.

Da Estação Corbie, a guerra fizera-me iniciar minha viagem de volta para casa num trem-hospital. Mais de sete meses depois, à meia-noite, a guerra de novo me depositou na Estação Corbie, depois de oito horas num vagão sem iluminação e superlotado, sem nenhum vidro nas janelas. Minha valise estava num vagão-plataforma e, embora eu tivesse me esticado todo na tentativa de descarregá-la, o trem partiu retinindo trevas adentro com todos os meus pertences a bordo. Dormimos no chão de uma barraca da ambulância de campo, do lado de fora da estação. Meus companheiros reclamaram muito, pois vários deles estavam sendo mobilizados de novo, depois de terem sido feridos no ano anterior, e um deles queixou-se de que havia sido atingido em ambos pulmões. Dois aspirantes a oficiais vinham comigo para o Segundo Batalhão, mas eu tinha pouco em comum com eles, exceto nossas valises perdidas, que nos foram devolvidas uma semana mais tarde (uma amostra de cada coisa havia sido subtraída por alguém na Unidade de Armazenamento do Exército). Na manhã seguinte, depois de cumprimentar a mim mesmo por ter empacotado minha lâmina de barbear na mochila, fui andando até minha nova unidade, que ficava a onze quilômetros de distância. Eu calçava minhas melhores amigas, um par de botas de marcha engraxadas, cuja resistência e maleabilidade sempre conseguiram impedir a entrada de água; o quanto essas botas significavam para mim só pode ser entendido por pessoas que compartilharam esse tipo de experiência; posso dizer apenas que nunca me produziram bolhas nos pés; e se isso parece irrelevante, devo lembrar ao leitor de que os pés de um comandante de pelotão eram sua maior fortuna.

O Segundo Batalhão dos fuzileiros Flintshire havia voltado recentemente de dois meses no setor de Cléry do *front* do Somme, onde havia suportado um dos climas mais severos da guerra. Os registros do batalhão relatam que não havia vasos de metal para as brasas nas trincheiras; o combustível era tão escasso que às vezes se aproveitavam até cruzes de madeira de túmulos encontrados pela área, e exceto pelo chá morno que vinha em latas embrulhadas em palha, a comida geralmente era fria. O major-general Whincop, que comandou a divisão, conseguiu ser ostensivamente detestado ao proibir a ração de rum. Ele estava, é claro, superansioso para demonstrar sua versatilidade mental, mas a "Divisão Sem Rum" não conseguiu apreciar sua singularidade na Força Expedicionária. Ele também achava que o fumo diminuía a eficiência dos soldados e teria gostado de restringir o consumo de cigarros. O general Whincop já demonstrara num momento anterior da guerra a sua mentalidade independente, quando proibiu a distribuição de capacetes de aço para a sua divisão. Sua objeção conservadora (que se baseava numa crença de que esse novo luxo do Ministério da Guerra iria enfraquecer o espírito combativo dos homens – "torná-los moles", disse ele) foi, é claro, apenas fogo de palha (embora tenha colocado lenha na fogueira) e a reputação de Whincop como inovador foi mantida viva principalmente por seu veto à ração de rum. Oficiais generais, assim como comandantes de pelotão, eram obrigados a conceber "proezas" para mostrar sua sagacidade, e as oportunidades para se mostrarem originais eram pouco frequentes. Mas desde 1918 os generais têm contribuído com sua grande cota de ridículo e de tratamento abusivo, e não me surpreenderia se alguém criasse uma Sociedade para a Prevenção da Crueldade dos Generais da Grande Guerra. Se ela fosse fundada, eu, para começar, iria contribuir de bom grado com alguns tostões por ano; pois cabe lembrar que muitos generais malsucedidos haviam sido antes um coronel competente de uma divisão de infantaria, alvo da gratidão e admiração de seus homens.

De qualquer modo, a geada fora intensa e, devido ao racionamento de carvão na Inglaterra, a distribuição para o exército havia sido limitada, e problemas com o coque haviam causado vários casos de envenenamento por fumaça dos homens que dormiam em abrigos subterrâneos sem ventilação. Após essa triste experiência (que terminou com um degelo e uma centena de casos de "pé de trincheira"), o Segundo Batalhão estava agora descansando no Acampamento 13, a cerca de quatro quilômetros de Morlancourt. As cabanas do Acampamento 13 haviam sido instaladas no último verão; elas desfiguraram o que eu antes havia conhecido como uma inocente depressão a cerca de oitocentos metros das curvas com juncos do Somme. Ninguém arrumara um bom nome para o lugar. O batalhão estava com o moral baixo porque o coronel havia sido ferido algumas semanas antes, e ele se tornara tão querido que todo mundo o via como insubstituível. Seu sucessor era indulgente e conciliador, mas a impressão era de que uma maior agressividade teria sido preferível. Contrastando com a eficiência do boca-suja do Kinjack, comecei a perceber que, para um oficial comandante, ser apenas amável não era suficiente.

Enquanto isso, estávamos no chamado "corpo de reserva do exército", e o coronel Easby havia expedido a ordem "continuem com o treinamento do pelotão" (um pronunciamento que nos deixava à vontade para matar o tempo da melhor maneira possível). O Pelotão nº 8, que era meu próprio pequeno comando compacto, não impressionava muito ao marchar. Dos seus trinta e quatro suboficiais e homens, oito eram artilheiros Lewis e marchavam em separado. Oito era também o número de recrutas no meu pelotão, e minha primeira dificuldade foi diferenciar um do outro. O depauperado batalhão havia sido reforçado por um alistamento da Inglaterra, e esses homens eram geralmente de estatura baixa, parvos e mal conseguiam carregar seu pesado equipamento. Como exemplo de sua proficiência, posso dizer que numa das ocasiões o treinamento do pelotão começou com um homem sendo ensinado a carregar seu fuzil. Mais tarde, senti que ele teria sido menos perigoso em sua ignorância preexistente.

Era difícil saber o que fazer com meu pelotão entediado e apático. Eu era um instrutor competente, e meu sargento era consciencioso, mas não tinha iniciativa. *Treinamento de Infantaria*, que era o único manual disponível, havia sido escrito anos antes de a guerra de trincheiras se "consolidar" como um fator nos assuntos mundiais, e o condensado e prático *Manual para o Treinamento de Pelotões* só foi publicado quase doze meses mais tarde. Numa tarde cinza, quando já havíamos realizado todos os nossos monótonos exercícios e os olhos dos homens estavam mais apáticos do que o usual, tive uma brilhante ideia não militar e ordenei que brincassem de esconde-esconde entre algumas árvores. Depois de um início em que se mostraram meio constrangidos, eles se animaram e começaram a se divertir com aquilo. Quando vi que retomavam a brincadeira, com rostos afogueados e alegres, tive consciência de que um sentido de humanidade lhes havia sido restituído, e compreendi o quanto os exercícios normais podem ser insuportáveis a não ser que o instrutor seja um especialista. Mesmo partidas de futebol eram impraticáveis, pois não havia um terreno adequado para isso.

As principais características do Acampamento 13 eram lama e fumaça. Havia lama por toda parte. Todos os oficiais da companhia viviam numa cabana comprida e sombria, cheia de correntes de ar, com chão de terra batida. Havia sempre fumaça, que vinha dos braseiros da cozinha ao lado. Depois que escurecia, sentávamos tremendo em nossos casacos "British Warm", lendo, jogando baralho e escrevendo cartas com os olhos úmidos, ardendo, junto à luz fraca de velas gotejantes. Os serventes traziam um amontoado de canecas e pratos de lata, e consumíamos o cozido Maconochie[38] com um desconforto carrancudo. Era uma existência que sufocava qualquer pensamento agradável; nada sobrevivia, exceto o desejo animal de calor, comida e alguma coisa para quebrar a monotonia da rotina.

A única compensação para mim é que meu corpo ficou saudável, apesar de alguns males menores, como um contínuo frio na cabeça. A paisagem também era uma compensação, pois eu gostava daqueles montes ondulantes, cinza e marrom, pontuados por pilhas de cereais, com alguns lotes de terreno riscados de arado, outros ocupados por restolho e hortas de verduras, e cruzados por trilhas de cascalho e sinuosas estradas solitárias. Lebres e perdizes fugiam depressa enquanto eu as observava. Ao longo do horizonte ouviam-se ainda o som e o baque surdo dos canhões. Alguns projéteis explodiam, produzindo pequenas baforadas de fumaça sobre serras rematadas por procissões de árvores e pela linha escura de bosques aqui e ali. No entanto, de algum planalto batido por ventos eu podia ver cidades, espalhadas nas dobras de montanha e vale como se fossem punhados de seixos, cinza e vermelho opaco. E de coisas como essas eu obtinha o consolo que era possível.

Uma tarde de domingo, andei até Heilly. Eu já estivera lá durante alguns dias, com o Primeiro Batalhão, no último

38 Marca de um cozido de fatias de nabo e cenoura, muito consumido como ração pelos soldados britânicos durante a Primeira Guerra Mundial. (N. do. T)

mês de julho, antes de marcharmos de volta para a linha de frente no meio da poeira e de um sol ofuscante. A água ainda cantava seus murmúrios junto à ponte e seguia cintilando até a curva, passando pelo jardim junto à casa onde o caixa de campanha costumava entregar nosso dinheiro. Lembro-me de ir lá com Dick Tiltwood, havia apenas um ano. Agora Ormand vinha comigo, pois se juntara ao Segundo Batalhão logo depois de mim. Ele ainda conservava seu pequeno gramofone, e então ficamos lembrando como Mansfield e Barton ficavam o tempo todo atazanando-o por causa disso. "Confesso que eu ficava bem irritado com os dois às vezes; eles passavam da conta, especialmente com aquele disco *Lots of Loving*." Ele riu, e me olhou girando seus olhos bem-humorados, sob aquelas sobrancelhas pretas bem marcadas, sinal de que tinha um gênio forte quando provocado. A brincadeira com o *Lots of Loving* era que os outros ficavam fingindo que a música continha um palavrão impublicável. Uma ocasião eles combinaram com o ajudante, que ele pedisse a Ormand para tocar *Lots of Loving*; e nessa hora eles simularam espanto com um certo adjetivo que não dava para distinguir direito por causa das péssimas condições do disco. E então o Ormand explicava irritado: "Eu pergunto, vocês acham que seria francamente possível que 'A Voz do Dono' publicasse um disco com a palavra ------ nele?"

Conforme nos arrastávamos a pé voltando de Heilly, o sol mergulhava vermelho por trás dos vales enevoados, um vento rápido soprava, e equipes de agricultores abriam um último sulco com seu arado na encosta. Havíamos tido uma tarde muito boa, mas a alegria de Ormand foi diminuindo conforme nos aproximamos do acampamento. Ele não imaginava que pudesse ter sua chance na Ofensiva de Primavera e queria voltar ao "bom e velho Primeiro Batalhão", embora não fosse encontrar muitos dos bons e velhos rostos se voltasse ali. Falou com tristeza sobre seu desejo de uma carreira civil comum e do seu ódio daquela "estúpida proeza que os malditos bispos chamam de Grande Aventura". Ele fizera parte de uma corte marcial no dia anterior, e embora não tivessem exigido nada dele, exceto compor o quórum de oficiais que julgava o caso, ele ficara perturbado com aquilo. Um pobre diabo fora condenado a fuzilamento por covardia. A corte recomendara clemência ao prisioneiro, mas o jovem Ormand achava que os procedimentos tinham sido ruins. Entretanto, acabou relevando a situação e exclamou: "Amanhã eu preciso tomar minha... injeção antitifo!", e eu o fiz lembrar que ele estava reduzindo seu saldo negativo no Cox's Bank pelo fato de estar no *front*. E assim terminou nossa caminhada; passamos pelo aeroporto, pelas filas de caminhões sob as árvores ao lado da estrada principal, e pela sentinela postada junto a um braseiro incandescente no cruzamento. Lá embaixo no vale ficava o acampamento; tudo o que conseguiu nos oferecer foi um jantar lamentável na esfumaçada cabana e depois fomos cedo para a cama. O "horário de verão" começou à meia-noite, o que significava uma hora a menos de sono, e absolutamente nada mais do que isso.

II

Naquele ano, o Domingo de Ramos caiu em 1º de abril. No dia 2 de abril, saímos do Acampamento 13. Ninguém queria vê-lo de novo e, conforme subimos a montanha até a estrada de Corbie, a fumaça dos incineradores fazia parecer que tínhamos ateado fogo ao lugar.

Eu tinha a sensação de que estávamos indo embora para um lugar melhor. O Acampamento 13 havia atravancado nossas mentes, mas os soldados estavam com um humor melhor naquele dia e o batalhão parecia ter recuperado sua consciência enquanto unidade. O vento soprava frio o suficiente para prenunciar neve, mas o sol brilhou e o tempo invernal não podia durar muito mais. Para onde será que estávamos indo, fiquei imaginando; porque aquele era sabidamente o primeiro estágio de uma longa migração para o norte. Arras, talvez; circulavam ultimamente fortes boatos de uma batalha iminente ali. Como subcomandante da companhia, eu seguia atrás dela, o que me aliviava um pouco. Observando os homens pacientemente em seu passo arrastado sob o peso de suas mochilas, senti como se minha própria identidade se fundisse com a do batalhão. Estávamos a caminho, e o mesmo futuro aguardava a todos nós (embora a maioria dos homens tivesse botas ruins e as minhas fossem bem confortáveis).

Com o espírito mais leve que o que eu alimentara nos últimos tempos, contemplei o comandante da minha companhia, de posse incontestável de um cavalo que parecia pouco capaz de aguentar o peso dele. O capitão Leake começara sendo grosseiro comigo. Nunca descobri a razão. Mas ele havia sido oficial especial da reserva antes da guerra, e não conseguia tirar da cabeça certas tradições militares. Nos velhos dias, todos os segundos-tenentes eram chamados de "verrugas", e durante seus primeiros seis meses um oficial veterano nunca falava com eles, exceto em revista militar. Leake evidentemente apreciava essa ideia, pois era um homem que gostava de ficar acomodado em sua dignidade; mas era um comportamento inadequado para o serviço ativo, e seis meses no *front* em geral era tempo suficiente para um segundo-tenente encerrar sua carreira. Na minha segunda manhã no Acampamento 13, Leake havia comentado (em minha homenagem) que "esses verrugas que acabaram de entrar estão se achando mais do que são". Isso era incorreto, pois eu estava ainda abatido com a perda da minha valise, e o médico acabara de me dar uma injeção antitifo. Leake também se ressentia do fato de eu ter servido no Primeiro Batalhão, que ele parecia encarar como um rival odiado. Mas aos poucos foi relaxando, depois da minha primeira semana, e agora beirava a cordialidade, o que eu fazia o melhor possível para incentivar. Os outros comandantes de companhia haviam se mostrado amigáveis desde o início, pois eu já os conhecia, de Clitherland em 1915.

Depois havia o Doutor, que agora se ausentava de licença, mas que com certeza estaria de volta antes que as coisas começassem a ficar animadas. O capitão Munro estivera com o Segundo Batalhão cerca de dezoito meses. A primeira vez que o vi foi quando me aplicou a injeção antitifo. Olhei para ele com interesse, pois já era meu conhecido devido à sua reputação. Muito bem, aqui temos o Sherston, então, o homem que fez proezas com o Primeiro Batalhão", observou ele enquanto eu desabotoava minha camisa para o processo perfurativo. Ele nos dava doses duplas, a fim de nos poupar do desconforto de nos sentirmos mal duas vezes. "Isso vai fazer você sossegar por quarenta e oito horas", observou; e eu me retirei com uma careta de dor. O Doutor era um personagem famoso no batalhão, e eu tinha a expectativa de vir a conhecê-lo melhor (agora que escrevo posso de fato afirmar que minha expectativa foi atendida. Mas o Doutor é um homem avesso à ideia de ser elogiado em letra impressa, e encararia qualquer referência ao seu prestígio local como irrelevante para esta narrativa.)

Outro também muito popular era o Bates, o intendente, uma versão mais robusta de Joe Dottrell, mas com menos preconceitos políticos. Quando houve rumores no Acampamento 13 de um encontro para corridas entre divisões, Bates pediu-me para cavalgar sua égua. As Corridas foram canceladas, mas a ideia havia me deixado feliz por um ou dois dias. Aquela égua conseguia galopar muito bem e era a menina dos olhos do intendente. Comentava-se que uma vez, quando o transporte enfrentava um clima muito ruim, Bates havia montado um abrigo com um encerado para sua égua e dormido ao relento. Eu estava comparando mentalmente Bates e Dottrell, por suas qualidades, quando chegamos ao final de nossos primeiros cinquenta minutos e os homens se desviaram para o lado da estrada e descarregaram suas mochilas. Um bando de prisioneiros alemães de gorros vermelhos e azuis estava trabalhando na estrada vizinha, e seus rostos subnutridos e emburrados fizeram nossos soldados parecerem homens de sorte, desfrutando alguma espécie de liberdade. Mas os apitos soaram, as tiras das mochilas foram de novo ajustadas e seguimos em frente. Por volta de uma e meia, o batalhão estava em seus alojamentos em Corbie.

* * *

Antes do jantar, Ralph Wilmot veio até o refeitório da nossa companhia e sugeriu que Leake e eu fôssemos com eles, compartilhar "um pouco de diversão" que ele programara para aquela noite. Wilmot era um homem jovem de pele morena, monóculo, maduro para a sua idade. Começara sua experiência de guerra entregando despachos de motocicleta, em 1914. Depois, seguiu para Gallipoli, onde sobreviveu até a histórica evacuação. Agora já havia cumprido um longo período de serviço na França, e era um personagem popular no Segundo Batalhão. Ele tinha aquele sorriso enigmático que ilumina os temperamentos meio melancólicos, e podia dar um toque divertido até mesmo à mais lamentável situação, já que gostava de ver a vida como uma tragicomédia e a si mesmo como um jovial filósofo, um homem com um passado alegre, que aprendera a olhar o mundo mais com pena do que com raiva. Suas brincadeiras leves eram enunciadas com um gaguejar, que de algum modo incrementava seu efeito. Com alguma dificuldade, ele agora nos contava que descobrira um lugar onde podíamos "comprar um pouco de espumante e dedilhar um pianinho". O pianinho dedilhado seria sua própria contribuição, pois ele tinha paixão por tocar o instrumento. Então passamos a noite num pequeno salão escassamente mobiliado, no térreo da casa de um comerciante de vinhos. A esposa do comerciante, uma mulher pálida e silenciosa, trazia uma garrafa atrás da outra de "borbulhante" que, independentemente da sua qualidade, deixou todo mundo descontraído e falante. Bebemos dando adeus à civilização, com o ar de quem toma uma decisão importante, enquanto Wilmot tocava num piano de armário, de timbre vulgar mas agradável, como o sabor do champanhe. Ele tocava, geralmente de ouvido, passagens conhecidas da *Tosca* e da *Bohème*, trechos de comédias musicais e baladas sentimentais. Ficamos todos mais abertos às nossas intimidades e emoções. Senti que finalmente mantinha de fato boas relações com o Leake; cada copo de vinho fazia a gente desgostar um do outro um pouco menos. Assim as coisas continuaram até depois da meia-noite, enquanto Wilmot aferrava-se mais e mais a uma certa canção popular. Cantávamos o refrão repetindo-o à exaustão:

"Oh lua, lua, serena e brilhante,
Não tenha pressa de ir embora;
Você tem um ar tão elegante
Não podemos ficar sem a senhora
La-ra-lá... la-ra-lá... etc."

A atmosfera da sala ficara tropical, pois todos havíamos fumado como chaminés. Mas Wilmot não conseguia mais largar daquele piano, e enquanto acariciava as teclas com lânguida afeição, a mulher do comerciante de vinho recebeu não sei quantos francos e todos escrevemos nossos nomes no álbum dela. Pelo volume de assinaturas tremidas que vi nele, avaliei que ela devia ter feito uma bela fortuna com a guerra.

Fora, no clarão do luar, Leake e eu fomos seguindo pela rua vazia, acompanhados por nossas embriagadas sombras. Na porta do meu alojamento, apertamos as mãos "sholenemeeente", e eu lhe garanti que ele poderia contar comigo sempre "para o que deeeer... e vieeeer...". Ele foi embora tropegamente, e eu fiquei alguns minutos pelejando para conseguir enfiar a chave na fechadura da loja do quitandeiro. Porta adentro, minhas dificuldades tornaram-se bem menores. Lembro-me de ficar bambeando na pequena quitanda escura, cheia de verduras de cheiro forte, e falando alto, "Bem, meu velho, aqui estamos, e agora quero ver você subir essa escada..." Meu quarto era uma despensa sem ventilação, com cheiro de cebola, e eu dormi todo vestido. Com cheiro de cebola e champanhe barato, acordei me sentindo qualquer coisa, e se eu disser que o Leake estava irritado no café da manhã vou estar dizendo pouco. Mas às nove já estávamos marchando, num tempo estável e frio, e na primeira parada já me sentia surpreendentemente desperto e com a cabeça em ordem.

Havíamos parado num terreno elevado em Pont Noyelles: lembro-me do frescor revigorante do ar, dos delicados contornos da paisagem na direção de Amiens e de observar uma linha de árvores junto ao rio, depois da qual, a uns três quilômetros, ficava a vila de Bussy, onde eu estivera no último mês de junho, antes do início da batalha do Somme. Num momento como aquele, a guerra parecia um assunto até propício, e eu conseguia assegurar a mim mesmo que estar na infantaria era muito melhor do que ficar vagabundeando em casa. E na segunda parada fui capaz de observar os homens formando uma cena muito bonita, com alguns deles descansando, aquecendo-se ao calor do sol, debaixo de um crucifixo e de uma velha macieira. Mas por volta do meio-dia, a marcha já ficara entediante; a estrada estava poeirenta, o sol nos ofuscava e eu andava ocupado em evitar que os homens exaustos criassem problemas. Era difícil manter alguns deles nas fileiras, e quando chegamos em Villers-Bocage (a mais de vinte quilômetros de Corbie) eu estava empurrando dois homens baixinhos na minha frente, havia outro cambaleando atrás de mim agarrado no meu cinto, e o major-sargento da companhia carregava três fuzis além do seu. Lá pelas duas da tarde, os soldados estavam sentados sobre palha suja num celeiro que deixava vazar o sol, todos de botas e meias descalçadas. Seus pés eram a parte mais importante, pensei, ao fazer minha inspeção amistosa das feridas e bolhas. Os velhos soldados dirigiam-me filosoficamente um sorriso forçado, soltando a fumaça de seus Woodbines. Tudo fazia parte do trabalho diário – e guerra é guerra. Mas com os homens que haviam sido recém-incorporados era diferente; branquelos, exaustos, dirigiam-me um olhar estúpido e crédulo. Eu queria poder tornar as coisas mais fáceis para eles, mas não podia fazer nada além de mandar um grande lote de botas torturantes para os sapateiros do batalhão, sabendo que voltariam mal remendadas, se é que eles fariam algo nelas. Mas as bolhas nos pés de uma companhia eram pouca coisa diante da procissão de pés arrebentados que vinha passando por Villers-Bocage. As mulheres do meu alojamento contaram-me, num inglês precário, que os soldados estavam passando por ali há quinze dias, que nunca ficavam mais do que uma noite e sempre marchavam na direção de Doullens e Arras. A única outra lembrança que guardei de Villers-Bocage é do quarto em que os oficiais de nossa companhia comiam e dormiam. Havia nele uma variedade de aves empalhadas e emboloradas, com as asas estendidas. Uma cegonha, uma gralha, um gavião; e também um par de esquilos. Eu deitara acordado sobre o chão de lajotas, e podia ver uma gaivota suspensa do teto por um barbante; ela girava no ar encanado, lentamente; e enquanto girava adormeci, porque aquele havia sido de fato um longo dia.

* * *

Acordamos e marchamos no dia seguinte até Beauval, por um trecho monótono de doze quilômetros da estrada principal de Amiens a St. Pol. Caiu neve molhada o caminho todo. Passamos por outra "área do exército"; os domínios de Rawlinson haviam sido deixados para trás e nossos esforços de autossacrifício seriam agora dirigidos por Allenby. Pouco depois de adentrar a área de Allenby, avistamos um grupo de oficiais montados que haviam estacionado sob árvores junto à estrada. Circulou a informação de que se tratava da unidade do comandante. Como havia apenas três unidades de comandantes em cada exército era raro vê-las, e por isso foi com vivo interesse que nos colocamos em alerta, olhando à esquerda para aquela unidade. Enquanto nos arrastávamos imperturbáveis, aproximando-nos do grande homem, o coronel Easby separou-se da cabeça da coluna, foi até o general e saudou-o com expectativa. O comandante da unidade (cuja visão não despertava maior interesse, já que suas medalhas estavam escondidas sob um casaco à prova d'água) ignorou nossos olhares voltados para ele; estava ocupado demais berrando com o pobre coronel Easby, que ele recebeu desse modo: *Comandante* – "Você por acaso está grudado nesse maldito cavalo?" *Coronel* – "Não senhor" (desmonta apressadamente e faz nova saudação). Conforme a companhia de Leake passava, o general gritava alguma coisa a respeito de por que diabos os homens não haviam coberto a boca de seus fuzis (esta era uma das suas "ideias especiais"). "É uma pena que ele mesmo não cubra a boca do seu fuzil", observou alguém nas fileiras, dando desse modo voz ao sentimento predominante. O comandante da unidade também soltava injúrias porque os "cozinheiros" vinham carregando vassouras e outros objetos utilitários. E porque as companhias marchavam com intervalos de quinze metros entre uma e outra (por ordem expressa do falecido Rawlinson). No exército de Allenby, os intervalos entre companhias eram consideravelmente menores, como nosso coronel descobria agora. No entanto, o episódio foi logo esquecido e os "cozinheiros" seguiram pacificamente seu caminho, com vassouras e tudo, fazendo fumaça e cozinhando para os homens. Poucos de nós viram de novo o tal comandante da unidade. De qualquer modo, era um conforto saber que Allenby também podia ser rude com ele se quisesse.

* * *

Partimos de Beauval às quatro de uma tarde ensolarada e fizemos mais doze quilômetros até um lugar chamado Lucheux... Não há qualquer interesse nisso tudo, o leitor pode argumentar. Mas para nós havia muito. Estávamos nos aproximando mais da Ofensiva de Primavera; para aqueles que pensavam nisso, os dias tinham um significado cada vez mais intenso. Para mim, a ideia da morte fazia tudo parecer vivo e valioso. A guerra podia afigurar-se assim para um homem, até que o fizesse afogar e sufocar suas melhores apreensões.

Entre os soldados, observei uma expectativa crescente, quase ansiosa; seu tom brincalhão aumentou; algo estava para acontecer com eles; talvez achassem que a batalha de Arras fosse colocar um fim à guerra. Era o mesmo espírito que animara o exército antes da batalha do Somme. E agora, uma vez mais, podíamos ouvir ao longo do horizonte aquela infeliz sentença que ameaçava tornar os exércitos mero conteúdo de histórias militares. – A fábrica de salsichas é por ali! – exclamou um velho soldado ao passarmos por uma placa que indicava *Arras, 32 km*. Estávamos entrando em Doullens com o brilho do pôr do sol nos nossos rostos. Ao descermos a montanha, nosso segundo-comandante (um educado advogado do interior, de meia-idade) vinha andando ao meu lado, consolando-se com lembranças de críquete e caça.

Assim, o batalhão arrastava-se para uma fatídica Páscoa, e cada homem carregava sua própria arriscada esperança de sobrevivência. Obscurecido pelo conhecimento do que nos aguardava, fiquei cada vez mais convencido de que um humilde soldado com um pé cheio de bolhas podia ter mais dignidade do que um comandante de unidade fanfarrão.

Naquela noite ficamos em barracas armadas em algumas montanhas com bosques. Lembro que jantamos à luz do luar, sentados em volta de um braseiro, apoiando pratos de cozido nos joelhos. O vento vinha do leste e podíamos ouvir o intenso bombardeio que acontecia em Arras. Os sombrios bosques, castanhos, desfolhados, convidavam-

-nos a entrar. Logo as faias iriam oscilar e se agitar com o adorável milagre da primavera. Quantos de nós vão voltar para isso?, pensei, esquecendo todo o meu ódio da guerra numa memória de tudo o que aquele mês de abril já havia significado para mim...

Na manhã da Sexta-feira Santa acordei com a luz do sol entrando pela porta e com alguns escoceses liberais sendo tratados aos gritos pelos cameronianos[39] na barraca ao lado. Alguém tocava uma gaita escocesa à beira do bosque, e uma mula da linha de transportes contribuía com um pequeno solo.

* * *

Na tarde de sábado chegamos a Saulty, que ficava a apenas dezesseis quilômetros de Arras e já exibia fartas indicações da ofensiva, como os carregamentos de munição e comida e as barracas de uma estação de tratamento de feridos. Uma grande cantina da Associação Cristã de Moços alegrou a soldadesca, e mandei meu servente lá para comprar um maço de Woodbines para uma emergência que era quase certa. Cantinas e *estaminets*[40] seriam apenas remotas fantasias quando estivéssemos na área devastada. Aquelas doze dúzias de maços de Woodbines numa caixa de papelão verde-claro eram tudo o que eu podia armazenar para o futuro consolo da Companhia B; mas era melhor do que nada e a caixa não era um fardo pesado para o meu servente carregar.

Depois de ver meus homens instalados em seus gélidos celeiros e galpões, forrei meu estômago com café e ovos e me dirigi até um toco de árvore no tranquilo parque de um *château* branco, perto da vila. No dia seguinte iríamos para a nossa área de concentração, por isso eu estava com um es-

39 Membros de um regimento escocês de fuzileiros cujo núcleo teve origem numa seita calvinista escocesa, formada por seguidores do pastor presbiteriano Richard Cameron (1648-1680). (N. do T.)
40 Pequenos cafés das cidades do interior da França. (N. do T.)

tado de ânimo meditativo e disposto a fazer a mim mesmo umas quantas perguntas introspectivas. O sol estava logo acima da copa das árvores; alguns poucos cervos pastavam; uma gralha esvoaçou acima da minha cabeça; e alguns tordos e melros cantavam nos arbustos castanhos. Não havia nada por perto que me lembrasse da guerra; apenas o forte som abafado no horizonte e um aeroplano zunindo pelo céu limpo. Por alguma obscura razão senti-me confiante e sereno. Meus pensamentos garantiam que eu não voltaria para a Inglaterra no dia seguinte se uma escolha improvável me fosse oferecida entre isso e a batalha. Por que será que me sentia animado diante da perspectiva da batalha?, pensei. Não poderiam ter sido apenas os ovos e o café que me haviam feito sentir tão aquiescente. No ano anterior, antes do Somme, eu não sabia dizer por que estava ali. Agora sabia; e a ideia me dava satisfação emocional! Eu lera com frequência aquelas cartas de despedida escritas por segundos-tenentes aos seus parentes, que os jornais tanto gostavam de publicar. "Nunca a vida me trouxe tanta abundância de nobres sentimentos" e assim por diante. Eu sempre achara difícil acreditar que aqueles jovens se sentissem realmente felizes vendo a morte encará-los face a face, e me sentia mal quando os ataques de infantaria eram mostrados de maneira sentimental. Mas ali estava eu, colocando-me num estado mental similar, como se partir para o ataque fosse uma espécie de experiência religiosa. Não seria aquilo um autoengano, algum tipo de fuga suicida da ilimitada perversidade do *front*?... Bem, seja lá o que fosse, era uma espécie de compensação pela perda dos devaneios sobre a Inglaterra que eu alimentara no ano anterior (com os quais eu não podia mais condescender, devido a uma indefinida hostilidade dirigida "às pessoas que ficavam em casa e não eram capazes de entender"). Eu começava a me sentir bastante arrogante em relação "às pessoas em casa". Mas minha mente estava confusa; a guerra era um evento grande demais para um homem ficar sozinho dentro dela. Tudo o que eu sabia era que havia perdido minha fé nela e que não restara mais nada em que acreditar, exceto "o ânimo do batalhão". O ânimo do batalhão significava a pessoa viver numa confortável camaradagem com os oficiais e suboficiais em volta dela; significava ganhar o respeito, ou até mesmo a afeição, do pelotão e da companhia. Mas ao explorar minha maneira de ser na guerra eu descobrira a impermanência de todas as expressões humanas. Numa noite podíamos estar todos juntos numa sala acolhedora em Corbie, com o Wilmot tocando piano e o Dunning me contando das excêntricas senhoras que moravam na pensão de sua mãe em Bloomsbury. Uma única metralhadora ou algumas poucas bombas podiam varrer essa cena inteira em uma semana. No último verão, o Primeiro Batalhão havia sido parte da minha vida; em meados de setembro, ele estava quase destruído. Eu sabia que um soldado abria mão de sua independência; estávamos no *front* para lutar, não para pensar. Mas era um pouco esquisito você não poder nem olhar uma semana à frente. E agora havia uma cortina de aço baixada entre abril e maio. Do outro lado da cortina, se eu tivesse sorte, iria encontrar os sobreviventes, e começaríamos a reconstruir nossas pequenas expressões humanas de novo.

Essa era a triste verdade, e havia apenas uma maneira de fugir dela; construir uma pequena peça a partir da minha própria experiência – era essa a saída. Preciso assumir o papel de um herói em sua reluzente armadura, do jeito que fiz no ano passado; senão, posso desabar de vez (feridas autoinfligidas não eram incomuns no *front* ocidental, e já acontecera de homens corajosos terem enfiado uma bala na cabeça, especialmente quando o inverno tornava a guerra de trincheiras insuportável). Depois de ter feito a escolha entre a morte e a glória, esvaziei meu cachimbo com umas batidinhas e levantei do toco de árvore com a sensação de ter resolvido meus problemas. Os cervos ainda pastavam tranquilos no parque; mas o sol era apenas um reflexo escarlate atrás da faixa de bosques e o ar ficava cada vez mais gélido. Ao longo do limite do mundo, aquele tiroteio infernal continuava, a pleno vapor. Três unidades do exército iriam atacar no domingo de Páscoa.

* * *

Num ensolarado domingo de Páscoa, andamos mais onze quilômetros até Basseux, uma vila que havia ficado bem perto das trincheiras antes da retirada dos alemães para a Linha Hindenburg. A máquina de salsichas estava agora a apenas uns doze quilômetros de nós, e o bombardeio preliminar, como alguém nas fileiras comentou, foi "uma coisa que deu o maior prazer de ouvir". Insistíamos em ser otimistas. Os tanques iriam enfiar o medo de Deus nos boches, e a cavalaria finalmente iria ter a sua oportunidade. Passamos por um esquadrão de lanceiros na estrada. Sim, não havia dúvida de que eles estavam juntando forças para abrir as defesas do inimigo. Allenby sabia bem o que estava fazendo. E nosso general de divisão dissera a alguém que dessa vez a coisa iria ser um passeio para a infantaria.

Naquela tarde fui dar uma volta para inspecionar nossas velhas linhas de trincheiras. Como sempre, elas me provocavam uma sensação estranha; seria quase exato dizer que elas me fascinavam. Por mais que fossem agora valas destruídas, batalhão atrás de batalhão havia passado por uma intensidade de experiências naquela intensa faixa de território. Noite após noite, caldeirões de chá haviam sido carregados por aquela sinuosa trincheira de comunicação. Noite após noite, sentinelas haviam vasculhado com o olhar aqueles parapeitos encharcados até que o céu avermelhava e o território hostil emergia, familiar e, no entanto, estrangeiro. Não era lá um setor que valesse muito a pena defender, pensei, observando como nosso apertado sistema de trincheiras havia sido desconsiderado pelos alemães. Aqueles quase dois quilômetros de volta a Basseux não eram tão tranquilos uns dois meses atrás.

Em tempos de paz, a vila devia ter sido um lugarejo lindo, que mesmo agora não estava muito danificado. Todos os nossos oficiais alojaram-se num *château* branco dilapidado, que eu agora explorava, até ir sentar com os pés para fora da janela num sótão. Lá embaixo no pátio, Ormand e Dunning e um ou dois outros jogavam críquete com um pedaço de tronco e uma bola de madeira, usando um velho braseiro como meta. Wilmot descobriu um piano caindo aos pedaços, do qual extraiu algumas de suas melodias favoritas. Pombos esvoaçavam em volta dos telhados vermelhos e arrulhavam no crepúsculo quente. Três balões amarelos eram visíveis. Então o pequeno ajudante passou apressado pelo pátio, com um maço de papéis na mão. Não havia tempo para relaxar na sala do ordenança, pois a partir de agora podíamos receber ordens de mobilização a qualquer momento... O jovem Ormand gritou para mim: "Desça aqui e venha jogar um pouco".

* * *

A batalha de Arras começou às cinco e meia da manhã seguinte. Durante dois dias, ficamos para lá e para cá no *château*, ouvindo o barulho (da história militar sendo fabricada sem levar em consideração seu custo) e aguardando os últimos boatos. Com uma alegria forçada e preocupada, conversamos em voz alta sobre os sucessos que eram relatados no *front*. "Nossos objetivos foram alcançados em Neuville-Vitasse", "fizemos cinco mil prisioneiros", e assim por diante. Mas cada um de nós tinha alguma coisa em mente que não conseguia dizer, nem ao seu melhor amigo.

Enquanto isso, o tempo vinha se comportando muito mal. Havia precipitações de neve trazidas por um vento terrivelmente frio, e eu iniciei uma batalha íntima, na qual alguns tremores no intestino levaram a melhor. Não era mais tão fácil me sentir um guerreiro feliz abrindo mão de seus desejos em nome de uma gloriosa vitória, vendo-

-me condenado a seguir a companhia com gastrite, dor de garganta e vários arranhões supurando em cada mão. Não havia mais meias e lenços limpos. Um grande lote do correio chegou na terça-feira – o primeiro que recebíamos em semanas – e isso nos manteve tranquilos durante um intervalo de frágil consolo. A única carta que recebi era de tia Evelyn, que se desculpava como sempre por ter tão pouco para contar. Ele estava lendo *A Vida de Disraeli* – "é um alívio fugir um pouco dos horrores dos dias atuais. Que homem maravilhoso ele era. Você ainda está no campo de descanso? Espero que sim". Ela acrescentava que a faxina de primavera tinha sido feita com muito empenho, com a costumeira torrente de conversas entre as empregadas... Isso não aliviou em nada minha gastrite, que estava ficando cada vez mais séria. O médico de campanha ainda não voltara da sua licença, mas um de seus auxiliares passou-me uma pílula de ópio, de tal onipotência para a constipação que meus intestinos logo se estabilizaram numa condição adequada para a guerra aberta.

No meio da tarde de quarta-feira, estávamos jogando uma partida de críquete onze contra onze, com uma só meta, num trecho plano de terreno do jardim do *château*. O sol brilhava entre uma rajada de neve e outra, e a maioria dos homens assistia das encostas gramadas mais acima. Um dos majores-sargentos da companhia vinha jogando muito bem, embora a bola estivesse começando a desmanchar. Então soou um apito e a partida terminou de repente. Menos de uma hora mais tarde o batalhão saiu marchando de Basseux.

III

Uma forte tempestade de neve caiu logo que partimos. Uma tempestade de neve em 11 de abril era o tipo de coisa que qualquer um poderia esperar na guerra, e ninguém iria classificar como um grande azar. Não obstante, teríamos passado muito bem sem ela, já que nos afastávamos de qualquer conforto e segurança; os casacos grandes haviam sido deixados para trás e não tínhamos nada além da roupa do corpo. Conforme caminhávamos penosamente pelas trilhas estreitas e sinuosas, a neve ia derretendo sobre as brilhantes capas à prova d'água, que mantinham os homens quentes mas de uma maneira desconfortável. Estávamos agora na área devastada; vilas haviam sido reduzidas a montes de escombros; árvores frutíferas, e até salgueiros podados, tinham sido derrubados, e ainda havia a possibilidade de que pudéssemos ser vítimas de uma armadilha explosiva, na forma de uma carga de dinamite sob alguma passagem. Uma placa de estrada apontava para Blairville; no entanto, cinco centímetros de neve já seriam suficientes para soterrar Blairville. A próxima vila era Ficheux (os homens a chamavam de "Fish Hooks" – e qualquer trocadilho era melhor que nada naquela tempestade de neve); mas Ficheux não estava mais lá; havia sumido da paisagem.

A neve havia parado quando, depois de marcharmos doze quilômetros, acampamos com vestígios da luz do dia numa estrada rebaixada perto de Mercatel, um lugar que não oferecia nenhum abrigo, exceto a humanidade de seu nome. Depois que escureceu, encontrei lugar num pequeno abrigo subterrâneo ocupado por um major-sargento da bateria de morteiros de trincheira e dois sinalizadores, que operavam um telefone de campanha. Com Shirley (um dos nossos oficiais da companhia) considerei-me com sorte por estar ali, agachado junto a um braseiro, enquanto o major-sargento nos regalava, num tom onisciente, com os boatos a respeito dos desesperados combates em Wancourt e Heninel, nomes que não significavam nada para mim. Cochilei durante a noite sem nunca deixar de estar consciente da fumaça de coque do braseiro e do tique-taque do telefone.

A luz do dia nos descobriu de olhos lacrimejantes e (para abreviar uma expressão contemporânea) "de saco cheio e longe de casa"[41]. Conseguimos passar de algum jeito por aquela manhã e acendemos alguns dos meus "Woodbines de emergência". Limpar e checar os fuzis era a única ocupação possível. No início da tarde o batalhão avançou sete quilômetros até St. Martin-Cojeul. A neve derretera, deixando a lama, que a chuva fez piorar ainda mais. St. Martin era uma vila em ruínas a cerca de um quilômetro e meio da linha de batalha. Assim que entramos nela notei que havia um soldado inglês junto à estrada, com a cabeça horrivelmente esmagada; logo tais visões iriam se tornar frequentes demais para chamar a atenção, mas essa primeira foi perceptivelmente desagradável. Embora corra o risco de ser visto como melindroso ou até como desprovido de espírito militar, mesmo assim sustento que um ser humano comum tem o direito de ficar momentaneamente chocado por um corpo desfigurado visto durante um passeio vespertino, embora pessoas com um senso comum saudável possam sempre me refutar e dizer que a vida é sempre cheia de visões horripilantes e de catástrofes violentas. Mas não acredito em denúncias exacerbadas da guerra; estou meramente descrevendo minhas próprias experiências a respeito dela; e em 1917 eu apenas começava a aprender que a vida, para a maior parte da população, é uma luta antipática contra ocorrências injustas, culminando em um funeral barato. De qualquer modo, aquele homem com a cabeça destruída havia alcançado em tese a glória, ao morrer por seu país na batalha de Arras, e nós que marchamos por ele tínhamos uma excelente oportunidade de seguir seu exemplo.

Tomamos uma antiga trincheira de reserva alemã (capturada no domingo de Páscoa). O QG da companhia era uma espécie de toca de coelho, ampla o suficiente para acomodar Leake, um pequeno aquecedor e eu. Leake ocupou-se de ampliá-la com uma ferramenta de cavar trincheiras

41 A expressão a que o autor se refere aqui é *fed up, fucked up and far from home*. (N. do T.)

enferrujada. Quando caiu a noite, fui para o posto médico subterrâneo para que cuidassem de meus dedos supurados. Senti-me um intruso, pois o lugar estava lotado de feridos gemendo. Quando voltava para a nossa trincheira, algumas bombas explodiram entre os restos de entulho. Tudo isso, pensei eu, é muito desagradável, mas não conta realmente como experiência de guerra. Eu sabia que se fosse capaz de lidar o melhor possível com meus desconfortos físicos poderia achar a guerra intensamente interessante. A Companhia B não chegara ainda ao estágio de ficar gemendo; na realidade, insistiam em ficar alegres, embora tivessem comido uma única refeição aquele dia e a próxima estivesse prevista apenas para o dia seguinte. Leake e eu tínhamos uma pequena fatia de bacon para dividir; eu estava fritando meu pedaço quando ele se soltou do garfo e caiu dentro do fogão. Apesar do estado lastimável dos meus dedos, consegui recuperá-lo e comi-o com o maior prazer.

A noite foi fria e ficou impossível dormir, já que não havia espaço para deitar. Leake, porém, tinha o dom de adormecer em qualquer posição. Escavando as paredes à luz de velas, consegui me manter aquecido, e duas horas depois já havia cavoucado espaço suficiente para os outros dois oficiais. Eles eram uma dupla bem contrastada. Rees era um pequeno galês tagarela e emotivo; seria uma lisonja chamá-lo de algo menos do que grosseiro, e ele não tinha nenhuma pretensão de ser um "cavalheiro". Mas era de bom caráter e razoavelmente eficiente. Shirley, por sua vez, havia sido educado em Winchester e a guerra interrompera seu primeiro ano em Oxford. Era um jovem de feições delicadas e meticuloso, filho único, e herdeiro de uma propriedade razoável em Flintshire. Rees tirava a gente do sério com suas maneiras à mesa, e Shirley censurava o jeito de ele lamber o polegar ao dar as cartas quando jogavam *nap*. Mas as incompatibilidades sociais estavam agora diluídas no desconforto comum. Os dois eram novatos no *front*, então senti que devia cuidar deles, se possível. Notei que Rees mantinha sua coragem em alta falando sem parar e fazendo piadas sobre a batalha; Shirley, por sua vez, fiel às tradições de sua classe, simulava indiferença, discutindo com Leake (também um homem de Oxford) os méritos comparativos de Madalena e da Igreja de Cristo, ou das faculdades Balliol e New College, de Oxford. Mas ele não conseguia levar essa indiferença até seus olhos... Tanto Shirley como Rees foram mortos antes do outono.

* * *

Da nossa obsoleta trincheira olhávamos em direção ao campo aberto, que subia até a serra. Ao longo daquela serra corria a Linha Hindenburg (a dois quilômetros e meio de distância), de onde novos ataques estavam agora sendo tentados. Houve outro ataque na manhã seguinte. Rees fora destinado a um grupo de transporte de munição e voltara mais falante do que nunca. Havia sido sua primeira experiência com fogo de bomba. Narrando suas contínuas fugas dos explosivos inimigos, ele não parava de invocar o nome do fundador de sua religião; agora que tudo havia passado, ele sentia prazer naquela excitação retrospectiva, rindo alto ao nos contar como ele e seus homens haviam se atirado de cara na lama. Rees nunca se incomodara de parecer ridículo, e comecei a achar que era capaz de tomar conta de si mesmo. Shirley ergueu suas sobrancelhas durante o recital de Rees, evidentemente desaprovando aquela loquacidade e não muito seguro de que os oficiais devessem se atirar de cara quando as bombas explodiam. Mais tarde naquele dia, levei-o para um passeio pela montanha; queria educá-lo na visão de coisas desagradáveis. O vento diminuíra e o céu do entardecer era montanhoso, com nuvens calmas. Inspecionamos um tanque que ficara atolado na lama ao cruzar uma trincheira larga. Concordamos que era interessante ver aquele monstro desajeitado lá. No alto da montanha, o campo aberto estava pontuado por corpos de britânicos mortos. Era uma cena inesperadamente organizada, pois a maioria deles havia sido morta por fogo de metralhadora. Os padioleiros haviam identificado os corpos, dispondo-os a seguir na postura de guerreiro feliz, de mãos cruzadas e cabeça apoiada sobre a mochila. Com frequência o conteúdo da mochila de algum dos homens ficava espalhado em volta dele. Havia cartas perdidas pelo terreno; o impacto emocional daquelas últimas cartas recebidas de casa era bastante óbvio. Era algo estranho, pensei, que eu devesse levar um jovem de Oxford para uma visita guiada a um campo de batalha num lindo anoitecer de abril. Lá estávamos nós, andando por uma espécie de fração do quadro de honra, e meu aluno fazia o melhor possível para se portar como se aquilo fosse perfeitamente normal e parte da tradição das mais antigas escolas particulares. Estava sendo educadamente apresentado aos horrores da guerra, e não fez qualquer comentário a respeito. Mais cedo naquele dia, um ataque a Fontaine-les-Croiselles havia redundado em fracasso. Exceto pela intermitente conversa entre metralhadoras, o campo à nossa frente estava quieto. Então, de algum lugar além da serra, uma imensa explosão fez subir uma torre disforme de vapor amarelo. Comentei com conhecimento de causa que um paiol alemão provavelmente havia sido explodido. Shirley olhou para aquilo atentamente, como se fosse uma experiência que poderia ser útil a ele em suas futuras operações.

* * *

Às cinco e meia da manhã seguinte nossa brigada renovou o ataque a Fontaine-les-Croiselles, mas nós continuamos na reserva. Envolvido pelo barulho do bombardeio, apoiei os cotovelos no parapeito e olhei para a serra. Um sol vermelho ardente nascia; os montes ondulantes, baixos, eram de um cinza-azulado, com sombras profundas; a paisagem estava repleta de *flashes* de disparos e de fumaça flutuando. Era uma genuína cena de batalha, e eu tinha consciência de sua beleza furiosa. A menos de um quilômetro e meio de distância, no lado mais distante daquela encosta ameaçadora, homens aguardavam em fileiras, murmurando, tensos pela expectativa insuportável, até que os apitos soaram e a barragem avançou, e eles seguiram tropegamente pelo campo aberto com os melhores augúrios do general Allenby e os piores augúrios das metralhadoras das fortalezas alemãs. Talvez eu tenha tentado visualizar aquela sinistra aventura. Eu guardara no bolso uma cópia de um *communiqué* recente (que circulava com propósitos instrutivos) e posso igualmente citá-lo agora. "Esta noite, três ataques a bomba malsucedidos foram desferidos contra a torre de Wancourt. Durante o descanso do batalhão na noite seguinte, o inimigo abriu pesado bombardeio sobre a torre e suas vizinhanças imediatas, desferindo a seguir um ataque, que foi bem-sucedido principalmente pelo fato de o descanso estar em andamento. Um contra-ataque local lançado pelo batalhão que entrava em ação falhou devido à escuridão, à chuva pesada e à falta de conhecimento do terreno. Foi decidido então que nada poderia ser feito até raiar o dia." A lição a ser extraída do episódio era, penso eu, que o equívoco está na falta de preparação da artilharia... A torre de Wancourt ficava a apenas três quilômetros à nossa esquerda, então me senti vagamente impressionado por estar tão perto de eventos que eram, sem dúvida, de importância histórica para os anais da guerra. E qualquer um que tenha estado no *front* pode por sua conta estender-se mais sobre o sentido daquele *communiqué*.

IV

Na tarde de sábado fomos pegos de surpresa pela ordem de partir. Dois dias de estagnação na pequena trincheira apertada haviam feito diminuir a expectativa, e agora ela se renovava nos nossos breves preparativos para a partida.

Como é usual nessas ocasiões, o major-sargento da companhia era o mais ocupado de todos. Provavelmente já disse isso antes, mas nunca é demais repetir que os majores-sargentos da companhia eram os homens que mais trabalhavam na infantaria; tudo dependia deles, e se alguém merecia ser condecorado com a Ordem de Bath era um bom major-sargento de companhia.

Às nove da noite a companhia chegou ao alto da estrada em ruínas de St. Martin. Dois guias do batalhão que estava de saída nos aguardavam. Íamos substituir alguns fuzileiros de Northumberland na trincheira de Hindenburg – e as companhias seguiriam adiante independentemente.

Era um entardecer cinzento, seco e sem vento. A vila de St. Martin era uma relíquia despedaçada; mas mesmo na área devastada era possível ter consciência da chegada da primavera, e conforme assumi minha posição na retaguarda da coluna em marcha vi algo no sóbrio entardecer que me podia fazer lembrar dos crepúsculos de abril na Inglaterra e do campo de críquete de Butley, onde alguns de nós havíamos dado nossas primeiras tacadas. A temporada de críquete havia começado... Mas a companhia saíra da estrada esburacada por bombas e subia a montanha por campo aberto. Os guias já estavam tornando o passo apertado demais para o pelotão de trás; como a maioria dos guias, eles eram inconvenientemente ágeis, pois não carregavam equipamento de soldado, e pensavam – mas de modo pouco seguro – que conheciam o caminho. A mensagem murmurada "passe adiante – manter o ritmo" era acompanhada pelo som abafado e pelo retinir e chocalhar de armas e equipamento. Retardados a contragosto, os guias nos fizeram enveredar pelo anoitecer cada vez mais escuro. Faltavam não mais de três quilômetros, mas gradualmente os guias foram ficando menos seguros. Pararam várias vezes para tentar se localizar. Leake irritava-se e ficava irado e eles se mostravam cada vez mais nervosos. Comecei a suspeitar que estávamos andando em círculos.

Paramos à meia-noite, e a montanha ainda se erguia diante de nós; os guias confessaram que haviam perdido o rumo, e Leake decidiu sentar e esperar o dia clarear (havia poucas coisas mais desconfortáveis na vida de um oficial do que andar na frente de um grupo de homens que sabiam que estavam sendo conduzidos na direção errada). Com a licença de Leake, resolvi tentar perambular no escuro, com a quase certeza de que iria me perder e levar a companhia junto. Por um feliz acidente, não demorei a achar uma estrada erodida e deparar com um pequeno grupo de sapadores, que me disseram onde eu estava. Foi mais ou menos como perguntar: "Por favor, poderia me dizer qual o caminho para a trincheira Hindenburg?" Congratulando a mim mesmo por minha astúcia, levei um dos sapadores de volta à entrevada Companhia B, e fomos conduzidos ao local de encontro do nosso batalhão.

O local de encontro levou um tempo para ser achado, pois o estafe da brigada dera referências de mapa erradas; finalmente, após vários atrasos, as companhias enfileiraram-se em suas posições determinadas (e, de qualquer modo, execradas).

Estávamos no fim de uma jornada que começara vinte dias antes, quando saímos do Acampamento 13. Estágio por estágio, havíamos marchado até aquela região de negação da vida que de longe havia nos ameaçado com os clarões e rugidos de seus bombardeios. Agora íamos tateando e tropeçando por uma profunda vala até o lugar a nós designado na zona daquela desumana devastação. Deve ter havido alguma noite de luar enevoada, pois lembro-me de figuras de homens agachados contra as laterais de trincheiras de comunicação; ao vê-los nessa espécie de luz espectral (ou talvez fosse a brancura difusa de um fogacho mergulhando atrás da serra), fiquei na dúvida se estavam dormindo ou mortos, pois a postura de vários deles era de quem está morto, grotesca e distorcida. Mas, dirá você, isso não é nenhuma novidade para se escrever a respeito; apenas uma companhia cansada, abrindo caminho entre homens mortos ou sonolentos enquanto ela chapinha e tropeça até uma trincheira do *front*. Não obstante, o revezamento daquela noite teve seu significado para mim, embora na experiência humana fosse algo que já tivesse se multiplicado um milhão de vezes. Eu, um ser humano particular com meu pequeno estoque de experiência terrestre na cabeça, entrava uma vez mais nas verdadeiras trevas e desastres de uma coisa chamada armagedom. E o vi então, como vejo agora – um lugar assustador, um lugar de horror e desolação, que nenhuma imaginação poderia ter inventado. E também era um lugar onde um homem de espírito forte se sabe profundamente impotente contra a morte e a destruição, e, no entanto, se ergue para desafiar a densa escuridão e o estúpido bombardeio, descobrindo em si mesmo a invencível resistência de um animal ou inseto e a capacidade de suportar que ele pode, alguns dias depois, esquecer ou não mais acreditar.

De qualquer modo, lá estava eu, liderando aquela pequena procissão de fuzileiros de Flintshire, muitos dos quais jamais haviam visto uma trincheira de *front* antes. Nessa conjuntura, eles não pediam qualquer compensação por seus esforços, exceto uma caneca de chá quente. Um chá teria sido um milagre naquela hora, e só conseguimos um na manhã seguinte, mas havia algum conforto no fato de não estar chovendo.

Eram quase quatro horas quando nos vimos na trincheira principal de Hindenburg. Depois de me dizer para posicionar as sentinelas, Leake sumiu descendo algumas escadas até o túnel (que será descrito mais adiante). A companhia que estávamos revezando já havia partido, portanto não havia ninguém para me dar qualquer informação. De início, eu sequer sabia ao certo que estávamos na linha de frente. A trincheira era uma espécie de vala, funda, larga, e de aspecto mal-acabado. As sentinelas precisavam escalar com os pés e as mãos uma rampa de terra fofa para poder enxergar do alto. Nossa companhia tinha apenas uns oitenta homens, e seu setor cobria seiscentos metros. A distância entre os postos de sentinela me deu a noção da nossa inadequação naquele local ermo. Eu não tinha o direito de me sentir desamparado, mas me senti; e se precisasse ser lembrado da minha miserável situação como criatura viva bastaria pensar no caixa de campanha. Notas de cinquenta francos eram reconfortantes, mas não tinham qualquer uso prático ali, e as próprias palavras "caixa de campanha" resumiam bem o quanto eu estava distante do conforto e da segurança, e de qualquer certeza de que pudesse estar vivo e ativo na semana seguinte. Mas logo seria domingo de manhã; ideias como essas não eram saudáveis, e havia certa curiosidade desolada ligada àqueles desdobramentos – e combinada com o desespero autodramatizante que permitia a vários de nós nos preocuparmos com situações muitos mais críticas que a minha.

Depois de posicionar as exaustas sentinelas, com o quanto de animação que eu consegui reunir, segui adiante para cuidar da companhia à nossa esquerda. Minha expectativa era encontrar uma das nossas próprias companhias, mas ao virar uma esquina deparei com um lugar onde a trincheira era excepcionalmente ampla. Ali me vi no meio de um grupo que vivia uma espécie de pânico, e que consegui identificar como um pelotão (trinta ou quarenta homens). Estavam no maior empurra-empurra na pressa de passar por uma passagem profunda, e enquanto eu estava lá em pé, perplexo, um deles ofegante disse que "os alemães estavam chegando". Dois oficiais ajudavam a conduzi-los escada abaixo e, antes que eu tivesse tempo de pensar, o grupo inteiro havia desaparecido. Eles pertenciam a um daqueles batalhões amadores, que estavam nessa condição desfavorável por falta de disciplina e ausência de suboficiais treinados. De qualquer modo, seu comportamento pareceu indicar que o túnel da trincheira de Hindenburg estava tendo o efeito de baixar seu moral.

Ao sair para a terra de ninguém, não havia nenhum sinal de qualquer atividade alemã. A única coisa a destacar era o silêncio ininterrupto. Eu estava numa espécie de lusco-fusco, pois havia uma luz fraca, como a do luar, num céu com nuvens baixas; mas o território desconhecido em frente estava escuro, e fiquei olhando para ele como um homem que olha da lateral de um navio. Ao voltar para meu próprio setor encontrei um estafeta com uma mensagem verbal do QG do batalhão. A frente da Companhia B tinha que ser bem patrulhada, imediatamente. Percebendo que seria fútil mandar qualquer um dos poucos homens excedentes em patrulha (eles haviam andado por sete horas e estavam mortos de cansaço), fiquei irritado, mas quieto e introvertido. Shirley e Rees não estavam à vista e não teria sido justo mandá-los patrulhar, inexperientes como eram. Então percorri com passos pesados o posto do nosso flanco direito, disse-lhes para passarem adiante a mensagem de que seria feita uma patrulha da direita para a esquerda, e então parti de mau humor para um solitário passeio pela terra de ninguém. Sentia-me mais incomodado com o QG do batalhão que com o inimigo. Não havia arame farpado diante da trincheira, que havia sido construída, é claro, por pessoas voltadas para o outro lado. Contei meus passos; duzentos passos sempre em frente; então comecei a andar os supostos seiscentos passos para a esquerda. Mas não é fácil contar seus passos no escuro no meio de buracos de bombas, e depois de uns quatrocentos passos problemáticos perdi a confiança na minha pistola automática, que eu segurava no bolso de trás direito. Aqui estou, pensei, sozinho aqui fora, nesse pedaço de terra esquecido por Deus, com uma boa chance de topar com uma fortaleza boche. Aparentemente, havia apenas uma ação tranquilizadora ao meu alcance; então expressei minha opinião sobre a guerra evacuando ali mesmo (afinal, vale lembrar que, assim como os soldados são às vezes evacuados, eles também fazem isso, e nem sempre podem escolher o melhor local). Procurei garantir meu senso de direção colocando minha pistola no chão com sua boca apontando para onde eu estava indo. Sentindo-me menos sozinho e com menos medo, concluí minha patrulha sem ter encontrado sequer um corpo morto, e voltei a entrar na trincheira no ponto exatamente oposto ao do nosso posto do lado esquerdo, depois de ter sido rispidamente alertado por uma sentinela indecisa, que, como percebi na hora, foi o maior perigo que corri durante a patrulha. Começava agora a ser mais dia do que noite, e quando me enfiei de novo na trincheira por uma abertura deixei as sentinelas tremendo sob um céu vermelho que prometia chuva.

Havia cinquenta degraus na abertura; o cheiro terroso daquele triunfo da engenharia militar teutônica trazia um forte presságio de que eu iria comparecer no quadro de honra e ser enterrado até o dia do Juízo Final. Com a boca seca, gelado até os ossos, deitei num beliche de tela de arame e ouvi os roncos desanimadores de meus companheiros. Ao longo do túnel, o ar soprava mortalmente frio, e temperado por odores mefíticos. Em vão invejei os roncadores; mas vinha me acostumando à falta de sono, e três horas mais tarde estava tomando algum chá peculiar com um prazer soturno. Devido à escassez de água (que tinha que ser trazida até nós pelo transporte, o qual ficava a doze quilômetros na retaguarda, em Blairville) não era possível lavar-me; mas consegui um barbear revigorante, usando o resto do meu chá.

Por volta das dez, estava na superfície de novo, encarregado de um grupo exausto. Voltamos metade do caminho para St. Martin, até um depósito de munição, de onde carregamos caixas de morteiros para a trincheira. Eu mesmo carreguei uma caixa, pois as condições eram péssimas e essa parecia ser a única maneira de convencer os homens de que aquilo precisava ser feito. Ficamos fora cerca de sete horas; choveu o dia inteiro e as trincheiras eram um pântano de lama grudenta. O sofrimento sem trégua daquele grupo de carga era uma típica experiência de infantaria, de desconforto sem real perigo. Mesmo que o terreno estivesse seco as caixas teriam sido pesadas demais para a maioria dos homens; mas tivemos sorte num aspecto; o tempo chuvoso fez a artilharia passar um domingo inativo. Era um dia amarelo cor de defunto, mais para novembro do que para abril, e a paisagem era desolada e sem árvores. O que estávamos fazendo nada tinha de excepcional; milhões de soldados suportaram o mesmo tipo de coisa e ainda por cima foram gravemente feridos. Não obstante, acredito que meu grupo, cambaleando e chafurdando sob o peso de sua carga, teria composto um quadro impressionante do "Desespero". Os antecedentes, também, eram adequados. Estávamos no meio do entulho daquele intenso bombardeio de dez dias antes, passando ao largo e cruzando a trincheira avançada de Hindenburg, com seu cinturão de arame (com cinquenta metros de largura em alguns pontos); aqui e ali, aquelas selvas enferrujadas haviam sido aplastadas por tanques. A trincheira avançada ficava a uns duzentos metros da trincheira principal, que era agora o nosso *front*. Havia sido solidamente construída, com três metros de profundidade, plataformas de tiro cobertas de madeira, lados oblíquos e degraus com reforço de madeira a intervalos, para sair para a retaguarda ou avançar e para posicionar metralhadoras. Agora estava destruída como se houvesse sofrido um terremoto e erupção. Fortalezas de concreto haviam sido despedaçadas e estavam inclinadas de lado; por toda parte o solo calcário estava afundado e perfurado por imensos buracos de bomba; e por onde quer que olhássemos as efígies mutiladas dos mortos eram nosso *memento mori*. Bombardeados e desmembrados, os alemães mantinham as posturas violentas em que haviam morrido. Os britânicos, em sua maioria, haviam sido mortos por balas ou bombas, então pareciam mais resignados. Mas lembro de um par de mãos (nacionalidade desconhecida) que se projetavam do solo encharcado e cinzento como as raízes de uma árvore virada de ponta-cabeça; uma mão parecia estar apontando para o céu com um gesto acusador. Toda vez que eu passava por aquele lugar o protesto daqueles dedos tornava-se mais a imagem expressiva de um apelo a Deus, um desafio da parte daqueles que haviam feito a guerra. Mas quem havia feito a guerra? Ri histericamente quando o pensamento passou pela minha mente manchada de lama. Mas ri apenas mentalmente, pois minha caixa de munição para morteiros Stokes não deixava sobrar fôlego para uma gargalhada raivosa. E os mortos eram os mortos; essa não era a hora de ter pena deles ou de fazer perguntas tolas sobre suas vidas ultrajadas. Essas visões devem ser encaradas normalmente, pensei eu, enquanto ofegava, patinava e tropeçava com a minha desconsolada equipe. Flutuando na superfície da trincheira inundada, vi a máscara de um rosto humano que havia se destacado do crânio.

V

Coberto de lama e totalmente ensopado, o esgotado grupo desceu aos trancos os degraus até o túnel. A tarefa de transporte estava cumprida; mas uma surpresa estimulante me aguardava, pois Leake acabara de voltar do QG do batalhão (que ficava em algum ponto ao longo do túnel) e de modo rápido e indiferente informou-me que eu havia sido destinado a assumir o comando de uma centena de bombardeiros no ataque que havia sido planejado para a manhã seguinte. "Vinte e cinco bombardeiros de cada companhia; você ficará na reserva dos cameronianos", observou ele. Fiquei olhando-o por cima da minha caneca de chá – restaurador, mas com sabor de trincheira (feito com água clorada), e pedi que dissesse algo mais. Ele disse: "Bem, eles estão um pouco confusos a respeito disso no QG, mas o general está terrivelmente empenhado em que nós façamos um ataque subterrâneo pelo túnel, assim como pela superfície, ao longo da trincheira principal. Você precisa ir discutir a situação tática com um dos comandantes da companhia, lá na linha de frente, à nossa direita". Tudo o que eu sabia sobre a situação tática era que se alguém seguisse pelo túnel chegaria num ponto em que encontraria um bloqueio, resultado de uma explosão. Seguindo do outro lado, iria dar de cara com os alemães. Acima, no terreno, havia uma barreira e a situação era similar. Bombardear um túnel no escuro... Por acaso o Ministério da Guerra publicara algum manual sobre o assunto?... Acendi meu cachimbo, mas não consegui desfrutá-lo, provavelmente porque o chá havia deixado um gosto muito esquisito na minha boca.

Refletindo sobre a desconfortável responsabilidade que me impunha essa empreitada, esperei até o anoitecer. Então um guia baixinho e extremamente brincalhão me fez ir apressado pelo labirinto de fossos até que me vi num pequeno abrigo subterrâneo com alguns oficiais escoceses amistosos e um par de velas de chama oscilante. O abrigo tinha mais a cara dos velhos tempos do que o túnel Hindenburg, mas os oficiais fizeram sentir-me incompetente e desinformado, pois ficaram tagarelando sobre a topografia da trincheira local, o que não significava nada para a minha mente recém-chegada. Então estufei o peito com a minha Cruz Militar (havia duas outras no abrigo), assenti com a cabeça entendendo, e participei pacientemente da discussão sobre a situação estratégica. Foram-me passados detalhes de organização e rabisquei algumas anotações. Os cameronianos achavam que seria pouco provável que meu grupo fosse chamado a dar-lhes apoio, e esperavam que o ataque subterrâneo fosse excluído das ordens de operação.

Saí daquela animação desesperada que preenchia o pequeno refúgio com uma noção apenas vaga do que significava tudo aquilo. O objetivo era desobstruir a trincheira por uns quinhentos metros, enquanto outros batalhões subiam à superfície à nossa esquerda para atacar Fontaine-les-Croiselles. Mas eu era, quando muito, apenas um oficial com senso de oportunidade; as conversas técnicas no exército sempre me fizeram sentir ineficiente e ficar em silêncio. Voltei no escuro para organizar meu comando, colocar algo plausível no papel e levar ao ajudante. Se pelo menos eu pudesse consultar o Doutor, pensei; pois ele já voltara da licença, mas eu ainda não o vira. Tinha a impressão, dentro da minha condição confusa e exausta, de que estava em crise com minha carreira militar; e, como era habitual, meu principal medo era fazer papel de bobo. Esse receio de fazer papel de bobo num ambiente mortífero como aquele parece-me agora ridículo; pois me vejo na época meramente como um estúpido besourinho atrapalhado; e se de repente alguém pisa num besouro, é injusto acusar o azarado inseto de ter feito papel de bobo. Quando voltava para Leake e Rees e Shirley, sentia-me tão perdido e perplexo que passei direto e fui até o QG do batalhão.

O túnel era alguns centímetros mais alto do que um homem de boa estatura andando ereto; era equipado com bancos e salas em recessos; em alguns pontos, ficava cheio de homens de várias unidades, mas havia longos trechos de uma solidão malcheirosa. Espreitando meu caminho com auxílio de uma lanterna elétrica, vislumbrei uma variedade de formas vagas, caixas, latas, pedaços de mobília quebrada e colchões estragados. Parecia haver um longo caminho até o QG, e o túnel era memorável, mas bem pouco revigorante para um explorador fatigado que não havia dormido mais de uma hora seguida nem tirado sua roupa desde a última terça-feira. A certa altura, depois de tropeçar e me amparar na parede lateral, um clarão temporário revelou alguém meio escondido sob um cobertor. Não era lá um lugar muito inteligente para tirar uma soneca, pensei, enquanto o sacudia pelo ombro. Ele teimava em dormir, então dei-lhe um pontapé. "Acorde, seu inútil, me diga onde fica o QG." Meus nervos estavam no limite; e que direito tinha ele de tirar aquela boa soneca quando eu não conseguia fechar os olhos nem cinco minutos?... E então meu facho de luz pousou no rosto lívido de um alemão morto, cujos dedos ainda agarravam a ferida enegrecida no seu pescoço... Meio cambaleando, só consegui murmurar para mim que aquilo realmente era um pouco demais (mas isso, na realidade, era um exagero; não há nada de notável num corpo morto numa guerra europeia, ou num besouro esmagado num celeiro). No QG, encontrei o ajudante sozinho, ocupado e preocupado com trabalho burocrático. Ele trabalhara num escritório, de contabilidade, acho eu, antes da guerra; e agora a maior parte de sua luta se dava escrevendo, embora ele tivesse feito seu aprendizado como um corajoso e infatigável comandante de pelotão. Ele me contou que o ataque subterrâneo havia sido cancelado por uma providencial contraordem da divisão, e pediu que eu mandasse meu esquema de organização o quanto antes. "Está certo!", repliquei, e fui tateando meu caminho de volta, sentindo o oposto da minha resposta. Por um golpe de sorte descobri Ralph Wilmot, sentado sozinho num pequeno nicho na parede – com seu cabelo escuro bem penteado e numa atitude pensativa, mas imperturbável. Como se tivesse acabado de virar um copo de bebida em algum restaurante de Piccadilly. Infelizmente, ele não me convidou a tomar nada com ele, mas sua maneira filosófica de me cumprimentar foi um consolo, e confidenciei a ele meu dilema. Com ar compreensivo, ajeitou seu monóculo, ficou um tempo refletindo, cortou fora a parte queimada do pavio da vela, e escreveu um documento de aspecto fidedigno intitulado "Organização dos Grupos do F. F.". O resumo dele era "Quinze bombardeiros (cada um carregando cinco granadas). Cinco mensageiros (também atuam como homens de baioneta). Uma fileira completa". Não é muita coisa, comentou ele, enquanto acrescentava "e mais um pouco de esforço para consolidação e para cuidar dos flancos defensivos". Com certeza aquilo parecia bem simples depois de feito, embora eu já nem conseguisse mais pensar direito.

Enquanto ele dava um jeito de arrumar meu futuro para mim, olhei em volta e pensei em como era estranho aquele refúgio que eu havia encontrado para o que poderia ser minha última noite neste mundo. Embora fosse escavada na terra, aquela estreita câmara continha um espelho embaçado e um relógio. O relógio não fazia tique-taque, mas seu mostrador mudo olhava para mim, como um lembrete idiota de que existiam quartos de verdade e uma domesticidade desejável. Para lá daquela entrada sem porta, as pessoas ficavam o tempo todo passando em ambas direções, com um som de pés arrastando e murmúrio de vozes. Vi de relance um oficial do estafe com boné vermelho, e um grupo de sapadores carregando pás e picaretas. O túnel era uma espécie de rodovia e à noite gerava um considerável congestionamento de trânsito. Quando mandamos meu documento pelo ajudante não havia mais nada a fazer a não ser sentar e esperar as ordens de operação. Eram agora umas dez horas.

Para dar evidência das minhas qualidades como soldado, gostaria de poder declarar que discutimos vivamente cada aspecto da situação no que se refere ao ataque da manhã seguinte. A verdade, porém, é que não comentamos absolutamente nada sobre isso. A coisa precisava ser tentada e havia um prazo para isso (até a hora zero). O comandante de brigada e seu estafe (nenhum deles muito brilhante no que diz respeito a referências de mapa) tinham a esperança de satisfazer (vicariamente) o general Whincop (que, além de se tornar impopular ao encasquetar com aquela ideia de cortar a ração de rum, ordenara dois meses atrás um ataque impossível, que fora evitado por um providencial degelo, mas causara numerosas mortes num batalhão que foi em seguida sacrificado).

Whincop esperava agradar o comandante de unidade, sobre quem não sabíamos absolutamente nada, exceto que havia insultado nosso coronel na estrada de Doullens. O comandante da unidade esperava agradar o comandante do exército, que, como de hábito, nos informara que estávamos "perseguindo um inimigo derrotado", e que trouxera a cavalaria para o conflito a fim de "romper as defesas" inimigas (vale mencionar que a vila que era agora o objetivo da nossa divisão ainda ficou em poder dos alemães nos oito meses seguintes). E o comandante do exército, suponho eu, estava em comunicação telefônica com o comandante em chefe, que, de olho no marechal Foch, esperava agradar seu rei e seu país. Sendo assim, Wilmot e eu estávamos plenamente justificados em deixar a situação aos cuidados da casta militar que vinha aproveitando ao máximo sua Grande Oportunidade para ganhar medalhas e consolidar uma fama de grandes líderes; e se estou sendo cáustico e capcioso em relação a eles só posso afirmar que se mostra necessária uma retaliação pós-guerra de alguns minutos. O estafe que escreva seus próprios livros sobre a Grande Guerra, digo eu. A infantaria era tendenciosa em relação a eles, cuja autêntica história será lida com interesse.

Quanto à conversa que tivemos entre as dez e a meia-noite (quando as ordens para a minha operação chegaram trazidas pelo ajudante), suponho que funcionou como uma espécie de droga, pois limitou-se a umas agradáveis recordações dos tempos de paz. Wilmot tinha boa familiaridade com as coisas que faziam parte do meu mundo e conhecera várias das personalidades de destaque da nossa região. Assim, conseguimos fazer um pequeno passeio por Weald em Kent e pela fronteira de Sussex, como se pedalássemos um par de bicicletas mentais. Na nossa imaginação, pedalamos por uma linda tarde de verão, passando por certos marcos que sempre serão inseparáveis da minha história de vida. Do lado de fora do portão do parque de Squire Maundle, compartilhamos um quadro singular de suas posturas angulosas enquanto ele arremessava sua bola de golfe em meio ao retinir de sininhos e aos balidos de ovelhas, nas ensolaradas encostas acima de Amblehurst (sempre seguido por um taciturno pegador de bolas negro). Muito se falou sobre a condição mental brutalizada a que os soldados ficam reduzidos pela vida no *front*; não nego isso, mas inclino-me a sugerir que havia também uma quantia proporcional de sentimentalismo simplório. Quanto a mim, nenhum assunto podia ser doméstico demais para as trincheiras.

Assim, enquanto grupos de trabalho e operadores de metralhadora passavam em fila pela porta com suas vozes murmuradas e vazias, nosso recesso privado no túnel Hindenburg era arriscadamente infundido de evocações da Inglaterra rural, e desafiávamos nosso entorno com recordações de nomes provinciais e fazendas com rostos amistosos. O jardim de um chalé não era uma ideia fácil de recuperar na memória de modo convincente... Abelhas esvoaçando entre alelis amarelos numa tarde quente. O cheiro de um pomar de macieiras no outono... Tais detalhes estavam além de nossa evocação. Mas ficavam implícitos quando mencionei Squire Maundle em seu cabriolé de quatro rodas, retumbando pela Dumbridge Road para comparecer à reunião da Câmara do Condado.

* * *

"*Secreto*. Os grupos de bombardeiros de vinte e cinco homens irão encontrar-se amanhã às duas e meia da madrugada, no décimo-sexto dia do presente mês, em colunas perto da Companhia C do QG. Será tomado o máximo cuidado para que cada grupo de companhia separado se mantenha num dos lados da coluna e que o depósito de bombas esteja na trincheira, na cabeça dessas colunas, distribuído de modo adequado. A necessidade de manter absoluto silêncio deve ficar bem gravada em todos os homens. Esses grupos (sob o 2º Ten. Sherston) entrarão em ação sob as ordens dos oficiais de companhia cameronianos quando faltarem dez minutos para a hora zero. Ten. Dunning e dois ordenanças irão fazer a ligação e reportar-se aos O. C. Cameronianos quando faltarem cinco minutos para a hora zero. Enquanto os grupos estiverem na coluna devem manter uma passagem livre para os estafetas etc."

Tal era o documento que (caso eu fosse menos afortunado) teria sido meu passaporte para a praia do Estige. Nesse meio-tempo, com mais duas horas para aguardar sentado, prosseguimos com a nossa infindável conversa. Estávamos, se não me engano, no assunto da Semana de Críquete de Canterbury quando meu relógio alertou-me de que eu precisava ir andando. Ao levantar da mesa sobre a qual ficáramos apoiando nossos cotovelos, uma versão indistinta do meu rosto olhou para mim do espelho embaçado, com um efeito de clarividência. Esperando que isso fosse um presságio de sobrevivência, segui até o local combinado e fiquei satisfeito ao ver os grupos de bombardeiros sentados nos degraus num vento de congelar os ossos, com meus dois oficiais subordinados também lá.

A hora zero era três da manhã e o rebuliço preliminar já ressoava acima de nossas cabeças. Depois de prender bem minhas enlameadas perneiras e ajeitar minha gravata (não havia regra que impedisse de usar uma gravata num ataque), entrei timidamente no abrigo subterrâneo do QG cameroniano, que ficava em frente ao pé da escada. Estava ali entre estranhos, e dez minutos para a hora zero não era um momento para conversar amenidades, então sentei embaraçado, enquanto os estrondos no andar de cima faziam o possível para conseguir um clímax tranquilizador. Eram três horas. Num canto, o ordenança com seu telefone fazendo tique-taque recebeu uma mensagem de que o ataque já começara. Eles estavam sobre a barreira agora, e bombardeando a trincheira. O coronel cameroniano e seu ajudante conversavam no tom de voz baixo e fatigado de homens que esperam notícias desagradáveis. O coronel era um homem de ótima aparência, mas seu rosto bem disciplinado mostrava-se tenso de ansiedade. Dunning estava sentado em outro canto, sério e respeitoso, com sua natural alegria pronta para emergir assim que fosse necessária.

Ao fim de vinte minutos de tensão o coronel exclamou de repente: "Ah, meu Deus, eu só queria saber como eles estão se saindo..." E depois, como se tivesse arrependido de ter manifestado sua emoção: "Bem, enquanto isso, vamos comer um pedacinho de bolo, não é?". Havia um grande bolo caseiro em cima da mesa. Ofereceram-me uma fatia, que eu comi constrangido. Senti que eu não tinha por que estar ali, muito menos ainda tirar uma fatia do bolo do coronel, que estava ótimo. Eu não conseguia acreditar que aqueles oficiais competentes estivessem contando que eu pudesse ser de alguma valia para eles caso fosse solicitado a tomar parte ativa nos procedimentos lá em cima. Então o ordenança do telefone anunciou que havia caído a comunicação com o QG do capitão Macnair; depois disso, o suspense continuou, de maneira monótona. Eu ficara sentado lá cerca de duas horas e meia quando ficou evidente que alguém estava descendo os degraus da escada com pressa. O intendente devia ter deixado seus utensílios de cozinha na escada, pois o visitante chegou do lado de fora da entrada com uma cascata barulhenta de panelas e frigideiras. Era um sargento desgrenhado e ofegante, que soltou uma declaração incoerente sobre ter sido rechaçado depois de avançar uma curta distância. Enquanto o coronel lhe fazia perguntas num tom de voz tranquilo e controlado, eu me ergui tenso. Não me lembro de ter dito nada ou de ter recebido quaisquer ordens; mas senti que os oficiais cameronianos eram sensíveis à minha delicada situação. Não era o caso de comer mais uma fatia de bolo caseiro. O comentário deles, não proferido, era "bem, meu velho, acho que por enquanto é só".

Deixando que extraíssem a satisfação que pudessem da história do sargento, dei um sorriso estúpido para o Dunning, encaixei meu capacete na cabeça e me dirigi à escada. Deve ter sido um alívio fazer finalmente algo definido, pois sem parar para pensar eu parti com a seção de vinte e cinco que estavam no alto da escada. O sargento Baldock pôs o pessoal em movimento na hora, embora estivessem congelados e com sono depois de ficarem sentados ali por mais de três horas. Naquele momento nenhum deles teria achado ruim dar um bom gole de rum. Em contraste com a enfadonha luz de velas lá de baixo, o mundo ao ar livre era claro e com uma leve brisa; e fiquei animado também por aquele barulho, suficiente para me lembrar de que algum tipo de batalha estava em andamento. Conforme nos movimentávamos, aquele pequeno contingente agitado atrás de mim ressurgiu de sua letargia. Eu não tinha ideia do que ia fazer; nosso destino estava no cérebro daquele guia cameroniano de andar curvado, que trotava à minha frente. No caminho, pegamos uma metralhadora Lewis abandonada, que achei que poderia ser útil, embora não houvesse munição com ela. Correndo o risco de ser acusado de "pegar a metade errada da conversa" (uma das frases favoritas de tia Evelyn), devo dizer que me sentia bem confiante (agora, rememorando daqui da minha poltrona essa situação crítica, encontro alguma dificuldade para acreditar que eu de fato estava ali). Por cerca de dez minutos fomos nos esquivando e tropeçando por uma trincheira estreita e sinuosa. O sol brilhava; grandes nuvens neutras viajavam de bom grado com o vento; senti-me intensamente vivo e quase sem fôlego. De repente, chegamos à trincheira principal, e no lugar em que ela era mais larga encontramos os cameronianos. Devo ter pegado uma bomba pelo caminho, pois tinha uma na mão quando comecei a conversar com o jovem capitão Macnair. Nosso encontro foi mais absurdo do que impressionante. Macnair e seus exaustos homens estavam obviamente indo na direção errada, e eu era um incauto recém-chegado. Consequentemente me vi em posição melhor que ele quando me contou que estavam rodeados por alemães por todos os lados e que haviam ficado sem bombas. Sentindo que eu era, naquele momento, o exemplo da infalibilidade dos Flintshire, assumi um ar de elegante despreocupação; passando minha bomba displicentemente de uma mão para a outra, perguntei: "Mas onde estão *de fato* os alemães?", acrescentando: "Não vejo nenhum por aqui." Essa insolência teve seu efeito (embora por algum motivo eu ache difícil agora descrever essa cena sem desgostar do meu próprio comportamento). Os oficiais cameronianos olharam em volta e recuperaram a compostura. Decidido a mostrar-lhes o quanto éramos um reforço intrépido, garanti a Macnair que não precisava mais se preocupar e que iríamos logo colocar as coisas em ordem. Então conduzi meu grupo até o dele, detive-o e fui percorrer a trincheira com o sargento Baldock – um homem pequeno, admiravelmente impassível, que nunca deixava de se comportar como um servo perfeitamente treinado e muito reservado. Depois de passar por cima de uma espécie de barricada, andamos cerca de cinquenta metros sem encontrar ninguém. Ao ver por ali um bom número de bombas Mills em pequenos montes, mandei Baldock voltar para recolhê-las e levá-las mais adiante na trincheira. Depois, com um batimento cardíaco mais acelerado, virei a esquina por minha conta. Inesperadamente, um pequeno homem estava ali, em pé, de costas para mim, completamente parado e vigilante, com uma mochila de bombas dependurada no seu ombro esquerdo. Vi que era um cabo dos cameronianos; não nos falamos. Eu também carregava um saco de bombas; viramos a curva seguinte. Ali meu ardor aventureiro experimentou um choque preocupante. Um recruta escocês de cabelo loiro estava deitado num dos cantos da trincheira, no meio de uma poça de sangue. Seu rosto era cinzento e sereno, e seus olhos olhavam fixos para o céu, inexpressivos. Alguns metros adiante o corpo de um oficial alemão jazia amarfanhado e quieto. O cameroniano ferido me fez sentir raiva, e atirei um par de bombas nos nossos inimigos invisíveis, recebendo em resposta uma granada de mão, que explodiu atrás de mim sem causar danos. Depois disso, segui adiante lançando bombas sem parar, enquanto o cabo (mais habilidoso e eficiente do que eu) entrava e saía dos fossos – uma precaução que eu me esquecera de tomar. Entre os dois, demos uma boa demonstração de agressividade, e dessa forma chegamos ao nosso objetivo, sem ter mais do que uns poucos vislumbres de vultos pardos em retirada. Eu não tinha ideia de onde ficava nosso objetivo, mas o cabo me informou que o havíamos alcançado, e parecia saber do que falava. Curiosamente, essa foi a primeira vez que um de nós falou desde nosso encontro.

A coisa toda havia sido tão fácil que eu senti vontade de avançar mais, até que encontrássemos algum obstáculo mais definido. Mas o cabo tinha a cabeça mais fria e aconselhou prudência. E eu lhe disse que ficasse onde estava e comecei a explorar um fosso estreito do lado esquerdo da trincheira (não que importe tanto assim se eu estava do lado esquerdo ou direito, mas é que parece ser o único detalhe do qual eu me lembro; e, no final das contas, a guerra era principalmente uma questão de buracos e valas). O que esperava encontrar nesse fosso eu não sei dizer. Não encontrei nada, e então parei para ouvir. Parecia haver uma calmaria no barulho do ataque ao longo da linha. Umas poucas metralhadoras disparavam, vingativas e espasmódicas. Lá no alto do céu azul um aeroplano zumbia e cintilava. Pensei que tudo aquilo compunha um estado de coisas muito estranho, e então decidi dar uma espiada no campo em volta. Isso foi um erro que poderia ter colocado um fim às minhas aventuras terrestres, pois nem bem pus minha tonta cabeça para fora do fosso senti um estupendo golpe nas costas, entre os ombros. Minha primeira impressão era de que uma bomba me atingira por trás, mas o que realmente aconteceu foi que eu havia sido atingido pela frente. De alguma maneira minha atitude temerária em relação à Segunda Batalha do Scarpe havia se alterado de repente, e para pior. Fiquei apoiado contra a lateral do fosso e fechei os olhos... Quando abri de novo, o sargento Baldock estava ao meu lado, discreto e solidário, e para minha surpresa descobri que eu não tinha morrido. Ele me ajudou a voltar para a trincheira, examinou com cuidado minha ferida, colocou um curativo de campo nela e me deixou sentado ali, indo buscar alguns homens.

Depois de um tempo lá, deprimido e com pena de mim mesmo, comecei a me sentir furiosamente heroico de novo, mas com um estilo um pouco diferente, já que agora eu era um herói ferido, com meu braço numa tipoia supérflua. Todos os meus setenta e cinco homens estavam agora na cena (menos alguns que haviam sido eliminados por nossas próprias bombas, caídas antes de alcançar seu objetivo). Consigo lembrar-me de ter falado rápido com o lacônico oficial de morteiros Stokes, que surgira do nada com sua arma e um par de assistentes. Senti que devia fazer mais um assalto antes de virar as costas para a guerra e a única ideia que tive foi recolher toda a munição disponível e então retomar o ataque, enquanto o oficial dos morteiros Stokes produzia um entusiástico fogo de barragem. Não me ocorreu que algo mais estava acontecendo no exército do *front* de Allenby além do meu próprio pequeno *show*. Meus nervos tensionados ao extremo haviam me levado a um grau de excitação que me deixava pronto para qualquer façanha suicida. Essa energia convulsiva poderia ter sido de valia imediata se houvesse algum objetivo ao qual dirigi-la. Mas não havia nenhum; e antes que eu tivesse tempo de inaugurar qualquer coisa irrefletida e irrelevante, Dunning chegou para tomar meu lugar. Seu ar de competente despreocupação me fez voltar à sensatez de novo, mas ainda me sentia inflamado com o espírito ofensivo, e minha impetuosidade só foi abafada por uma ordem escrita do coronel cameroniano, que proibia qualquer outro avanço, pois o ataque falhara em outra parte. Minha ferocidade então arrefeceu, e percebi que estava com uma sede devastadora. Quando iniciava minha jornada de volta (devo ter tido consciência então de que nada poderia me deter até eu voltar para a Inglaterra), o oficial médico veio perambulando pela trincheira com a atitude desinteressada de um amável botânico. "Acho que ele vai lá pra cima para dar uma olhada", pensei. Quatro horas depois de ter saído dele, eu estava de volta ao túnel.

* * *

De volta ao QG do batalhão no túnel, recebi do nosso coronel e de seu ajudante generosas congratulações pela minha suposta demonstração de arrojo. À luz da vela de emergência daquele recesso subterrâneo cheio de correntes de ar despedi-me deles com profusas promessas de que estaria de volta em poucas semanas; mas eu estava tão tenso e excitado que minhas promessas eram mais barulho do que intenção. Talvez eu tivesse ficado igualmente eufórico sem minha ferida; mas se não fosse por ela, ainda estaria lá em cima com os grupos de bombardeio. Nesse meio-tempo, nada do que acontecesse comigo poderia aliviar o QG do batalhão de seus fardos. O ajudante seguiria em frente até cair, pois tinha um senso de dever inesgotável. Nunca mais o vi; foi morto no outono em Ypres... Gostaria agora que minha lembrança fosse que eu tivesse dado um sorriso amarelo e partido discretamente. Mas meu "*show* de bombardeio" aumentara minha autoimportância, e assim minha saída do *front* foi verborrágica. Uma bala alemã havia me atravessado deixando um buraco nítido perto da minha omoplata direita e essa patriótica perfuração havia feito de mim um homem diferente. Agora eu olhava para a guerra, que havia sido um monstro tirânico, com olhos liberados. De momento, eu recuperara meu direto de me considerar um indivíduo privado.

O primeiro estágio de minha jornada de volta me levou ao posto médico avançado de Henin. Meu servente veio comigo, carregando minha mochila. Era um homem de meia-idade, bastante desengonçado, que sempre fazia o melhor possível e nunca reclamava. Enquanto íamos escolhendo o melhor caminho pelo terreno acidentado do Monte Henin, eu continuava falante, parando de vez em quando para recuperar o fôlego e dar uma última olhada naquela encosta fatídica onde no dia anterior eu havia andado aos tropicões com meu grupo de trabalho.

O céu agora estava encoberto e a paisagem, cinza e abandonada. As atividades do ataque haviam diminuído, e parecia que andávamos por uma terra devastada onde homens haviam sido deixados ao relento sob a chuva depois de terem sido mortos sem nenhuma razão aparente. Aqui e ali, podiam-se distinguir vultos indo para o posto médico, alguns carregando padiolas.

Era a estagnação do meio-dia que geralmente se seguia a um ataque realizado no início da manhã. O posto médico era um lugar subterrâneo pequeno, lotado de feridos gemendo. Dois médicos faziam o possível por aqueles homens que haviam pagado um pesado preço por sua liberdade. Meu egocentrismo diminuiu no meio de toda aquela agonia. Lembro-me de ouvir um padre emotivo que era dolorosamente consciente de que não podia fazer nada a não ser ficar por ali e demonstrar compaixão. Mas os consolos da Igreja da Inglaterra não eram muito requisitados num posto médico avançado. Eu mesmo estava ali simplesmente para cumprir a formalidade de ser classificado como "ferido capaz de andar". Mandaram-me ir a um lugar chamado "B. Echelon", o que significava andar mais cinco quilômetros por caminhos enlameados. Vencido pelo mundo, cheguei a B. Echelon, e encontrei nosso intendente numa barraca com vários oficiais recém-chegados da base e um ou dois de volta de licença. Estimulado por alguns goles de uísque e água, renovei minha tagarelice e falei a mil por hora até que o bondoso intendente me colocou na carroça do refeitório, que me levou até um cruzamento de estrada, onde fiquei esperando um ônibus. Ali, após uma longa espera, dei um aperto de mão no meu servente, e aquele cumprimento pareceu resumir meu adeus ao Segundo Batalhão. Agradeci-lhe por ter cuidado de mim tão bem; mas não se podia desejar sorte a um homem quando ele estava voltando para a trincheira Hindenburg. Pode-se objetar que minha atitude em relação ao *front* ocidental fora pessoal demais; mas essa era uma questão de dois seres humanos, um dos quais estava saindo dele confortavelmente enquanto o outro voltava para correr riscos na pior guerra do mundo... No ônibus, espremido entre "feridos capazes de andar", eu sabia que já havia falado o suficiente. Por uma hora e meia fomos aos trancos e barrancos por aquelas estradas arruinadas até chegar à estação de liberação de feridos, em Walencourt. Eram sete horas e tudo o que eu consegui aquela noite foi uma xícara de Bovril[42] e uma injeção antitetânica.

O lugar estava lotado de casos graves e tive que esperar até depois da meia-noite para conseguir uma cama. Lembro-me de ficar sentado numa cadeira ouvindo a chuva bater no teto da barraca e o lamento de um vento invernal. Estava exausto demais para conseguir dormir; minha cabeça perdera o controle dos pensamentos, que continuavam a repetir o eco de minhas tagarelices de despedida; a injeção me fazia sentir gelado e esquisito, e meu ferimento começava a doer. Mas ainda era capaz de sentir pena "do pobre e velho batalhão" (que iria ser substituído naquela noite) e ser grato pela minha sorte de ter escapado.

O que eu havia passado não era nada comparado ao tipo de coisa que muitos soldados suportavam vezes e vezes seguidas; mesmo assim, compadeci-me de mim por ainda não ter encontrado um fim para aqueles tempos difíceis.

Na tarde seguinte, um trem (com quinhentos homens e trinta e cinco oficiais a bordo) levou-me até o hospital de base. Minhas memórias desse trem são estranhas e bastante terríveis, pois ele transportava uma carga de homens em cujas mentes os horrores dos quais haviam escapado ainda estavam bem vivos e violentos. Muitos de nós ainda traziam nas botas e nas roupas a lama ressecada da zona de guerra, e todo homem enfaixado vinha acompanhado de sua experiência de batalha. Embora muitos deles conversassem de maneira amena e até brincalhona a respeito disso, havia uma agregação de enormidades na atmosfera daquele trem. Entreouvi alguns oficiais com ferimentos leves que lembravam com excitação de suas aventuras em Wancourt, onde haviam sido expulsos da trincheira no escuro por um

42 Marca comercial de uma sopa de carne, também conhecida como *beef tea*, que costumava ser dada aos doentes e convalescentes. (N. do T.)

bombardeio. Suas falas cheias de gíria misturavam-se com o rumor e trepidar do trem seguindo adiante – de modo tão seguro e tranquilo através daquela escuridão que o envolvia. O *front* ficava para trás; mas ainda conseguia pousar sua mão em nossos corações, embora sua ameaçadora realidade diminuísse a cada quilômetro. Era como se fôssemos perseguidos pela batalha de Arras, que agora tinha se convertido numa ideia imensa e horrível. Podíamos reconstruir nossa experiência de uma maneira prepotente ou sábia, segundo nossas diferenças de caráter. Mas nossas mentes ainda estavam sem fôlego, e nossos pensamentos mais íntimos numa desordenada debandada daquela gritante escuridão e daqueles homens morrendo em buracos de bombas sob a desolação da luz do dia que surgia. Éramos os sobreviventes; poucos de nós chegariam a contar a verdade aos amigos e parentes na Inglaterra. Carregávamos algo dentro das nossas cabeças que pertencia só a nós, e àqueles que havíamos deixado para trás na batalha. Também havia homens morrendo a bordo daquele trem da Cruz Vermelha, homens morrendo pelo seu país numa situação comparativamente confortável.

Chegamos ao nosso destino depois da meia-noite, e no dia seguinte fui capaz de escrever no meu diário: "Ainda me sinto dentro do espírito da guerra e bastante preparado para voltar ao batalhão em poucas semanas; disseram que meu ferimento estaria curado em quinze dias. O médico daqui disse que eu sou um homem de sorte, já que a bala passou a menos de dois centímetros da minha veia jugular e da espinha. Sei que seria melhor para mim não voltar para a Inglaterra, onde devo ficar pelo menos três meses e depois passar de novo por todo aquele inferno para poder retornar em julho ou agosto." Mas apesar dos meus escritos autodefensivos, eu estava em Londres na noite de sexta-feira, e não lamentei de modo algum ser carregado por entre a multidão de patrióticos espectadores na Estação Charing Cross. Minha maca foi empurrada para dentro da ambulância que me levou a um grande hospital no Monte Denmark. Na Charing Cross, uma mulher me deu um maço de flores e um folheto do bispo de Londres, que, em tom severo, aconselhava-me a levar uma vida pura e receber a comunhão.

PARTE NOVE

Hospital e convalescença

I

Os primeiros dias foram como ficar deitado num barco. Flutuando à deriva, eu observava as altas janelas banhadas pelo sol ou a luz da lareira que bruxuleava e refletia no teto quando a enfermaria adormecia. Fora do hospital, um fim de primavera invadia o mundo do serviço militar doméstico. As árvores eram de um verde indistinto e às vezes eu conseguia ouvir um melro cantando. Mesmo os rangidos e o barulho dos bondes elétricos eram um som bem-vindo; bondes significavam segurança; os soldados nas trincheiras lembravam-se dos bondes com carinho. Com uma estranha sensação de langor e liberação, ergui minha mão para tocar os narcisos junto à minha cama. Eram símbolos de um espírito imaculado – criaturas cujas faces não sabiam nada da linguagem demente da guerra.

Por uma semana, talvez, pude sonhar que para mim a guerra havia terminado, porque um buraco bem cuidado atravessava-me e a enfermeira com sua esponja proibia-me de tomar banho. Mas logo emergi da minha imunidade mental; comecei a pensar; e meus pensamentos me advertiram de que minha segunda estadia na França havia alterado minha visão (se é que uma condição mental confusa como aquela podia ser chamada de visão). Comecei a sentir que era um privilégio meu ser cáustico a respeito de minhas experiências de guerra; e minha atitude em relação a civis deixava implícito que eles não seriam capazes de entender e que não havia sentido prático em tentar explicar-lhes as coisas. As visitas eram, é claro, benevolentes e respeitosas; minha ferida era uma prova adequada de que eu havia "estado no meio da confusão toda", e me permiti alusões ao heroísmo e aos horrores que a acompanham. Mas como seria de esperar, meu comportamento variava segundo os visitantes que recebia. Minhas inconsistências poderiam ficar tediosas se eu as tabulasse coletivamente, então irei me limitar aos seguintes exemplos imaginários.

Algum oficial veterano sob o qual eu tivesse servido: Modesto, educadamente subordinado, fortemente imbuído do "espírito do regimento" e pronto a voltar de novo. "Muito gentil de sua parte vir aqui me visitar, senhor." Sentindo que deveria pular da cama e cumprimentá-lo, e que seria adequado e agradável apresentá-lo a "alguns de meus amigos" (de preferência os de *status* social impecável). Disposição em discutir aspectos técnicos do serviço ativo e reviver memórias de experiências compartilhadas no *front*.

Civil do sexo masculino, de meia-idade ou idoso: Tendência (em reação à sua gratidão solidária pelos serviços que prestei ao rei e ao país) a assumir uma expressão facial fatigada, de alguém que "passou pelo inferno". Inclinação a desejar que minha ferida tivesse sido um pouco pior do que realmente foi, e ter enfermeiras andando pra lá e pra cá à minha volta, a me lembrar discretamente que eu não devia abusar das minhas forças. Incapacidade de revelar qualquer coisa crua que pudesse horrorizar a sensibilidade civil. "Ah, sim, devo estar lá de volta no outono." (Contestar de maneira abatida, mas inflexível, qualquer sugestão de que agora eu estaria honrosamente qualificado para um emprego no serviço militar doméstico.) Secreto antagonismo a toda referência não lisonjeira ao exército alemão.

Encantadora irmã ou irmão de algum oficial: Brincalhão, falante, afável e modestamente heroico. Desejoso de estar usando todas as medalhas possíveis na camisa do pijama. Capaz de fornecer um vivo relato do irmão dela (se ainda no *front*) e de omitir todos os fatos pouco palatáveis a respeito da guerra. "Muito gentil da sua parte aparecer por aqui para me ver."

Amigo de caçadas (alguns anos acima do limite para prestação de serviço militar): Tirando importância dos sofrimentos suportados no *front*. Mostrando interesse em ouvir a respeito da última temporada de caça. "Nossa, deve ter sido um galope e tanto, hein?" Piadas sobre os alemães, como aquela de que atirar bombas neles era um substituto aceitável da caça à raposa. Algumas boas gargalhadas (mitigadas pela lembrança de que eu tive um buraco de bala atravessando meu pulmão). Previsões otimistas a respeito do encontro inaugural da próxima estação e de que as hostilidades irão terminar logo em todos os *fronts*.

De qualquer modo, minhas supostas reações a qualquer desses hipotéticos visitantes só poderiam ser temporárias. Quando sozinho com os demais pacientes, eu geralmente me inclinava a uma autocomiseração e a me isolar de todos, exceto dos soldados do *front* (as baixas não contavam como casos trágicos, a não ser quando os soldados morriam ou ficavam seriamente aleijados).

Quando tia Evelyn veio a Londres me ver fiquei naturalmente comovido com a sua emoção tímida; meu ressentimento dos civis não se aplicava à minha tia. Mas depois que ela foi embora senti-me mal com sua amável suposição de que eu havia feito o suficiente e poderia agora aceitar um emprego seguro. Eu não deixaria me tentar por isso dessa maneira, disse a mim mesmo. No entanto, sabia que não havia como fugir da guerra. Cedo ou tarde eu deveria ser mandado de volta ao *front*, que era o único lugar onde poderia ser de alguma utilidade. Um confortável ferimento não era suficiente para me manter fora dela.

Eu não conseguia ver-me livre da guerra; até mesmo aquela enfermaria de hospital estava carregada dela, e a cada dia a opressão aumentava. Exteriormente, era um lugar agradável para se ficar ocioso. O sol da manhã caía oblíquo pelas altas janelas, iluminando as paredes verde-acinzentadas e as quarenta camas. Narcisos e tulipas produziam manchas de cor sob três luminárias de tecido vermelho que pendiam do teto. Alguns oficiais ficavam reclinados na cama, fumando e lendo jornais; outros vagavam por ali de roupão, indo ao banheiro, onde se livravam satisfeitos dos pelos de seus rostos, e voltando. Um gramofone rouquenho tocava sem parar canções populares. De manhã, era *rag-time* – *Everybody's Doing it* e *At the Fox-Trot Ball* (*Somewhere a Voice is calling*, *God send you back to me* e canções sentimentais como estas ficavam reservadas para as horas da noite). Antes do meio-dia ninguém tinha energia suficiente para começar a falar da guerra, mas depois disso eu sempre podia ouvir fiapos de conversa que vinham de rodas em volta das duas lareiras. Meus olhos liam um dos *Ensaios* de Lamb, mas minha mente era a todo momento distraída por frases como: "Suspenderam o fogo de barragem no primeiro objetivo", "bombardearam a gente com coisa pesada", "deviam cuidar de formar um número suficiente de bons suboficiais", "a primeira leva foi neutralizada por metralhadoras" e "foram bombardeados a partir de uma sapa".

Não havia casos graves naquela enfermaria, apenas feridos na carne e doentes. Eram os mais sortudos, e já estavam refeitos da esqualidez, das doenças ou ferimentos e da extenuação. Já expunham seus rostos à luz do sol, aqueciam suas pernas ao fogo da lareira; mas não havia muito sobre o que conversar, exceto a guerra.

À noite, eles jogavam cartas numa mesa em frente à minha cama; as persianas eram fechadas, acendia-se a luz elétrica e uma imensa lareira fazia brilhar as paredes e o teto. Erguendo, irritado, os olhos do meu livro, eu criticava os rostos daqueles jogadores de cartas e dos que ficavam assistindo. Havia um aviador magro de roupão cinza, e seu rosto estreito e extravagante soltava a fumaça de um cigarro debaixo de uma bandagem que parecia um turbante; havia sido abatido pelos alemães depois de Arras e passado três dias num abrigo subterrâneo, sendo bombardeado junto com os prussianos, até que nossos homens os rechaçaram e conseguiram resgatá-lo. Os prussianos não o trataram mal, dizia ele. Seu parceiro era um canadense de pele morena com uma testa baixa e saltada, olhos afastados um do outro, zombeteiros, bochechas carnudas e uma boca grossa e flácida. Não conseguia gostar daquele homem, especialmente quando ele ficava se gabando de como havia "despachado alguns prisioneiros". Pela enfermaria, falava-se ainda de coisas como "contra-atacaram da fortificação", "posto permanente de capitão", "não recebi vencimentos durante seis semanas", "não consegui atravessar o arame deles"... Eu começava a sentir necessidade de fugir daqueles lembretes. Meu cérebro estava bem atrapalhado, e quando as pessoas vinham me ver eu respondia suas perguntas de modo agitado e dizendo coisas que não tivera intenção de dizer.

Na fábrica de munição do outro lado da rua, as máquinas pulsavam, roncavam e produziam estampidos como se fossem gigantes caminhando; o barulho me dava nos nervos. Eu vivia assaltado por pesadelos. Mais de uma vez fiquei sem ter certeza se estava desperto ou dormindo; a enfermaria ficava dividida, metade nas sombras e metade na luz fraca da lareira, e as camas tornavam-se silenciosas, com as pessoas dormindo aconchegadas. Formas de soldados mutilados vinham rastejando pelo chão; o chão parecia coberto de fragmentos de carne mutilada. Rostos olhavam furiosos para cima; mãos crispavam-se contra o pescoço ou a barriga; um rosto lívido com um sorriso forçado e um bigode eriçado espiava-me da beirada da cama; suas mãos agarravam meu lençol. Algumas figuras eram como os bonecos usados para enganar atiradores; outras eram vivas e olhavam para mim com ar de reprovação, como se invejassem a segurança morna da vida pela qual haviam ansiado quando tremiam no sombrio amanhecer, aguardando os apitos soarem e o bombardeio começar... Um jovem recruta inglês em equipamento de combate veio arrastando-se penosamente na minha direção e ficou vasculhando sua túnica à procura de uma carta; quando estendeu a mão para entregá-la a mim, sua cabeça caiu de lado e ele desabou; havia um furo no seu queixo e o sangue espalhou-se pelo seu rosto branco como tinta derramada sobre um mata-borrão...

Despertando de repente, vi a enfermaria sem seus fantasmas. Os pacientes roncavam e uma enfermeira de cinza e vermelho aproximava-se silenciosamente para reavivar o fogo da lareira.

II

Embora tenha declarado que depois de meus primeiros dias no hospital eu tivesse "começado a pensar", não posso afirmar que meus pensamentos fossem claros ou coerentes. Eu havia, no entanto, me tornado decididamente crítico e questionador a respeito da guerra. Embora sentisse que minha experiência na infantaria justificava isso, não me ocorreu que eu não estava de modo algum totalmente informado a respeito do assunto. Na verdade, eu generalizava de modo intuitivo, e não era muito diferente de um jovem que de repente perde sua fé na religião e vai dizer ao Ser Universal que Ele não existe, acrescentando que se Ele de fato existe, está tratando o mundo de maneira muito injusta. Devo ter mais coisa a dizer adiante sobre meu antagonismo em relação à Guerra Mundial; por enquanto, ele fazia minhas críticas a ela soarem estranhas quando eu lembrava a toda hora que o ajudante escrevera para mim dizendo que meu nome fora "indicado para outra condecoração". Eu não via nada de errado nessa ideia promissora, e quando tive alta do hospital pela primeira vez, minha vaidade não deixou de me lembrar como minha túnica militar iria ficar bem com uma daquelas (ainda pouco comuns) pequenas rosetas de prata na medalha da Cruz Militar, que significava uma barreta; ou, melhor ainda, com uma medalha por serviços prestados, vermelha e azul.

Era o dia 2 de maio, e fazia calor; ninguém parecia se incomodar com a guerra, então por que eu deveria? Sentado no andar de cima de um ônibus, lia parágrafos do editorial do *Unconservative Weekly*. A onisciência desse jornal bem escrito tornara-se a base de minhas visões polêmicas sobre os assuntos mundiais. Eu concordava com cada palavra dele e, portanto, sentia-me à vontade para discordar do patriotismo belicoso do *Morning Post*. A única questão era que um artigo do *Unconservative Weekly* foi para mim como uma espécie de revelação divina. Ele me dizia algo que eu nunca soubera, mas em que precisava acreditar agora, e seus argumentos e opiniões políticas passaram e foram embora da minha cabeça tão rápido quanto haviam entrado. Enquanto lia, eu concordava; mas se alguém tivesse me pedido para repetir os argumentos eu teria me contentado em dizer: "É o que eu sempre senti, mas não saberia colocar exatamente em palavras."

Com o arcebispo de Canterbury era mais fácil de lidar. Sorrindo sardonicamente, absorvi sua "Mensagem à Nação sobre a Guerra e o Evangelho". "Podem surgir ocasiões", escreveu ele, "em que obrigações excepcionais são colocadas sobre nós. Considerando que uma emergência como essa surge agora, a segurança do suprimento de comida de nossa nação pode depender em grande parte do trabalho que possamos dedicar à terra. Assim sendo, estaremos, penso eu, seguindo a orientação dada no Evangelho se em tal caso nos afastarmos temporariamente da nossa lei. Não hesito em dizer que, na necessidade que essas semanas nos apresentam, homens e mulheres podem com uma clara consciência dedicar-se aos domingos a fazer trabalho de campo." Lembrando o intenso bombardeio no *front* de Arras no domingo de Páscoa, fiquei imaginando se o arcebispo dera sua sanção do Evangelho também para esse pequeno trabalho de campo sabático. Inconsciente de que ele estava, presumivelmente, condoído pela guerra e suas barbaridades, olhei mal-humorado na direção do Palácio de Lambeth[43] e murmurei: "Seu velho fóssil estúpido!" Logo depois desci do ônibus em Piccadilly Circus e entrei no restaurante onde havia combinado de encontrar Julian Durley.

Com Durley fiz a reversão automática para o meu eu do serviço ativo. A guerra que discutíamos agora restringia-se aos feitos dos fuzileiros Flintshire. O velho Fulano de Tal havia sido ferido; o coitado do Beltrano havia sido morto no episódio de Bullecourt; Não sei Mais Quem estava ainda comandando a Companhia B. Velhas piadas e incidentes grotescamente divertidos das trincheiras foram relembrados. O *front* ocidental era a mesma enganosa e estúpida tragicomédia que a mentalidade do exército concordara em encarar como algo entre um divertimento rude e um pretexto para ficar reclamando. Suponho que a verdade sobre isso era que estávamos sendo leais às realidades da nossa experiência de guerra, mantendo nossos segredos psicológicos para nós mesmos, e evitando o que Durley chamou de "sua perigosa tendência a se tornar sério". Seu rosto, no entanto, conservava aquele ar infeliz e assustado que adquirira desde o ataque do bosque Delville no último outono, e sua voz era ainda um rouco sussurro.

Rimos quando eu pedi uma garrafa de *hock*[44], porque o garçom contou que o preço havia sido reduzido desde 1914, já que agora era um vinho impopular. O *hock* fez seu feliz efeito, e logo estávamos concordando que o *front* era o único lugar em que você podia escapar da guerra. Durley fizera uma desesperada tentativa de entrar para a Força Aérea, e conseguira ser reexaminado pelos médicos. O exame come-

43 Residência oficial do Arcebispo de Canterbury na Inglaterra. (N. do T.)
44 Termo usado para se referir ao vinho branco alemão. (N. do T.)

çara bem, já que Durley se limitara a assentir e a balançar a cabeça para responder às perguntas. Mas quando a conversação tornou-se inevitável o médico logo perguntou irritado: "Por que diabos você não para de falar sussurrando?" O veredito foi contrário à sua cartilagem da tiroide fraturada; no entanto, como Durley observou, não parecia fazer muita diferença se você gritava ou sussurrava quando estava lá em cima num avião. "Você vai ter que arrumar algum tipo de trabalho de escritório", disse eu. Mas ele respondeu que odiava a ideia, e então, de modo ilógico, aconselhou-me a ficar na Inglaterra o maior tempo possível. Eu insisti que voltaria assim que conseguisse ser aprovado para o Serviço Geral, e chamei a conta como se com isso estivesse definindo meu destino de maneira conclusiva. Saí do restaurante sem ter expressado um único sentimento antiguerra.

Quando Durley sumiu e voltou à sua existência desconectada e sem propósito, sentei no Hyde Park por uma hora antes de voltar ao hospital. Por causa do sol e do efeito do *hock*, senti-me bastante sonolento, e as colunas do *Unconservative Weekly* pareceram-me menos estimulantes do que o usual.

No caminho de volta para o Monte Denmark, distraí minha mente observando os nomes de lojas e de empresas comerciais. Tive algumas recompensas com isso, como Empenho (numa casa de penhores), Dinheiro (num escritório de advocacia) e Pedra (numa construtora). Havia ainda uma funerária chamada Bernard Shaw. Mas talvez o nome mais significativo fosse Falsear (de uma tipografia). Que utilidade pode ter, pensei, a palavra impressa contra uma guerra como essa? Durley representava a única realidade que eu podia visualizar com alguma convicção. Pessoas que diziam a verdade corriam o risco de ser presas, e as mentiras eram muito valorizadas... Toda a minha energia havia evaporado e foi um alívio estar de volta na cama. Afinal, pensei, fazem apenas dezesseis dias que eu saí do Segundo Batalhão, portanto ainda tenho o direito de me sentir um pouco mal. Que sensação mais luxuosa, ficar ali deitado, depois de uma xícara de chá, com a luz do dia diminuindo, e um vago sentimento de gratidão por estar vivo ao final de um dia bonito de fim de primavera. De algum modo, a guerra ensinara-me a ser grato por ter um teto à noite sobre a minha cabeça...

Deitado acordado depois que as luzes haviam sido apagadas na enfermaria, é possível que eu também tenha pensado no Segundo Batalhão. Alguém (talvez Dunning) enviara para mim alguns detalhes do confronto ocorrido no dia 23 de abril. O ataque havia sido no lugar em que os deixei. Um pequeno trecho de terreno havia sido conquistado e em seguida perdido, e então os alemães recuaram algumas centenas de metros. Quatro oficiais morreram e nove haviam sido feridos. Cerca de quarenta soldados morreram também, incluindo vários dos melhores suboficiais. Havia sido um episódio como incontáveis outros, alguns dos quais agora enchem algumas poucas páginas do volume *Histórias Regimentais*. Impressas, essas histórias parecem bastante objetivas lidas doze anos mais tarde; mas sua realidade permanece oculta; mesmo na mente de velhos soldados, o horror mais cruel acaba arrefecendo e desaparece.

A respeito desse ataque local particular, o Doutor do Segundo Batalhão escreveu depois: "A ocasião foi apenas uma de muitas em que uma companhia ou batalhão foi sacrificado em função de um objetivo limitado, dentro de um plano de ataque ordenado pela divisão ou por algum comando mais elevado, sem maior conhecimento do terreno que aquele possível de ser obtido num mapa de escala moderada." Mas para mim (deitado acordado e imaginando se eu teria sido morto caso estivesse lá), o dia 23 de abril era uma cena indistinta de pessoas atirando bombas umas nas outras, para cima e para baixo das valas; de uma companhia aos tropicões pelo campo aberto sendo moída por metralhadoras; do Doutor lá fora no escuro, junto com os padioleiros, trazendo os feridos para dentro; e de um batalhão exausto cambaleando de volta para os alojamentos, sendo congratulado por um major-general temperamental e cheio de justificativas, explicando que o ataque havia sido ordenado pelo comandante de unidade. Eu conseguia visualizar o major-general muito bem, embora não soubesse se ele de fato "colocava a culpa no comandante de unidade". E sabia com certeza que Ralph Wilmot estava agora sem um braço, por isso meu ressentimento antiguerra foi autorizado a se concentrar no fato de que ele não seria mais capaz de tocar piano. Finalmente, pode-se supor com certeza que meu organismo humano inteiro sentiu-se ultra-agradecido por estar adormecendo num hospital inglês. O altruísmo é uma qualidade episódica e discutível; o instinto de autopreservação sempre tem a última palavra quando um soldado de infantaria está deitado acordado com seus pensamentos.

* * *

Pedindo desculpas por minhas insistentes especificações de cronologia, devo relatar que no dia 9 de maio fui transferido para um hotel do terminal ferroviário, que havia sido desapropriado para acomodar oficiais convalescentes. Meu desejo de sair de Londres me fez intolerante em relação ao Grande Hotel Central, que estava sendo dirigido por uma mente mais militar do que terapêutica. O comandante era um general-brigadeiro não combatente, e os convalescentes reclamavam muito de seus métodos, embora quase sempre obtivessem licença para sair à noite. Muitos deles aguardavam ser considerados inválidos para o exército, e conviviam com ordens diárias de rotina que continham elementos incongruentes. Exigia-se de nós, por exemplo, que presenciássemos palestras sobre, entre outras coisas, guerra de trincheiras. Na minha primeira palestra, fiquei pasmo ao ver vários oficiais de muletas, com pernas amputadas, e pelo menos um homem que havia perdido aquela faculdade tão necessária numa guerra de trincheiras, sua visão. Eles pareciam estar aceitando aquela absurda situação de modo estoico; era permitido que fumassem. O oficial do estafe, que desenhava diagramas numa lousa, obviamente estava desejoso de passar informações sobre a lição que fora aprendida na batalha de Neuve Chapelle ou em qualquer outro confronto igualmente obsoleto. Mas notei que vários rostos da plateia mostravam sinais de estar com os nervos torturados, e era improvável que a eficiência deles fosse melhorada pelo palestrante, que concluiu lembrando-nos da capital importância de obter ascendência ofensiva na terra de ninguém.

À tarde, fui a uma entrevista com o médico que tinha o poder de decidir quando eu poderia voltar para o campo. Um dos homens com quem eu dividira um quarto advertira-me que aquele médico de uniforme era um sujeito estranho. "Ele parece sentir um prazer especial em atormentar as pessoas", observou ele, acrescentando: "Provavelmente vai lhe dizer que você terá que continuar aqui até ser aprovado para o serviço de novo. Mas eu dera um jeito de obter uma carta de uma Condessa de Algum Lugar, recomendando-me para uma das casas de campo da sua organização; então me sentia relativamente seguro (nesse período da guerra as pessoas com casas muito grandes recebiam oficiais convalescentes como hóspedes)."

O médico, um jovem vestido como capitão temporário, começou comportando-se de modo bastante agradável. Depois de me examinar e ver o documento que descrevia meu insignificante histórico médico, perguntou-me o que eu pensava fazer agora. Eu disse que esperava ser enviado para algum lugar no campo por algumas semanas. Ele replicou que se eu pensava uma coisa dessas estava totalmente equivocado. Uma expressão, que eu só posso chamar de cruel, espalhou-se pelo seu rosto: "Você vai ficar aqui; e quando sair daqui, irá se ver de novo no *front* num piscar de olhos. O que achou dessa ideia?" A fim de estimulá-lo, fingi ter ficado perturbado com seu rigor; mas ele pareceu perceber que eu não era um material muito adequado para seus métodos peculiares, e então saí sem ter resolvido a questão de ir para o campo. Depois, soube de oficiais que haviam abandonado a sala desse médico aos prantos. Mas não se deve supor que encaro o comportamento dele como um exemplo da brutalidade do exército. Prefiro pensar nele como um homem que desejava muito ter poder sobre os outros. E embora seu poder sobre os pacientes fosse breve e episódico, ele deve ter obtido uma satisfação extraordinária (e talvez sádica) do espetáculo de jovens oficiais chorando e implorando para não serem mandados de volta para o *front*.

Nunca mais vi o supostamente sádico médico de novo; mas espero que alguém lhe dê um olho roxo, e que depois disso ele satisfaça esse seu desejo de poder sobre os outros de uma maneira mais imbuída de espírito público.

Na manhã seguinte, entreguei a carta da condessa a uma autoridade de nível hierárquico um pouco mais alto, e como resultado passei apenas mais três noites no Grande Hotel Central. No final de uma linda tarde de sábado, viajei até Sussex para me hospedar com lorde e lady Asterisco.

III

A Mansão Nutwood era tudo o que um oficial ferido poderia desejar. Desde o início fiquei bem ciente da amável recepção. Era a casa mais perfeita em que eu já tinha me hospedado. Além disso, para ser bem franco, era a primeira vez que me hospedava na casa de um conde. "Nossa! Isso sim é que sorte!", pensei. Um criado muito acolhedor levou-me ao andar de cima. Meu quarto era chamado de "Quarto Clemátis"; li o nome na porta. Apoiando os cotovelos no parapeito da janela, olhei para as cercas vivas de teixos no jardim; adiante, estendiam-se bosques e campinas, de um verde radiante e glorioso à luz do entardecer. À distância ficavam os montes de Sussex, e fez bem ao meu coração vê-los. Tudo naquele lindo quarto era a antítese da feiura e do desconforto. Do lado da cama havia uma tigela de lilases brancos e uma Bíblia. Abrindo-a ao acaso para ver minha sorte, coloquei meu dedo no seguinte verso dos Salmos: "A sua fala era macia como manteiga; mas no seu coração havia guerra." Uma coincidência bastante curiosa, pensei, que a palavra "guerra" aparecesse dessa forma; mas o Velho Testamento está cheio de lutas... Enquanto eu mudava de roupa e punha meu melhor uniforme cáqui, podia ouvir passos suaves e vozes murmuradas movendo-se pela casa; as portas fechavam-se discretamente e as pessoas vestiam-se para o jantar. Ainda quase incrédulo a respeito da minha boa sorte desci ao térreo, onde fui recebido por uma graciosa anfitriã de cabelos prateados, e apresentado a três outros oficiais, todos aparentemente saudáveis e de aspecto cavalheiresco. Apresentaram-me então a lorde Asterisco, com mais de oitenta anos e incapacitado pelo reumatismo, mas resoluto em seu apego a uma vida dedicada ao serviço público útil. Em respeitoso silêncio, ouvi-o em sua eloquência cortês e me senti suficientemente à vontade para elogiar o excelente jantar. Serviram uma rodada de vinho do porto; e depois, na sala de visitas, observei lady Asterisco trabalhando em algum bordado, enquanto um dos oficiais tocava Gluck e Handel ao piano. Nada poderia ter sido mais tranquilo e harmonioso do que minha primeira noite na Mansão Nutwood. Não obstante, não consegui pegar no sono no Quarto Clemátis. Ficar deitado acordado não me incomodou a princípio; tinha muita coisa para pensar; a vista do Weald ao pôr do sol havia revivido minhas lembranças dos "bons velhos tempos em que eu caçava com os Ringwell". Eu escapara do tédio exasperante da vida do hospital, e agora por umas poucas semanas poderia esquecer a guerra... Mas a guerra insistia em ser lembrada, e por volta de três da manhã ela se instalou de modo tão peremptório que eu quase podia acreditar que via alguns dos meus amigos lá na França preparando-se para atacar. Um por um, pensei em quantos deles conseguia lembrar...

Houve uma hora em que entreouvi lady Asterisco falando sobre espiritualismo com um dos oficiais; evidentemente ela acreditava bastante no "mundo invisível". Talvez tivesse sido isso o que me levou a ficar imaginando se seria possível, concentrando minha mente, digamos, no jovem Ormand (que estava ainda com o Segundo Batalhão), que fosse estabelecida alguma comunicação recíproca. Às três da madrugada, uma mente insone pode acolher improbabilidades e renunciar ao seu ceticismo diurno. Mas nenhuma voz ou visão recompensou minha expectativa.

Mesmo assim, fui recompensado por uma intensa memória dos homens cuja coragem me mostrara o poder do espírito humano – esse espírito que é capaz de suportar o assalto mais extremo. Esses homens inspiravam-me a buscar o melhor em mim quando as coisas iam mal, e compensavam todos os fracassos. Contra o pano de fundo da guerra e sua brutal estupidez, aqueles homens haviam permanecido glorificados justamente pela coisa que procurava destruí-los...

Fui até a janela e inclinei meu corpo para fora. A cumeeira da casa começou a se erguer claramente contra um céu límpido. Uma coruja piou no bosque; galos cantavam em fazendas distantes; no consolo da lareira um relógio entregava-se ao seu atarefado tique-taque. Oprimido pelo conforto à minha volta, senti um impulso de me vestir e sair para um passeio. Mas Arras e o Somme estavam muito distantes; não podia andar por ali e não queria. Entretanto acenaram para mim com seus bombardeios e a realidade dos homens que os suportavam. Eu queria estar ali de novo por algumas horas, porque as trincheiras realmente eram mais interessantes do que o jardim de rosas de lady Asterico. Vista à distância, a guerra tinha um fascínio sombrio e inesquecível para seus servos. Eu teria gostado de ir lá para ver o que estava acontecendo, e talvez tomar parte em alguma pequena operação excitante. Não conseguia negar o valor de certas experiências emocionais intensas pelas quais havia passado na França. Mas também queria estar de volta à Mansão Nutwood para o café da manhã... Fui até minha cama e acendi o pequeno abajur de luz amarela. Sim; esse era o Quarto Clemátis, e nada podia ser menos parecido com o abrigo subterrâneo onde eu sentara havia um mês conversando a respeito do Sussex com Ralph Wilmot. Pela janela de cortina aberta o céu era de um profundo azul noturno. Desliguei o abajur, e a janela virou uma mancha de branco-acinzentado, com copas de árvores escuras e aquela estranha quietude que precede o amanhecer. Ouvi o cuco piar bem longe. E depois um melro veio reclamando pelo jardim.

* * *

Acordei em uma manhã de sábado sem nenhuma nuvem. Depois do café da manhã, lady Asterisco levou-me até o jardim e conversou muito amavelmente comigo por alguns minutos.

"Com certeza você teve um período muito difícil no *front*", disse ela, "mas não se permita ficar preocupado com memórias desagradáveis". Queremos que nossos soldados hóspedes esqueçam a guerra enquanto estiverem conosco.

Respondi, murmurando, que num ambiente como aquele não seria fácil ficar preocupado com o que quer que fosse; e então o velho conde apareceu no terraço, empurrando o aparelho com rodinhas que lhe permitia andar.

Muitas vezes durante as três semanas seguintes fui capaz de esquecer a guerra, refugiando-me na calmante felicidade humana que a hospitalidade da Mansão Nutwood me oferecia. Mas havia horas em que meu mecanismo mental ficava refratário, e eu revertia para minha resolução de manter aquelas memórias de batalhas cheias de fumaça pairando no ar, como algo verdadeiro e intenso, que não era modificado pelos confortos da convalescença. Eu não iria me deixar iludir por aquele complacente estado mental. Foi a decisão que tomei uma manhã, enquanto abria o jornal e deliberadamente lia um despacho da "Sede dos Correspondentes de Guerra".

"Sentei com alguns de nossos rapazes, que combatem em batalhas sucessivas e estavam discutindo batalhas ainda por vir", escrevia algum agradável jornalista que aparentemente confundia a guerra com uma partida de futebol entre Inglaterra e Alemanha. "Um oficial – apenas um garoto – contou-me como havia investido contra onze hunos[45] num posto avançado. Matou dois com uma bomba Mills ('grande arma, essa Mills!', disse ele rindo, com seus olhos claros brilhando de excitação), feriu outros com seu revólver e fez os restantes marcharem de volta para nossas próprias linhas..." Abri, então, um dos nossos jornais semanais ilustrados e logo encontrei um artigo sobre "Cenas de Guerra na Royal Academy". Depois de um panegírico sobre "Empunhar Armas!" (uma obra-prima patriótica de uma mulher que havia participado das competições esportivas militares antes da guerra), a seguinte sentença podia ser lida: "Acho que eu gosto mais da foto 'Contalmaison' do senhor Blank. Ele quase faz a gente sentir que esteve lá. Os da Enésima Divisão avançam sobre a segunda linha, eu suponho – as pontas de suas baionetas nos dão essa impressão – e é uma foto que faz a pulsação da gente acelerar...".

"As pontas de suas baionetas nos dão essa impressão..." Obviamente a jornalista que escreveu aquelas palavras estava se divertindo com a guerra, embora talvez não se desse conta disso. Fiquei pensando qual seria a necessidade de "vender essa imagem atraente" do *front* ocidental por meio daquele blá-blá-blá insuportável. O que era de fato essa guerra camuflada, fabricada pela imprensa para estimular a imaginação das pessoas que nunca haviam visto a coisa real? Muitas delas provavelmente argumentavam que os jornais lhes davam uma visão honesta e vigorosa daquela tragédia opressiva. Talvez comentassem: "É natural que os

45 A propaganda de guerra costumava se referir aos alemães como hunos, em referência ao povo nômade que invadiu o Leste Europeu nos primeiros séculos do começo da era cristã e unificou um império sob a liderança de Átila. (N. da E.)

garotos no *front* estejam inclinados a ser um pouco mórbidos a respeito a guerra; é de se esperar, depois de tudo o que eles passaram. Seu contato estreito com a guerra deve ter diminuído sua percepção dos aspectos espirituais." E depois acrescentariam algo sobre "a cura das nações". Essas pessoas precisariam que alguém esfregasse seu nariz em dois ou três fatos físicos mais crus, como o cheiro de uma companhia de homens depois de passar uma semana em ação... Soou o gongo para a refeição, e lady Asterisco abandonou a leitura de um livro de Tagore (cuja filosofia mística havia até então me parecido nebulosa e insatisfatória).

* * *

Não se deve supor que eu não me sentisse grato por minha boa sorte. Por vários dias a fio, pude distraidamente sentir-me feliz, e em momentos de maior fraqueza alimentava uma absurda esperança de que a guerra pudesse terminar antes do próximo outono. Vagando entre bosques e campinas, era capaz de "receber bons conselhos" do campo. Sentado num monte gramado, erguia o rosto para o sol e sentia uma gratidão intensa, como nunca conhecera antes da guerra. Ouvindo o murmúrio do pequeno riacho que borbulhava à saída de um matagal e corria por um terreno cheio de juncos, podia deixar um pouco de lado minha relação pessoal com a máquina militar e seus exércitos de formigas. A caminho de casa, passava pelo senhor Jukes, encostado no portão de seu jardim, ou por um velho agricultor consertando brechas numa cerca viva. Eu podia parar para apreciar a beleza das macieiras em flor, quando o sol surgia após uma chuvarada. E a hospitalidade acolhedora da Mansão Nutwood era quase desconcertante quando comparada com as vinte e quatro horas normais numa trincheira do *front*.

Tudo isso estava mais ou menos assentado; mas havia um limite para aquela minha temporada de folga; o futuro era uma estrada principal onde eu teria que pôr os pés e fazer algo para ganhar meus "salários e benefícios". Lady Asterisco gostava de ter pequenas conversas sérias e úteis com seus oficiais, e uma noite incentivou-me a discutir meus horizontes imediatos. Eu falei de um modo um pouco emocional, sendo um pouco autoindulgente e inclinando-me mais a tentar produzir um bom efeito do que a enfrentar os fatos de modo imparcial. Dei a entender que vinha tentando me convencer a arrumar um emprego na Inglaterra, e admiti minha vontade de ter uma vida normal, em contraposição à ideia de me sacrificar e mostrar indiferença diante da iminência da morte. Disse que a maioria dos meus amigos garantia-me que eu não precisaria voltar uma terceira vez para a guerra. Enquanto caminhava, vi-me como alguém de temperamento nobre e sofredor, cuja morte em ação seria profundamente lamentada. Lady Asterisco sentou junto à lareira para aliviar seus membros cansados. Não me queixei da guerra; pois isso seria inadequado naquela Mansão Nutwood. O que me preocupava era o meu "problema pessoal"...

Estávamos sozinhos na biblioteca. Ela me ouvia, com seu cabelo prateado e seu lindo rosto levemente inclinado para frente, sobre uma peça de fino bordado. Exteriormente sem emoções, ela simbolizava os privilégios aristocráticos cuja preservação me levara a arremessar bombas nos alemães e me oferecer temerariamente como alvo de um atirador. Depois que expus minha opinião de que a vida era preferível à Lista de Honra, ela abandonou sua reticência, como quem põe de lado um rico manto. "Mas a morte não é nada", disse ela. "A vida, afinal, é a penas o começo. E aqueles que são mortos na guerra – eles nos ajudam de lá de cima. Eles nos ajudam a vencer." Não sabia como responder a isso; aquele "outro mundo" do qual ela se mostrava tão certa era algo que eu esquecera desde que fora ferido. Sem esperar uma resposta, ela prosseguiu com uma espécie de compaixão inflexível (quase "como se eu já tivesse batido as botas", segundo a expressão que eu talvez usasse para expressá-lo):

"É diferente de você ser herdeiro de um grande nome. Não; eu não vejo nenhuma razão clara para você se manter longe do perigo. Mas, é claro, uma decisão como essa só você mesmo é que pode tomar."

Subi até o Quarto Clemátis sentindo-me desafeiçoado de maneira rude e cínico; imaginando se os alemães "lá em cima" estariam fazendo algo definido para impedir as operações ofensivas das Potências Aliadas. Mas lady Asterisco não tinha um coração de pedra. Ela só queria que eu "fizesse a coisa certa"... Comecei a desejar ter uma conversa absolutamente franca com alguém. Havia um excesso de aquiescência bem-comportada na Mansão Nutwood; e não importa o que os demais oficiais ali pensassem sobre a guerra, eles guardavam isso para eles; haviam feito sua parte até então e mostravam-se convencionais e corretos, como se o olho de seu coronel ainda estivesse em cima deles.

* * *

A experiência social em Nutwood foi alterada por uma visita ocasional. Uma noite, sentei ao lado da recém-chegada, uma mulher moderna e jovem, cujo marido (como fiquei sabendo mais tarde) estava servindo em Camarões. Sua atitude implicava que ela se dispunha a fazer de mim seu confidente, intelectualmente; mas reagi com certo desajeitamento e inquietação, pois sentia que sua conversa continha uma boa dose de artificialidade. Um lindo par de pérolas balançava de suas orelhas, e ela arregalava seus olhos azuis escuros de um modo vazio, enquanto me informava que estava tendo aulas de italiano. Ela "morria de vontade de ler Dante" e já começara a ler o canto sobre Paolo e Francesca; adorava D'Annunzio, também, e estava lendo o *seu* Paolo e Francesca (em francês). "A vida é tão maravilhosa – tão grande – e, no entanto, a gente a desperdiça inteira nessa horrível guerra!", exclamou ela. De modo bastante incoerente, ela me presenteou então com uma típica fofoca das altas esferas do exército. Almoçando no Ritz recentemente, ela conversara com o coronel Repington, que lhe contara – eu realmente esqueci o que exatamente, mas era algo muito significativo no aspecto político, e mostrava que não havia necessidade de as pessoas se preocuparem se Allenby falhasse em avançar muito longe em Arras. Sem me deixar seduzir por suas atrações exteriores, cheguei à conclusão de que ela não era o tipo de mulher pela qual eu me disporia a fazer o supremo sacrifício...

Lorde Asterisco voltara aquela noite de Londres, onde comparecera a um jantar na Câmara dos Lordes. O jantar havia sido em homenagem ao general Smuts (devo aproveitar para testemunhar minha admiração por ele). Esse nome me fez pensar em Joe Dottrell. Ele gostava de relatar que, durante a Guerra dos Bôeres, fizera parte de um grupo de ataque que, numa incursão noturna, surpreendera e quase capturara o quartel-general do general Smuts. Fiquei imaginando se esse episódio poderia interessar a lorde Asterisco; mas (assim que as senhoras saíram da mesa) ele já embarcara em sua habitual oratória pós-jantar, enquanto os jovens oficiais hóspedes bebericavam seu porto e seu café e faziam algum respeitoso comentário ocasional. O velho senhor estava ficando bastante enfraquecido, pensei, examinando a devastação de seu rosto benevolente e gentil. Sentava-se com o queixo batendo no peito, e suas sobrancelhas e nariz ainda denotavam firmeza e autoridade. Às vezes sua voz tornava-se fraca e queixosa, mas ele parecia gostar muito de desfiar aqueles períodos de ponderadas perorações. Falando sobre a guerra, surpreendeu-me ao afirmar a futilidade de esperar por uma decisão militar definida. Embora tivesse sido governador colonial, estava "profundamente convencido da inutilidade de algumas de nossas colônias", que, segundo ele, poderiam muito bem ser passadas para os alemães. Voltou-se então para o oficial mais articulado da mesa. "Eu lhe pergunto, meu caro companheiro – (a voz reduzia-se a um murmúrio) –, eu lhe pergunto – (mais alto) –, você tem alguma noção prevalecente do que seja – (pausa) – *Serra Leoa*?"

Quanto à Bélgica, ele invocava a evidência histórica para apoiar sua afirmação de que a "redenção" daquele país pelos Aliados era meramente uma manifestação de obliquidade patriótica. Os habitantes da Bélgica estariam igualmente contentes como estado-súdito alemão. Para a grande maioria deles, sua autonomia nacional não significava nada. Enquanto eu tentava lembrar o significado exato do termo "autonomia", ele encerrou a discussão observando: "Mas eu sou apenas um velho caduco!", e fingiu rir, com naturalidade, como se aquilo fosse uma boa piada. Então mudou para o seu assunto favorito, qual seja, a ineficácia dos organismos administrativos eclesiásticos. – Ah, mas que mundos mais sombrios (murmúrio) estão escondidos sob os chapéus de nossos dignitários episcopais! Eu lhes digo, meus amigos, que estou plenamente convencido de que a preponderância da humanidade é totalmente, sim, deploravelmente indiferente às deliberações desses bem-intencionados, mas obtusos organismos de homens, os diretores eclesiásticos! – Um pouco sentencioso demais, talvez; mas ninguém poderia duvidar de que ele era um camarada muito querido, que havia dado o melhor de si para deixar o mundo um pouco melhor do que o encontrara.

* * *

Havia momentos em que eu me sentia obsessivamente indignado com a "comodidade" da minha existência como convalescente. Essas reações geralmente eram causadas por algumas poucas cartas que recebia do *front*. Um dos bilhetes escritos às pressas por Joe Dottrell podia me deixar irracionalmente hostil em relação às vozes alegres dos jogadores de críquete e inarticuladamente descortês com a elegante estudante de italiano, quando ela colocava seu colar de pérolas ao sol "porque as pérolas realmente adoram tanto o sol!"

Mais difícil era sentir animosidade pelos vizinhos de modos agradáveis que apareciam para o chá. Beliscando sanduíches de pepino, eles concediam todas as honras militares a qualquer oficial que tivesse sido ferido. Discutiam sobre jardinagem e faziam brincadeiras sobre as dificuldades domésticas; conversavam sobre os trabalhos voltados para a guerra e sobre assuntos públicos; mas pareciam se recusar a reconhecer as realidades que ficavam implícitas numa carta de um indômito intendente na França. "O batalhão empenhou-se a fundo de novo e passou por maus momentos, mas como sempre aguentou bem – o que agradou muito aos membros do estafe, que vieram aqui hoje como moscas em volta de um pote de geleia, para dar os parabéns ao coronel e a todos os outros envolvidos. Lamento informar que o padre foi morto... Ele estava com os companheiros lá no *front* e foi baleado no estômago. Morreu na hora. Eu não costumo ir muito com a cara desse pessoal dele, mas era a melhor pessoa que já conheci, absolutamente indiferente ao perigo. O jovem Brock (oficial bombardeiro – ele disse que conheceu você em Clitherland) estava enfrentando os alemães sozinho quando foi gravemente ferido no braço, no lado do corpo, na perna. Amputaram sua perna esquerda, mas ele já estava muito mal, e hoje o enterramos. Houve dois outros oficiais mortos e três feridos. O pobre do sargento Blaxton foi morto também. Todos os melhores já foram levados embora... Os rapazes agora estão tentando chegar a Amiens para ver se conseguem namorar um pouco". Arrasado, olhei para o Quarto Clemátis. Que sentido concebível poderia haver em mandar caixas de arenques defumados para as pessoas que estavam sendo liquidadas, enquanto todos em casa ficavam tapeando com essas superficialidades elegantes?... Birdie Mansfield escreveu de Yorkshire; havia sido declarado inválido para o exército. "Estou farto até as tampas de ficar perambulando por aí à paisana e ver gente me olhando feio e comentando que já está na hora de eu voltar para o *front*. Por enquanto, sobrevivo com minha pensão provisória (três *shillings* por dia). Se você andasse alguns dias por essas áreas de suprimentos de guerra iria ter no que pensar. A conversa mais comum é sobre o alto preço da cerveja e a habilidade em driblar o serviço militar enganando os tribunais."

Li outra carta. Era do meu servente (a quem eu enviara uma foto minha e um gramofone pequeno). "Muito obrigado pela foto, que é igualzinha a você na vida real, e os homens da companhia também acham. Todo mundo gostou muito do gramofone. Espero que me perdoe por ter esquecido de empacotar seu tapete de barraca junto com suas coisas." O que é que alguém poderia fazer a respeito disso? Nada, exceto a interrupção da guerra, poderia alterar a inadequação de ficar mandando arenques e gramofones ou sustentar meu sentido de unidade com aqueles a quem eu mandava essas coisas.

* * *

Um dia antes de sair da Mansão Nutwood recebi outra carta de Dottrell. Continha más notícias sobre o Segundo Batalhão. Encarado com mente imparcial, o ataque havia sido um total fracasso, e com uma única exceção todos os oficiais em ação haviam sido dados como baixas. Nenhum dos corpos fora recuperado. O Primeiro e o Segundo Batalhão eram muito próximos um do outro, e Dottrell havia visto Ormand um ou dois dias antes das ações. "Ele parecia bastante deprimido, embora exteriormente alegre como sempre." Dunning havia sido o primeiro a saltar fora da nossa trincheira; gritara "Atacar!" e fora morto na hora. Dottrell me agradeceu pela caixa de arenques...

Lady Asterisco estava na sala quando abri a carta. Com uma sensação de indignação e autopiedade, revelei a desagradável informação. Os seus olhos cansados mostraram que o choque havia trazido a guerra para perto dela, mas enquanto eu acrescentava alguns detalhes, seu rosto tornou-se sereno, como uma forma de autodefesa. "Mas eles estão seguros e felizes agora", disse ela. Eu não duvidei de sua sinceridade, e talvez eles estivessem de fato felizes então. Ao mesmo tempo, eu era incapaz de aceitar as mortes de Ormand e Dunning e dos outros com esse espírito. Eu não era um teosofista. De qualquer modo, saí de Nutwood com gratidão pela bondade com que havia sido acolhido ali. Tinha agora quatro semanas para formular meus planos para o futuro.

PARTE DEZ

Ação independente

I

Ao raiar do dia 7 de junho, os ingleses iniciaram a Batalha de Messines explodindo dezenove minas de grande porte. Para mim, o dia ficara gravado na memória pelo fato de eu ter almoçado com o editor do *Unconservative Weekly* no seu clube. Mais ou menos à hora em que eu entrava naquele imponente edifício, nossos soldados avançavam mais de três quilômetros num *front* de quinze quilômetros, e um monte de alemães haviam sido arremessados pelos ares. No dia seguinte, essas notícias iriam se espalhar pelo clube numa onda de otimismo e aqueles senhores todos iriam ficar animados e satisfeitos.

Enquanto isso, as perspectivas no *front* russo não eram tão promissoras desde a Revolução; mas um político chamado Kerensky ("Garçom, por favor, um copo grande de vinho do porto suave") parecia estar fazendo o melhor por seu país e só restava esperar que o exército russo – bobagem! – continuasse empunhando armas e lembrando-se de suas obrigações para com os Aliados e seus objetivos de guerra.

Meu almoço como o senhor Markington era o resultado de uma carta que eu lhe escrevera da Mansão Nutwood por impulso. A carta continha um resumo da minha atuação na guerra e a sugestão de que se publicasse algo verdadeiro e de impacto, a fim de informar as pessoas em casa o que era realmente a guerra. Eu me ofereci para fornecer esses detalhes, já que os conhecia por experiência própria. O estilo da minha carta era pomposo, exceto por um pós-escrito: "Estou cheio de todo esse lero-lero que aparece nos jornais." Sua resposta foi reticente, mas amistosa, e fui até seu clube sentindo-me uma espécie de porta-voz dos soldados nas trincheiras. No entanto, quando a oportunidade de uma eloquência altruística surgiu, descobri, com alívio, que não se esperava nada de mim. O editor aceitou cegamente a maioria das informações horripilantes que eu lhe passei, e fiquei muito feliz em ouvir seus comentários cáusticos sobre os assuntos contemporâneos. Markington era um homem pálido, de óculos, com olhos sérios e não condescendentes e uma boca alongada, que dava a impressão de que ele havia parado de achar engraçadas as loucuras humanas. O panorama dos assuntos públicos sempre lhe dera fartas ocasiões para discordar; a Guerra dos Bôeres tinha sido ruim o suficiente, mas esta de agora fornecera provocações quase excessivas para a sua amargura. Apesar disso tudo, ele não era um homem que deixasse você desconfortável ao almoçar com ele; mostrando-se relaxado nas relações comuns, podia expressar-se de maneira bem-humorada e nossa conversa deu um giro inesperado quando ele me estimulou a contar umas poucas piadas do exército, que poderiam ser censuradas se eu decidisse publicá-las aqui. Senti muita simpatia por Markington quando ele se jogou para trás na cadeira num paroxismo de divertimento. No entanto, a maior parte da conversa lidou com assuntos mais sérios, e ele me fez sentir que o mundo estava numa situação ainda pior do que a minha mente simples suspeitava. Quando lhe perguntei sobre a provável duração da guerra, deu de ombros. A conclusão mais provável que ele conseguia prever era uma gradual desintegração e colapso de todos os exércitos. Após a guerra, ele disse, as condições em todos os países seriam pavorosas, e a Europa iria demorar cinquenta anos para se recuperar. Sem mencionar o que eu havia sugerido na minha carta, explicou que se fosse publicar relatos verídicos da experiência da infantaria seu jornal seria suprimido como prejudicial ao recrutamento. Os oficiais da censura estavam sempre procurando algum pretexto plausível para proibir sua circulação, e já haviam proibido sua publicação no exterior. "Os soldados não têm permissão de expressar seu ponto de vista. Em tempos de guerra, a palavra "patriotismo" é sinônimo de supressão da verdade", observou ele, de olho num pequeno pedaço de queijo stilton no seu prato, como se este fosse incapaz de concordar com qualquer opinião exceto as ultraconservadoras. "Um bom número de membros de meia-idade deste clube já esteve no *front*", continuou ele. "Depois de um jantar no QG central e de um passeio de carro na direção das trincheiras, eles podem falar e escrever em apoio à guerra com total confiança neles mesmos. Há cinco anos, provavelmente deveriam estar dizendo que a moderna civilização tornara uma guerra europeia impensável. Mas seus princípios podem ser comprados. Depois que são convidados a visitar o QG central, não olham mais para trás. Sua própria importância é tudo o que lhes interessa. E qualquer mentira é uma mentira boa desde que estimule um ódio irracional pelo inimigo."

Ele ouviu com uma satisfação soturna meus comentários bastante vagos sobre a incompetência do trabalho do estafe. Contei-lhe que nosso Segundo Batalhão quase havia sido varrido do mapa há dez dias porque um general de divisão ordenara um ataque impossível a um objetivo local. A expressão "objetivo local" soou bem, e me fez sentir que eu era um grande entendido naquele assunto...

A caminho da sala de fumo, passamos por um busto sutilmente vitoriano de Richard Cobden, que fez Markington lamentar que o homem não estivesse mais entre nós para dar ao atual governo um pouco de sua sabedoria. Ignorante a respeito da carreira de Cobden, olhei fixamente para suas suíças de mármore, assenti com ar grave, e interiormente decidi que procuraria alguns fatos a respeito dele. "Se Cobden fosse vivo agora", disse Markington, "o *Morning Post* iria execrá-lo como um derrotista covarde! Você deveria ler seus discursos na Corte Internacional, o que não é um assunto muito popular nos dias de hoje!"

Eu tinha uma impressão muito boa daquele ambiente, pois o clube era a meca do Partido Liberal. De um canto da sala de fumo observei vários indivíduos de aspecto eminente, que tomavam café e fumavam charuto, e senti que estava praticamente nas cercanias da vida pública. Markington indicou-me a presença de alguns políticos liberais que eu conhecia de nome, e um grupo maior incluía uns dois romancistas cuja fama era tão colossal que eu mal podia acreditar que estávamos pisando no mesmo tapete. Olhei para eles com gratidão; à parte sua eminência, eles já haviam me proporcionado uma grande dose de entretenimento, e teria gostado de lhes dizer isso. Para Markington, porém, o contato com tais celebridades era uma ocorrência cotidiana, e ele estava mais interessando nas minhas próprias sensações a respeito do serviço ativo. Um simples exemplo da minha eloquência será suficiente. "Na realidade, tenho quase certeza de que a guerra não parece nem de longe essa coisa tão terrivelmente sangrenta quando se está ali, como ocorre quando a pessoa volta para a Inglaterra. Sabe, quando a pessoa cruza o canal de volta, ela de certo modo sente como se não adiantasse mais se preocupar – você sabe o que eu digo –, é como se ela voltasse a fazer parte da máquina, sem nada a fazer a não ser entregar-se à própria sorte. Depois disso, a pessoa já não se incomoda com mais nada, exceto o batalhão do qual fazia parte. É claro, há uma terrível cota de desconforto físico que você precisa encarar, e as visões desagradáveis parecem piorar a cada ano; mas tirando o fato de ser alvejado e tudo mais, devo dizer que muitas vezes me senti extraordinariamente feliz, mesmo nas trincheiras. Lá na guerra, é apenas uma coisa atrás da outra, e a pessoa logo esquece os momentos ruins; isso provavelmente tem algo a ver com o fato de se estar ao ar livre, e também com o monte de exercício que se é obrigado a fazer... É só quando se sai disso que se começa a perceber o quanto é estúpido e inútil. O que eu sinto agora é que se a guerra for continuar é preciso haver uma razão muito boa para isso, e não posso deixar de pensar que os soldados estão sendo enviados para a morte pelas pessoas que estão no controle." Justifiquei melhor esses comentários mais moderados explicando que estava apenas contando como aquilo tudo me afetara pessoalmente; eu comparativamente havia tido sorte, e podia ver agora a guerra da maneira que afetava os soldados de infantaria que estavam tendo momentos infinitamente piores do que aqueles pelos quais eu passara – particularmente os recrutas.

Quando perguntei se havia algumas negociações de paz em andamento, Markington disse que o novo governo russo pedira à Inglaterra, em abril, que ela declarasse claramente seus objetivos de guerra e tornasse públicos os tratados secretos feitos entre ela e a Rússia no início do conflito. Havíamos recusado declarar quais eram nossos termos ou tornar públicos os tratados. "Que atitude mais detestável a nossa!", exclamei, e receio que minha reação instintiva tenha sido um desejo brutal de acertar alguém (talvez o senhor Lloyd George) com um soco no nariz. Markington era cruel com a casta militar de todos os países. Disse que todos os departamentos administrativos de Whitehall estavam tentando conseguir o melhor um do outro, o que resultava em desorganização e desperdício numa escala sem precedentes. Ele disse que eu encontraria o mesmo tipo de coisa descrito no *Guerra e Paz*, de Tolstói, acrescentando que, se algum dia o soldado comum fosse capaz de se expressar, a guerra não duraria um mês. Logo depois suspirou e disse que precisava voltar ao escritório; tinha que escrever um artigo que o jornal iria rodar naquela noite. Quando nos separamos em Pall Mall, pediu para eu ficar em contato com ele e não me preocupar com a guerra mais do que fosse capaz de suportar, e eu murmurei algo a respeito de ter sido incrivelmente interessante tê-lo conhecido.

Conforme fui andando e me afastando de Markington, senti na minha mente uma balbúrdia de ideias e frases confusas. Era como se até aquele dia eu tivesse visto a guerra através da abertura do parapeito de uma trincheira. Agora me sentia tão "por dentro" que tinha vontade de parar estranhos no meio da rua e perguntar-lhes se não achavam que devíamos declarar nossos objetivos de guerra. As pessoas deviam ser alertadas de que havia (assim o teria expressado) intrigas sujas sendo tramadas às suas costas. Lembrei como o velho lorde Asterisco se mostrara cético em relação à redenção da "valente pequena Bélgica" pelos Aliados. E agora Markington informava-me sombriamente que nossos objetivos eram essencialmente cobiçosos, que estávamos na verdade lutando pelos poços de petróleo da Mesopotâmia. De que bela fraude eu teria sido vítima caso tivesse sido morto em abril por causa de um poço de petróleo! Mas logo esqueci que eu nada sabia da existência de poços de petróleo antes de falar com Markington, e de maneira conveniente assimilei-os como parte do meu repertório de provas.

* * *

Os leitores desta minha história trivial talvez estejam imaginando que logo eu estarei de volta à influência ponderada da minha tia Evelyn. Em sua última carta ela anunciara que um zeppelim havia lançado uma bomba num pomar a cerca de dez quilômetros de sua casa; e também que ocorrera uma explosão na fábrica de pólvora de Dumbridge, mas ninguém saíra ferido. De qualquer modo, Butley era cheia demais de mexericos e um interior pacato demais para meu estado mental agitado; então fiquei em Londres mais quinze dias, e durante esse período minha inquietação mental alcançou uma espécie de clímax. Na verdade, posso dizer com certeza que minhas exasperações acumuladas chegaram a um ponto crítico; e, como seria de esperar, esse ponto crítico era eu mesmo. A principal causa dessa tempestade psicológica havia sido minha conversa com Markington, que não tinha ideia do seu efeito incendiário até que fui ter com ele em sua sala de redação na segunda-feira depois de nosso primeiro encontro. Aparentemente, eu fora para buscar seu conselho; mas na realidade tinha ido para liberar as emoções de indignação que suas declarações editoriais inadvertidamente haviam trazido à superfície da minha consciência. Era um caso de inspiração direta; eu havia, digamos assim, recebido o chamado, e o editor do *Unconservative Weekly* parecia o homem que teria maior probabilidade de me colocar no caminho mais curto para o martírio. A sensação era muito boa e, desde que eu estivesse sozinho, minhas emoções conduziam-me por uma torrente de frases proféticas. Mas quando entrei no escritório de Markington (ele sentado, juntando as pontas dos dedos e olhando para mim alerta, com uma curiosidade pesarosa), minha eloquência foi embora e comecei bruscamente. "Sabe, andei repensando as coisas, e decidi que preciso fazer alguma coisa a respeito." Ele levantou os óculos, colocando-os sobre a testa, e recostou-se na cadeira. "Você quer fazer alguma coisa?", repetiu. "A respeito da guerra, quero dizer. Eu simplesmente não posso ficar sentado quieto sem fazer nada. Você disse no outro dia que não podia publicar nada que fosse realmente mais franco, mas eu não vejo por que eu não poderia fazer algum tipo de declaração, dizendo que deveríamos tornar públicos nossos objetivos de guerra e tudo mais, e sobre o fato de os soldados não saberem pelo que estão lutando. Isso poderia ser muito bom, não acha?" Ele levantou e foi até a janela. Uma secretária datilografava na sala ao lado. Enquanto ele ficou de costas para mim, eu podia ver o pouco tráfego indo e vindo pela Ponte Charing Cross e uma balsa descendo o rio sob o sol. Meu coração batia com força. Sabia que não podia recuar agora. Aqueles poucos momentos pareceram durar uma eternidade; eu tinha consciência da torrente de vida seguindo seu curso, feliz e desimpedida, enquanto eu acabara de deixar escapar algo que me alienava da fruição de um belo dia naquele 3 de junho da Grande Guerra. Voltando à sua cadeira, ele disse: "Suponho que você percebe quais seriam os resultados de uma ação como essa, no que se refere à sua pessoa". Respondi que não me importava nem um pouco com o que pudessem fazer comigo desde que eu pudesse botar aquilo para fora do meu peito. Ele riu, olhando-me com o brilho daquela sua bondade essencial. "Até onde sei, você seria o primeiro soldado a dar um passo como esse, que sem dúvida seria bem recebido pelos pacifistas radicais. Seu serviço no *front* iria diferenciá-lo dos objetores de consciência. Mas você não deve em hipótese alguma fazer esse gesto, que é muito bonito, se você estiver realmente encarando-o com seriedade, a não ser que possa levá-lo adiante de maneira eficaz. Uma ação dessas teria que ser muito bem pensada, e de momento aconselho-o a ter extrema cautela no que disser e fizer. "Suas palavras provocaram-me uma impressão incômoda de que talvez eu estivesse fazendo papel de bobo; mas isso foi logo abrandado por uma sensação apaixonada de martírio. Eu me vi "vestido com repentino brilho, como um homem inspirado"[46] e, enquanto Markington prosseguia com seus conselhos de prudência, minha resolução fortalecia-se e tendia a tornar-se, em última instância, uma obstinação. Depois de mais algumas reflexões, ele disse que a melhor pessoa que eu poderia consultar era

46 Verso do poema *O Caráter do Guerreiro Feliz*, de William Wordsworth, poeta romântico inglês (1770-1850). O poema foi publicado em 1807, após a morte de lorde Nelson, herói das Guerras Napoleônicas, e descreve o ideal do soldado, sendo por isso muito citado em discursos políticos que abordam questões militares. (N. do T.)

Thornton Tyrrell[47]. "Você o conhece de nome, eu suponho?" Fui obrigado a admitir que não. Markington me passou o *Quem é Quem* e começou a escrever uma carta, enquanto eu me informava dos detalhes de um resumo biográfico de Tyrrell, que indicava que ele era um indivíduo bastante obstinado. Em suma, era um eminente matemático, filósofo e físico. Em matemática, eu nunca havia ido muito além de "catorze menos seis dá oito"; e não sabia mais da atividade de um físico mais do que o sujeito da esquina. "Que tipo de pessoa ele é para conversar?", perguntei, meio em dúvida. Markington passou a língua e fechou o envelope com a carta que escrevera rapidamente. "Tyrrell é a criatura mais intransigente que eu conheço. Um cérebro extraordinário, é claro. Mas não precisa ficar preocupado com isso; você vai ver que é fácil lidar com ele. Uma conversa com ele deixará suas ideias mais claras. Eu já expliquei resumidamente sua posição. Mas, como disse antes, espero que você não seja impetuoso demais."

Coloquei a carta no bolso, agradeci-lhe de coração, e sobriamente desci as escadas e segui pela tranquila rua lateral até a Strand. Enquanto decidia se devia ou não comprar e tentar ler um dos livros de Tyrrell antes de vê-lo, quase dei uma trombada num robusto major-general. Era hora do almoço e ele entrava no Savoy Hotel. Cumprimentei-o, meio de má vontade. Conforme seguia meu caminho, fiquei imaginando o que o Ministério da Defesa diria se soubesse o que eu estava decidido a fazer.

47 Personagem inspirado em Bertrand Russell (1872-1970), matemático, filósofo e ativista político inglês. Autor de *Principles of Mathematics* (1903), obra essencial à lógica moderna, seu trabalho contribuiu consideravelmente à lógica, matemática, teoria dos conjuntos, linguística, inteligência artificial e ciência da computação e à própria filosofia. Durante a Primeira Guerra, Russell foi um dos poucos a se engajar em atividades pacifistas, o que o levou a ser desligado do Trinity College, Cambridge, e à prisão em 1918. Recebeu o prêmio Nobel de Literatura em 1950. (N. da E.)

II

Logo no início da tarde, deixei a carta no endereço de Tyrrell, em Bloomsbury. Ele telegrafou de volta e disse que poderia me ver à noite, e pontualmente voltei na hora marcada àquela tranquila praça. Minha memória não é capaz do esforço de reconstruir minhas exatas sensações, mas pode-se supor com segurança que eu estava me sentindo excitado, importante, e bastante nervoso. Fui levado até uma sala de aspecto austero, onde Tyrrell acomodara-se sentado, com uma luminária de leitura junto ao cotovelo. Minha primeira impressão foi que ele tinha a aparência exata de um filósofo. Era baixo, bem barbeado, com um cabelo grisalho longo, bem penteado para trás de sua bela testa. Tinha o lábio superior longo, a boca fortemente irônica e olhos grandes e sérios. Observei que o livro que ele pôs de lado era *A Conquista do Pão*, de Kropotkin, e fiquei imaginando sobre que raios seria o tal livro. Ele me deixou à vontade, acendeu um grande cachimbo e disse: "Bem, eu entendi pela carta de Markington que você está experimentando uma mudança de postura em relação à guerra." Perguntou detalhes da minha carreira no exército, e logo me vi divagando no meu estilo naturalmente inconsequente. Tyrrell falou bem pouco, pois sua intenção era me medir. Depois que fiquei com a mente aquecida, comecei a expor-lhe algumas das minhas ideias sobre os aspectos mais gerais da guerra. Mas ele me interrompeu quando eu dizia "e a respeito do que Markington me contou o outro dia, eu acho que", retrucando: "Não importa o que o Markington lhe contou. Em resumo, você parou de acreditar naquilo que lhe disseram sobre os objetivos pelos quais imaginava estar lutando, não é isso?" Respondi que de fato a coisa se resumia a algo mais ou menos assim, e que me parecia uma tremenda vergonha que os soldados estivessem sendo mortos o tempo todo enquanto as pessoas em casa se enganavam acreditando que todo mundo na trincheira estava gostando daquilo. Tyrrell serviu-me uma segunda xícara de chá e sugeriu que eu escrevesse uma declaração pessoal curta, baseada na minha convicção de que a guerra estava sendo desnecessariamente prolongada pela recusa dos Aliados em publicar seus objetivos de guerra. Depois que eu tivesse feito isso, poderíamos discutir o próximo passo a ser dado. "Naturalmente, irei ajudá-lo de todas as formas possíveis", disse ele. "Sempre encarei todas as guerras como atos de estupidez criminosa, e meu ódio desta aqui com frequência tem feito minha vida parecer quase insuportável. Mas o ódio torna a pessoa mais cheia de vida, e se não for assim ela perde a energia. 'Mantenha-se cheio de vida' é um axioma mais importante do que 'ame o próximo'. Esse seu ato, se você persistir nele, irá provavelmente levá-lo à prisão. Mas não deixe que isso o desencoraje. Você estará mais vivo na prisão do que estaria nas trincheiras. Interpretando mal essa observação como se fosse uma piada, eu ri, sem muita convicção. "Não, não; eu estou falando sério", ele disse. "Ao pensar de modo independente e agir sem medo a partir de suas convicções morais, você serve o mundo melhor do que o faria marchando junto com uma maioria que não pensa, e que está sofrendo e morrendo no *front* porque acredita naquilo que lhe disseram para acreditar. Agora que você perdeu a fé naquilo que o levou a se alistar, tenho certeza de que deve ir em frente e deixar que as consequências cuidem de si mesmas. É claro que sua ação será bem recebida por pessoas como eu, que se opõem frontalmente à guerra. Devemos imprimir e fazer circular o maior número possível de cópias da sua declaração... Mas eu não tinha intenção de falar de maneira tão definitiva como estou fazendo. Você deve decidir a partir do seu próprio sentimento e não pelo que qualquer outra pessoa possa dizer. "Prometi mandar-lhe minha declaração assim que terminasse de escrevê-la e fui andando para casa com a cabeça cheia de pensamentos exaltados e desordenados. Eu gostara imensamente de Tyrrell, que talvez tenha sorrido com expressão amarga enquanto lia mais algumas páginas de *A Conquista do Pão*, de Kropotkin, antes de subir para o seu filosófico repouso.

* * *

Embora Tyrrell tivesse dito que minha declaração não precisaria ter mais do que duzentas palavras, levei vários dias para formulá-la. De início, sentia que tinha tanta coisa a dizer que não sabia por onde começar. Mas depois de vários fracassos prolixos pareceu-me que a essência do meu manifesto poderia ser expressa numa única sentença: "Digo que esta guerra tem que parar." Nessa batalha para colocar minhas opiniões não soldadescas em alguma espécie de formato, sentia que minha confiança com frequência diminuía. Mas minha resolução mais íntima não esmorecia, pois eu vivia os espasmos de uma espécie de conversão, que tornava a perspectiva de ser perseguido algo estimulante e quase prazeroso. Não; minha perda de confiança estava na mesma categoria daquela timidez que senti quando fui apresentado pela primeira vez a uma metralhadora Vickers e a seu instrutor. Enquanto ele desfiava os nomes das inúmeras peças que a compunham, eu me desesperava achando que nunca seria capaz de me lembrar de todas elas ou de entender seu funcionamento. E costumava pensar: "A não ser que saiba tudo a respeito da Vickers, nunca serei mandado ao *front*." Agora, sentado tarde da noite num quarto caro mas triste, na Jermyn Street, por dentro eu exclamava: "Nunca serei capaz de escrever uma declaração decente e esse maldito protesto inteiro será um fracasso! Tyrrell pensa que eu sou muito inteligente, mas quando ler essa coisa vai entender que droga de sujeito eu sou."

O que eu poderia fazer se Tyrrell decidisse desencorajar minha candidatura a uma corte marcial? Descartar a ideia de vez e voltar para o *front* para ser morto o mais rápido possível? "Sim", pensei, enveredando por uma espécie de birra, "vou dar um jeito de ser morto só para mostrar a todos eles que não ligo a mínima." (Não parei para especificar a identidade desse "todos eles"; tais detalhes podem ser dispensados quando a pessoa perde o prumo por causa da Grande Guerra). Mas o bom senso advertia-me de que ser mandado de volta para o *front* era um mau negócio, e morrer de propósito seria um gesto irrelevante para um comandante de pelotão. Era possível escolher as próprias condições lá na França... Tyrrell havia falado de "servir o mundo melhor ao pensar de modo independente". Devia me ater a essa ideia e me lembrar dos homens pelos quais acreditara estar intercedendo. Tentei pensar internacionalmente; os pobres boches devem estar odiando isso tanto quanto nós; mas não conseguia levar minha compaixão até os Bálcãs, os turcos, italianos e todo o resto; e de algum modo ou de outro os franceses eram apenas os franceses e já estariam ocupados demais combatendo e vendendo coisas aos soldados para precisarem da minha intervenção. Então voltei a pensar "em todos os bons companheiros que haviam sido mortos com o Primeiro e o Segundo Batalhão desde que eu os deixei"... Ormand, morrendo desgraçadamente num buraco de bomba... Lembrei-me exatamente do seu tom de voz quando dizia que se seus filhos alguma vez lhe perguntassem o que havia feito na Grande Guerra sua resposta seria: "Nenhuma bala nunca foi rápida o suficiente para me alcançar"; e como ele costumava cantar "*Rock of ages cleft for me, let me hide myself in thee*"[48] quando estávamos sob forte bombardeio. Pensei no típico fuzileiro Flintshire na sua melhor expressão, e na imensa anônima coragem e alegria que ele representava sentado numa trincheira do *front*

48 Primeiro verso de um conhecido hino cristão inglês (*Rock of Ages*), de 1763, composto pelo reverendo Augustus Montague Toplady. Diz a tradição que o autor se inspirou num incidente ocorrido durante uma viagem por uma garganta da montanha, quando foi pego no caminho por uma forte tempestade. Ao encontrar abrigo numa fenda de uma rocha, teve a ideia da música. O verso, numa tradução livre, diz o seguinte: "Rocha antiga, talhada para mim, deixe que me esconda embaixo de ti." (N. do T.)

comendo sua ração enlatada. Como seria possível associá-lo ao rude aproveitador que eu entreouvira num vagão de trem, comentando com um companheiro igualmente repulsivo que se a guerra durasse mais dezoito meses ele seria capaz de se aposentar dos negócios?... De que maneira eu poderia coordenar uma tal diversidade de comportamentos humanos, ou acreditar que o heroísmo fosse uma recompensa em si? Mas alguma coisa eu tinha que colocar no papel, e reexaminei as anotações que havia rabiscado até então: *Combatentes são vítimas de uma conspiração de a) políticos; b) casta militar; c) pessoas que estão ganhando dinheiro com a guerra*. Debaixo disso eu escrevera: *Também esforço pessoal para me livrar do preconceito intolerante e da complacência convencional daqueles que se dispõem a ficar sentados tranquilamente em casa vendo o sacrifício dos outros.* Isso era seguido de uma reflexão adicional indignada. *Acredito que ao fazer essa ação estou ajudando a destruir essa fraude etc., que impede as pessoas de saberem a verdade e de pedirem alguma garantia de que essa tortura da humanidade não seja prolongada desnecessariamente pela arrogância e incompetência dos...* Aqui eu parei, e fiquei pensando se desnecessariamente tinha acento ou não. *Não sou um objetor de consciência. Sou um soldado que acredita estar em nome dos soldados.* Como tudo aquilo parecia pretensioso e pouco convincente! Se não tivesse cuidado iria acabar gritando como qualquer louco em cima de um barril no Hyde Park[49]. Bem, não havia o que fazer exceto recomeçar tudo de novo. Não podia pedir a Tyrrell que me desse algumas dicas. Ele insistira em que eu devia pensar por mim mesmo, e já me escrevera uma vez para me lembrar de que eu devia decidir meu curso de ação por mim mesmo e não ser levado por nada do que ele me tivesse dito.

49 Sherston se refere ao Speakers' Corner, ponto do Hyde Park, em Londres, no qual discursos, debates e discussões públicas eram tradicionalmente tolerados. O costume permanece até hoje. (N. da E.)

Sentado ali com os cotovelos em cima da mesa, fiquei olhando fixo para aquele papel de parede vermelho, surrado, num vago esforço de concentração mental. Talvez se eu fixasse o olhar com força suficiente eu pudesse enxergar através da parede. A verdade então me seria revelada, e meu cérebro ficaria articulado. *Faço essa declaração como um ato de deliberado desafio à autoridade militar, porque acredito que a guerra esteja sendo voluntariamente prolongada por aqueles que teriam o poder de cessá-la.* Isso, de qualquer modo, seria um bom começo. Então continuei com minhas elucubrações sobre-humanas. À minha volta estava Londres com suas ruas escuras; e lá longe, a guerra, prolongando-se com ondas sucessivas de tiros de canhão, devorando suas vítimas, e incapaz de se mover seja para Paris ou para o Reno. Os ataques aéreos eram cada vez mais sérios também. Olhando pela janela vi os holofotes de busca, e pensei como seria ridículo se uma bomba caísse na minha cabeça enquanto eu estivesse escrevendo minha declaração.

III

Exatamente uma semana depois de nossa primeira conversa, mostrei a declaração a Tyrrell. Ele ficou satisfeito com ela como um todo e me ajudou a esclarecer algumas pequenas asperezas de expressão. Agora nada mais restava a não ser esperar até que minha licença expirasse, quando então eu arremessaria o explosivo documento ao oficial comandante em Clitherland (um evento no qual que eu não me permiti ficar pensando muito). De momento, o pobre homem sabia apenas que eu me candidatara a um cargo de instrutor no Batalhão de Cadetes em Cambridge. Ele escreveu que sentiria muito perder meus serviços e deu-me os parabéns pelo que ele generosamente descreveu como meu esplêndido trabalho no *front*. Nesse ínterim, Tyrrell estava cuidando da questão de conseguir publicidade para o meu protesto.

Ele me apresentou a alguns de seus colegas no "Comitê Pare a Guerra" e na "Sociedade para o Não Alistamento Militar". Entre eles havia um intelectual objetor de consciência (que fora solto havia pouco, depois de uma bem-sucedida greve de fome). E também um cordial veterano socialista (reconhecível por sua gravata vermelha e seu chapéu cinza mole), que apertou minha mão num cumprimento rude. Todos me receberam bem no movimento antiguerra, mas eu não conseguia acreditar totalmente que havia sido incorporado. A razão desse sentimento era a antipatia deles por qualquer um que vestisse uniforme. Eu ainda estava usando o meu, e de algum modo era incapaz de desgostar do fato de fazer parte dos fuzileiros Flintshire. Esse pequeno dilema psicológico agora parece quase ínfimo demais para mencionar. Suponho que aos olhos deles não havia nenhum crédito associado ao fato de eu ter estado no *front*; mas para mim aquilo havia sido uma experiência supremamente importante. Sou obrigado a admitir que se aqueles entusiastas antiguerra não tivessem se mostrado tão simpáticos eu poderia ter sentido um menosprezo secreto por eles. Qualquer homem que tivesse estado no serviço ativo para mim mostrava uma vantagem desequilibrante em relação a quem não havia estado. E um homem que tivesse realmente suportado a guerra no que ela tem de pior definitivamente era diferente dos demais, exceto de seus companheiros soldados.

Tyrrell (um grande homem e que devia ser encarado como "um caso à parte") levou-me até a Hamsptead numa tarde quente, para uma entrevista com um membro do Parlamento, que estava "interessado no meu caso". Andando ao lado do filósofo, senti como se fôssemos um par de conspiradores. Seu austero intelecto científico estava bem acima do meu alcance, mas ele me ajudava com seu senso de humor, que conseguira manter, a duras penas, apesar do exasperante espetáculo da civilização europeia tentando cometer suicídio. O parlamentar prometeu levantar a questão da minha declaração na Câmara dos Comuns, assim que eu a enviasse ao coronel em Clitherland, e então comecei a sentir que estava indo muito bem. Mas exceto nas poucas ocasiões em que via Tyrrell, eu subsistia num mundo só meu (no qual tentava manter minha coragem no alto diapasão do protesto). No mundo real, procurava evidências que pudessem exacerbar minha querela com o patriotismo submisso. Eram muitas as manifestações de insensibilidade e complacência civis, pois as licenciosidades tomadas em relação a um comportamento digno para tempos de guerra eram um espetáculo inevitável, especialmente no *grill* do Hotel Savoy, que eu visitei mais de uma vez na ansiedade de me reassegurar da existência de aproveitadores empolados e panacas de uniforme no poder. Observando aqueles glutões no Savoy (e convenientemente fazendo vista grossa ao fato de que alguns deles eram oficiais de licença), eu nutria meu justo ódio por eles, execrando seus apetites com aquela intolerância de jovem, que me tornava incapaz de perceber que as pessoas que amam o conforto veem-se obrigadas a evitar a autocrítica – especialmente quando há uma guerra em curso. Mas ainda acredito que em 1917 os membros da sociedade ociosos, de cabeça vazia e frívolos estavam levando uma vida razoável, e que os mais ambiciosos tinham também a chance de aumentar sua própria importância por meio das sutis gradações de autoridade próprias dos tempos de emergência de guerra – fossem eles uniformizados ou não. Para pessoas de meia-idade que encaravam a guerra como algo deprimente, a vida tornara-se insuportável, a não ser que elas convencessem a si mesmas de que aquela matança valia a pena. Tyrrell era severo com todos, exceto os pacifistas radicais. Ele dizia que as pessoas que tentavam resolver as discordâncias da guerra no que chamavam de "uma harmonia mais elevada" estavam simplesmente arrumando um jeito de contemplar o massacre de jovens sem sofrer com o peso na consciência. "Nossa, acho que você está certo!", exclamei, desejando ser capaz um dia de expressar minhas ideias com aquela clareza abrangente.

* * *

Supervisionar um pelotão de oficiais cadetes em Cambridge teria sido uma alternativa cômoda ao "serviço geral no exterior" (desde que eu conseguisse enganar os cadetes e fazê-los acreditar que sabia algo sobre formação de soldados). Eu estava indo lá para ser entrevistado pelo coronel e agarrar aquela ilusória oportunidade; mas fazia isso só por achar que seria útil para o que chamei de "fortalecer minha posição". Eu não tinha examinado muito detidamente as perspectivas à minha frente, mas nesse caso estava de olho em me proteger contra "o que as pessoas poderiam falar".

Quando comentei com Tyrrell que "as pessoas não poderiam dizer que eu havia feito aquilo para evitar voltar para a França, caso conseguisse um emprego na Inglaterra", ele me brecou na hora. "O que as pessoas dizem não importa. A única coisa que conta é sua crença naquilo que está fazendo. "Sabendo que ele tinha razão, fiquei embaraçado; mas não podia deixar de lamentar que minha segunda condecoração não tivesse se concretizado. Não me ocorrera que uma barreta na Cruz Militar era de algum modo um acréscimo inadequado para a qualificação de alguém que vinha afirmar que a guerra estava sendo propositalmente prolongada por aqueles que tinham o poder de colocar-lhe um fim. A não ser um buraco de bala na minha segunda melhor túnica, tudo o que eu conseguira da minha pequena aventura de abril era um cartão com a ponta dobrada, no qual um general de divisão escrevera suas congratulações e agradecimentos. Esse documento era entre nós referido como "um dos presentes em Whincop" e, como ele não podia ser costurado na minha túnica, fiz o melhor possível para achar que era melhor do que nada.

De qualquer modo, numa radiante manhã decidi tomar o trem para Cambridge. Eu pretendia passar uma noite ali, pois seria ótimo dar uma volta tranquila pela área e talvez ir até Grantchester de canoa. Sem dúvida, o mês seguinte estava fadado a ser terrível; mas não adiantava me preocupar com isso... Será que eu tinha dinheiro suficiente comigo? Provavelmente não; então decidi parar e trocar um cheque no meu banco na Old Broad Street. Descontar um cheque era sempre uma operação reconfortante. "É uma coisa estranha, ter recursos privados", pensei. "Eles simplesmente dão o dinheiro a você como se ele fosse um presente do gerente do banco." Era engraçado, também, pensar que eu ainda estava recebendo minha paga do exército. Mas não era a melhor hora para cogitações enfadonhas como aquelas, pois quando meu táxi parou na estreita Old Broad Street, vi pessoas paradas na calçada, olhando para o céu esbranquiçado daquele dia quente. Disparos altos haviam começado a soar na vizinhança, e era óbvio que um ataque aéreo estava acontecendo. Esse evento não podia ser ignorado; mas eu precisava de dinheiro e queria pegar meu trem, então decidi ignorá-lo. As explosões continuaram, e quando eu estava entregando meu cheque ao caixa, uma multidão de funcionárias do banco desceu enlouquecida a escada em espiral gritando de pavor, o que era muito natural. Apesar dessa comoção toda, o caixa pagou-me cinco notas de uma libra com a cortesia estoica de um homem que tivesse decidido afundar junto com o navio. Provavelmente ele se sentia como eu – mais indignado do que com medo; não parecia haver muito sentido na ideia de ser explodido em pedaços dentro da própria agência de banco. Eu saí do edifício com um ar de despreocupação marcial; o motorista do meu táxi, do mesmo modo que o caixa, estava louvavelmente calmo, embora outro estrondo estupendo tenha soado como se estivesse bem perto da Old Broad Street (como de fato estava). "Acho que podíamos muito bem ir até a estação", observei, acrescentando: "Me parece um pouco de exagero que alguém não possa nem descontar um cheque em paz!", O homem sorriu e foi em frente. Parecia-me impossível negar que a guerra estivesse sendo trazida para casa. Na Liverpool Street havia ocorrido o que, em condições normais, seria descrito como uma catástrofe terrível. Bombas haviam sido lançadas sobre a estação e uma delas caíra em cima do vagão dianteiro do expresso do meio-dia para Cambridge. Passageiros horrorizados iam embora correndo. Os ponteiros do relógio indicavam onze e cinquenta; mas o horário da ferrovia havia sido interrompido; pela primeira vez na sua carreira, aquele relógio imperativo era apenas um espectador passivo. Enquanto eu estava lá em pé, imaginando o que fazer, um carrinho de bagagem passou por mim, empurrado, carregando um senhor idoso, malvestido e aparentemente morto. A visão do sangue causou-me uma sensação estranha. Esse tipo de perigo parecia requerer um tipo de coragem diferente da firmeza exigida no *front*. Numa trincheira a pessoa acostumava-se à ideia de ser exterminada e havia um sentido de retaliação organizada. Mas aqui ficava-se à mercê; um inimigo invisível fazia a destruição despencar de um céu de tempo excelente; o pobre velho havia comprado um bilhete de trem e agora era levado embora. Morto, num carrinho; mulheres feridas jaziam gemendo pela estação. E o trem não iria mais partir... Ninguém sabia dizer ao certo *quando* partiria, segundo me informou um carregador fleumático; então migrei para St. Pancras e fiz a viagem até Cambridge num trem que parava afavelmente em todas as estações. Olhando para as pacatas paisagens verdes, tive dificuldade em ligá-las (pela linha férrea) aos ataques aéreos que (conforme me disseram mais tarde) haviam levado o inferno à Paternoster Avenue. "Talvez não fosse uma vida nada ruim", pensei, "ser chefe de estação num ramal ferroviário em Bedfordshire." Havia algo atraente, também, na ideia de ser um caixeiro-viajante, rodando o interior e fechando negócios em cidades pacatas e em acolhedoras cidades-sede de catedrais.

Se eu pudesse acordar e me ver vivendo entre os vigários e fazendeiros da Barsetshire de Trollope, passeando calmamente entre um Natal e o seguinte, e caçando três dias por semana com o duque dos Sabujos de Omnium...

Os olmos estavam tão frondosos e as alamedas daquelas zonas rurais afastadas eram tão convidativas que toda vez que o trem desacelerava eu tinha vontade de saltar dele e começar a vagar sem rumo – para longe, naquele ilusório descanso de verão –, para longe dos ataques aéreos e das inexoráveis responsabilidades morais e daquela produção cada vez maior de munições.

Mas aqui estava Cambridge, parecendo bastante feliz ao sol daquela tarde, como se vivesse longas férias. As faculdades pareciam ter esquecido suas fartas contribuições para a Lista de Honra. As ruas estavam vazias, pois os cadetes deviam estar fora, em seus desfiles vespertinos – provavelmente aprendendo como se orientar com uma bússola ou fingindo atirar num inimigo que estaria supostamente avançando, vindo de um bosque a novecentos metros de distância. Eu sabia tudo sobre esse tipo de treinamento. "Direita; monte de feno; três dedos à esquerda do monte de feno; matagal; novecentos; MIRANDO O MATAGAL, dez descargas seguidas, FOGO!" Mas não iria haver nenhum exercício de tiro para mim. Eu estava apenas "fingindo" solicitar um emprego no Batalhão de Cadetes. A sala do ordenança ficava no térreo de uma faculdade. Em tempos mais felizes, havia sido uma biblioteca (os livros ainda estavam ali) e o coronel trabalhara ali como instrutor de História, com um vivo interesse pelos exércitos territoriais. Fazendo o papel de um jovem respeitoso candidatando-se a uma vaga de instrutor nas Artes da Guerra, me vi fazendo isso de modo tão convincente que a existência da minha "declaração" virou, por um momento, uma improbabilidade. "O senhor tem algum conhecimento especializado?", perguntou o coronel. Contei-lhe que havia sido oficial de inteligência de batalhão durante um tempo (omitindo o fato de ter renunciado ao cargo depois de três dias vendo-me incapaz de fornecer os necessários relatórios fictícios). "Ah, isso é excelente! A maioria dos homens é muito fraca em leitura de mapas", respondeu, acrescentando: "Nosso principal objetivo, sem dúvida, é incutir um moral de primeira classe. Nem sempre é fácil imprimir nesses novos militares aquilo que entendemos como a tradição dos oficiais de regimento do pré-guerra... Bem, tenho certeza de que você fará um ótimo trabalho. Talvez venha a se juntar a nós em duas, três semanas, certo? Então, adeus, e até lá. "Ele apertou minha mão como se eu estivesse recebendo uma bolsa de estudos em História, e eu saí da faculdade sentindo que aquilo era uma brincadeira de mau gosto que eu fazia com ele. Mas, no que se referia ao coronel, minha ausência como instrutor seria o melhor que poderia lhe acontecer, e eu estava propenso a achar que eu faria melhor dizendo que a guerra devia parar do que ensinando cadetes a levá-la adiante. Sentado na King's Chapel, tentei recuperar minha convicção sobre a nobreza de minha empreitada e renovar minha crença de que a pena que escrevera minha declaração havia "caído da asa de um anjo". Também relembrei a mim mesmo que Cambridge demitira Tyrrell como palestrante porque ele não acreditava na guerra. Velhos canalhas intolerantes, exclamei comigo mesmo. Não há como se juntar a pessoas desse tipo. Toda a preocupação deles se resume a ficar no mesmo nível das outras universidades nas listas de baixas. Assim revigorado, desci até o rio e aluguei uma canoa.

IV

De volta a Butley, eu tinha toda uma quinzena de vida mansa antes de lidar com o "desafio deliberado da autoridade militar". Estava, é claro, obrigado a levar uma vida dupla, e quanto mais ela se estendia, menos me agradava. Sou incapaz de dizer com certeza o quanto fui bem-sucedido em fazer tia Evelyn acreditar que minha mente estava livre de qualquer ansiedade. Mas sei que não era fácil sustentar aquela individualidade evangelista que eu construíra para mim em Londres. Exteriormente, aqueles últimos dias de junho transcorreram com nostálgica serenidade. Digo nostálgica porque nos meus momentos mais delicados eu ansiava pela paz de espírito que talvez me permitisse tomar chá no jardim nas tardes de sol. Mas não adiantava tentar sedar minha inquietação com novelas de Trollope ou com qualquer dos meus livros favoritos. O purgatório em que me deixei cair para sempre intrometia-se entre mim e as páginas; não havia como escapar agora. Andando agitado pelo jardim à noite, eu era oprimido pelo silêncio daquele pleno verão e não encontrava consolo nas luzes cintilantes ao longo do Weald. Num dos cantos do jardim, três álamos afunilavam-se contra um fundo de estrelas; pareciam sentinelas guardando um prisioneiro. Depois da grama alta do pomar, as colmeias brancas de tia Evelyn brilhavam à luz do luar como ossos. As colmeias estavam vazias, pois as abelhas haviam sido dizimadas pela praga da Ilha de Wight. Mas não fazia sentido ficar lamentando os problemas do jardim. Eu deveria era estar lá dentro, aprimorando minha mente, pensei, pois voltara a Butley decidido a ler como se minha vida dependesse disso – as circunstâncias haviam tornado imperativo que eu acumulasse o máximo de informação consistente possível. Mas o estudo dedicado só fazia revelar as ilimitadas pradarias da minha ignorância, e minha atenção era hábil para me levar para longe daquilo que estivesse lendo. Se pudesse ter sido franco comigo mesmo, teria confessado que uma quinzena era muito pouco tempo para tentar completar minha instrução como intelectual pacifista. Ler os últimos números do semanário de Markington era muito bom como um tônico para discordar da opinião pública organizada, mas mesmo que eu decorasse um artigo inteiro teria construído apenas uma pequena cabana à beira da pradaria. “Preciso ter todos os argumentos na ponta da língua”, eu havia pensado ao sair de Londres. Os argumentos, talvez, estivessem resumidos no volume de palestras de Tyrrell (“presenteados a mim pelo autor”, como eu escrevera na guarda do livro). Não obstante, aquelas palestras sobre filosofia política, apesar da clareza e do estilo vigoroso, eram avançadas demais para as minhas exigências elementares. Eram, conforme eu lera na primeira página, "inspiradas por uma visão sobre as motivações para a ação que havia sido sugerida pela guerra. E todas essas motivações são conformadas pela esperança de ver tais instituições políticas estabelecidas na Europa e fazendo os homens repudiarem a guerra – uma esperança que eu acredito firmemente ser realizável, embora não sem uma grande e fundamental reconstrução da vida econômica e social." Desde o início, eu percebera que aquele era um livro cujos sentidos não podiam ser dominados, exceto à custa de muitos sublinhados. *O que integra uma vida individual é um propósito criativo consistente ou direção inconsciente.* Sublinhei isso, e depois fui procurar "integrar" no dicionário. É claro, significava o contrário de *desintegrar*, que era o que os otimistas da imprensa diziam que iria acontecer com as potências centrais da Europa. Logo cheguei à conclusão de que iria me poupar muito tempo se sublinhasse as frases que *não* precisavam ser sublinhadas. A verdade é que havia excesso de ideias no livro. Fui obrigado a admitir que não havia nada nas palestras de Tyrrell que pudesse ser usado para apoiar meu ponto de vista quando eu fosse interrogado pelo coronel em Clitherland... Pensar em Clitherland foi indizivelmente doloroso. Eu tinha a vaga esperança de poder ser preso sem ter que ir ali. Seria bem mais fácil se o meu caso fosse parar na mão de estranhos.

* * *

Tia Evelyn fez o melhor possível para iluminar a parte da minha vida dupla que a incluía, mas na hora das refeições eu costumava ficar carrancudo e monossilábico. Em termos humanos, teria sido um alívio poder me abrir com ela. Como proposição prática, porém, era algo impossível. Eu não podia permitir que meu protesto virasse uma controvérsia doméstica, e era obviamente mais gentil deixar minha tia sem saber disso até que ela recebesse o inevitável choque. Lembro-me de uma noite em particular, em que o suspense vinha ficando mais tenso. No jantar, tia Evelyn, como parte de seus esforços para criar uma conversa alegre, começou a pedir que eu contasse mais a respeito da Mansão Nutwood. Ela achava que devia ser uma casa muito bem-arrumada, e que o jardim, então, deveria ser quase perfeito. "As azaleias cresciam bem ali?" Sem se deixar abater por minha resposta sombriamente afirmativa, ela me incentivou a fornecer-lhe mais informações sobre os Asterisco e seus amigos. Ela sempre ouvira dizer que lorde Asterisco era um homem excelente, que devia ter tido uma vida muito interessante, embora – ela estava lembrando isso agora – ele houvesse sido um pouco radical e apoiado a lei do *Home Rule*, de Gladstone.[50] Então ela interrompeu-se e exclamou: "Malcriado, malcriado, malcriado!" Mas essa repreensão era dirigida a um dos gatos, que afiava as unhas no assento de couro de uma das cadeiras Chippendale. Depois de atirar meu guardanapo no gato, concordei que lorde Asterisco era um grande sujeito, embora eu duvidasse de que fosse viver muito mais tempo. Tia Evelyn mostrou preocupação com a enfermidade dele, o que não a impediu de proferir seu habitual "Não coma tão rápido, querido; você está simplesmente engolindo a comida. Desse jeito vai acabar com seu estômago." Ela insistiu para que eu pegasse mais um pouco de frango, e essa sua insistência me fez recusar, e tenho certeza de que teria pegado um pouco mais se ela tivesse ficado quieta. Ela agora tentava levantar o assunto do meu emprego em Cambridge. Em que tipo de quarto eu iria morar? Talvez eu conseguisse alojamento em alguma das faculdades, o que seria ótimo para mim – muito melhor do que aquelas cabanas horríveis de Clitherland. Amuado, concordei que Cambridge era bem melhor do que

50 Lei de 1866 que assegurou certa autonomia à Irlanda, introduzida durante o governo do primeiro ministro William Gladstone.

Clitherland. Uma tigela de morangos, talvez os melhores que a gente conseguira naquele verão, foi uma boa deixa para passar a outro assunto. Tia Evelyn lamentou a ausência imperdoável do creme, o que me permitiu garantir a ela que alguns dos glutões que eu vira nos restaurantes de Londres não tinham o menor reparo em abusar dele; e então emendei com um discurso inflamado contra os aproveitadores e os oficiais que se empanturravam no Ritz e no Savoy, enquanto as classes mais pobres ficavam horas em pé nas filas do lado de fora dos armazéns de comida. Aliviada por ser capaz de concordar comigo em alguma coisa, tia Evelyn quase passou da conta em suas exclamações indignadas, acrescentando que era um tremendo escândalo – a maneira deploravelmente imoral com que as jovens vinham se comportando no trabalho de esforço de guerra. Essa animação toda arrefeceu quando levantamos da mesa. Na sala de estar, ela acendeu a lareira "pois a noite havia esfriado e um foguinho iria alegrar um pouco o ambiente". Provavelmente ela esperava passar uma noite aconchegante comigo; mas eu comecei mal, pois sem querer deixei cair a tampa do bule e arranquei uma lasca de uma das pequenas xícaras azuis e amarelas, e quando tia Evelyn sugeriu que a gente jogasse uma de nossas velhas rodadas de baralho, eu disse que não estava com muita vontade. Por algum motivo eu não conseguia me comportar de maneira afetuosa, e ela me irritara ao fazer comentários pouco elogiosos ao jornal de Markington – havia um exemplar dele em cima da mesa –, que segundo ela era escrito por pessoas que haviam perdido o senso, por se acharem muito importantes, e que ela não conseguia entender como eu podia ler um negócio daqueles. Pegando o jornal, subi irritado a escada para o andar de cima e passei os dez minutos seguintes tentando ensinar Popsy, o papagaio, a dizer: "Parem a Guerra!" Mas ele só abaixava a cabeça para eu coçar, e depois me obsequiou com sua conhecida imitação de tia Evelyn chamando os gatos. Antes de deitar, ela veio até meu quarto (com um copo de leite) e disse ter certeza de que eu não estava me sentindo bem. Não seria uma boa ideia se eu fosse passar alguns dias no litoral jogando golfe? Mas essa sugestão só serviu para me dar ainda mais provas de que não fazia qualquer sentido esperar que ela partilhasse minhas visões sobre a guerra. Ir jogar golfe, faça-me o favor! Olhei o copo de leite e faltou pouco para eu atirá-lo pela janela. Depois vi que poderia muito bem tomá-lo, e foi o que acabei fazendo.

* * *

No final de uma tarde sufocante, quando voltava de um passeio com a mente amotinada, parei e sentei um pouco no pátio da igreja de Butley. Lá do Monte Butley pode-se apreciar um vale estreito e sinuoso, e naquela tarde os bosques e pomares de repente me fizeram sentir quase tão afeiçoado a eles como quando estava na França. Enquanto descansava em cima de um velho túmulo plano, recuperei um pouco de alguma coisa parecida com paz de espírito. Olhando aquele meu entorno imediato, senti que "ter o destino da grande maioria" era uma ideia até confortável – quase consoladora. Ali a morte era algo diferente de ser extinto na guerra moderna. Confirmei, a partir da lápide mais próxima, que *Thomas Welfare, desta Paróquia, havia morrido em 20 de outubro de 1843, aos 72 anos de idade. "Respeitado por todos que o conheceram." Também Sarah, esposa do acima mencionado. "Não transformado, mas glorificado."* Tais fatos podiam ser aceitos com resignação. Estavam em harmonia com os acontecimentos simples daquele recanto pacato de Kent. Era possível especular serenamente sobre a mortalidade doméstica daquelas pessoas honradas, cujas vidas haviam se "desenrolado" com a progressão ordeira e inevitável de uma missa de domingo. Elas faziam o passado parecer agradavelmente prosaico em contraste com as monstruosas emergências dos dias de hoje. E a igreja de Butley, com a torre quadrada e seu grande arcobotante, era algo permanente, protetor. Ela se ofereceu à vista de todos ali durante os últimos quinhentos e noventa e nove anos, medindo a despretensiosa cronologia local com seus sinos, enquanto a história inglesa se desenrolava no horizonte, com coroações e rebeliões e cartas de direitos e pactos obstinadamente defendidos. Para além disso tudo, as "partes estrangeiras" do mundo ampliavam-se incrivelmente em direção a regiões relatadas por histórias de viajantes. E também para mais longe, até o insubstancial universo dos astrônomos e teólogos. Erguendo o olhar para a torre com ameias, veio-me à mente uma cena clara de alguma manhã – talvez no século XVII? Homens de chapéus de copa pontuda inspecionavam uma paisagem de aspecto rudimentar, com rostos ansiosos, pois a desordem campeava e comentava-se que havia inimigos do rei por ali. Mas a insurgência sempre passava ao largo. Ela nunca fora mais do que um boato em Butley, quer fosse Ricardo de Gloucester ou Carlos I quem estivesse perdendo seu reino. Era difícil imaginar que Butley pudesse ter contribuído com muitos soldados para as guerras civis, ou mesmo para Marlborough ou Wellington, ou que o carpinteiro da vila naqueles tempos tivesse perdido ambos os filhos em Flandres. Entre a porta da igreja e o portão dos cadáveres, os grossos teixos captavam os raios do anoitecer. Ao longo daquele caminho, gerações agora guardadas em ataúdes haviam marchado com o rosto sóbrio de quem vai à igreja. Ali teriam parado em pé, em grupos circunspectos, para trocar mexericos locais e discutir os eventos do mundo exterior, relatados de modo incerto. Já estavam muito longe agora, pensei – seus nomes indecifráveis em lápides inclinadas ou humildemente relegados ao esquecimento sobre montes verdes. Para os poucos que haviam podido custear um memorial permanente, sua distância da posteridade tornava-se menor conforme os nomes ficavam mais legíveis, até que se chegava àqueles que haviam visto a velha pousada de madeira junto ao pátio da igreja arder em chamas até desabar – teria sido uns quarenta anos atrás? Lembrei-me do capitão

Huxtable contando-me que a catástrofe teria começado com o incêndio de um pote de cola que um marceneiro deixara no fogão enquanto fora ao bar, tomar uma caneca de cerveja. O incêndio do velho *Bull Inn* havia sido um grande acontecimento na vizinhança; mas ninguém mais se lembrava disso hoje; e minha mente passou para as igrejas demolidas ao longo do *front* ocidental, e para o inferno iluminado pelo sol do primeiro dia da batalha do Somme. Não haveria muito da atmosfera de uma Elegia de Gray[51] se Butley ficasse na área do Quarto Exército!

Olhando para os velhos anteparos de exercício de tiro – agora apenas uma reentrância na encosta da montanha, a oitocentos metros de distância –, lembrei-me dos voluntários passando por revista de tropas à luz de archotes, que haviam deixado uma impressão tão ardente na minha mente infantil, naqueles velhos tempos antes da Guerra dos Bôeres. Vinte anos atrás havia um sentido quase patriótico no fato de alguns poucos homens de Butley praticarem tiros de fuzil nas noites de verão.

Nesse ínterim, aquelas reflexões haviam dissipado minha angústia, e conforme fui para casa recuperei um pouco da animação que sentira na primeira vez que tomara minha resolução. Sabia que nenhum homem ajuizado de Butley teria a liberdade de afirmar que uma guerra europeia estava sendo desnecessariamente prolongada por aqueles que tinham o poder de decretar seu fim. E se me ouvissem dizer isso dariam uns tapinhas na cabeça e com ar simpático diriam que eu havia visto mais combates do que precisava. Mas eu sentia o desejo de sofrer, e uma vez mais tive o vislumbre de algo além e acima das minhas presentes dificuldades – como se eu pudesse, ao me desligar da minha

51 Menção a um conhecido poema de Thomas Gray, *Elegy Written in a Country Church* ("Elegia Escrita numa Igreja do Campo"), que contém várias referências culturais sobre a história inglesa e a literatura europeia (Dante, Milton, e outros escritores clássicos), além de ideias importantes sobre sociedade e educação. (N. do T.)

existência anterior, ganhar uma nova liberdade espiritual e viver como nunca vivera antes.

"Eles todos que vão para o inferno", pensei, indo para casa pela trilha do campo. "Sei que estou certo e vou fazer isso", era a cadência do meu monólogo mental. Se toda aquela carnificina sem sentido tivesse que continuar, que não fosse por qualquer omissão da minha parte. "Não vou me omitir", murmurei.

Um cavalo de fazenda felpudo estava sentado no canto de um campo, com suas patas dianteiras dobradas debaixo dele; mastigando placidamente, ele me viu escalar os degraus até a velha alameda frondosa com suas altas sebes de espinhos.

V

Sombrinha numa mão e livro de orações na outra, tia Evelyn estava saindo para a missa matinal em Butley. "Eu preciso pedir ao capitão Huxtable para vir tomar chá conosco antes que você vá embora. Ele pareceu um pouco sentido quando perguntou por você no último domingo", observou ela. Então ficou combinado que ela iria convidá-lo para um chá em casa quando saíssem da igreja. "Eu realmente não consigo entender por que você não foi visitá-lo", acrescentou ela, deixando cair suas luvas e depois decidindo que não iria mais usá-las, pois o tempo estava quente e desde que ela desistira da charrete de pônei ia sempre andando até a igreja. Pegou a sombrinha cor-de-rosa e foi com ela até o portão da frente. Os dois gatos acompanharam-nos, e estavam até dispostos a segui-la pela estrada, mas foram repreendidos várias vezes, pois a estrada era perigosa. Tia Evelyn ainda se inclinava a ver todos os motoristas como intrusos imprudentes e antipáticos. As estradas eram muito pouco seguras para seres humanos e mais perigosas ainda para os gatos, exclamou enquanto se apressava. Os sinos da igreja já podiam ser ouvidos pelos campos, e soavam tão tranquilizadores...

A primeira semana de julho havia passado. Eu já excedera minha licença em vários dias e estava aguardando ser chamado pelo posto militar. Minha condição mental era uma mistura de procrastinação e suspense, mas o suspense começava a superar a procrastinação, pois era perfeitamente possível que o ajudante em Clitherland estivesse achando que eu havia ido direto para Cambridge.

Na manhã seguinte a charada foi resolvida por um telegrama, *Relate sua situação*. Não havia o que fazer a não ser obedecer as concisas instruções, então escrevi uma carta (breve, cortês e pesarosa) ao coronel, anexando uma cópia datilografada da minha declaração, pedindo desculpas pelos problemas que estava lhe causando e prometendo voltar assim que tivesse alguma resposta dele. Mandei também uma cópia ao Dottrell, com uma carta na qual eu dizia esperar que minha ação não fosse totalmente desaprovada pelo Primeiro Batalhão. Quem mais estaria lá, fiquei imaginando, sentindo-me bastante perturbado e confuso ao pensar nisso. O Durley deveria estar, é claro, e o Cromlech também – imagine se eu iria esquecer-me dele! Podia confiar que o Durley seria sensato e receptivo; e David estava num hospital para convalescentes na Ilha de Wight, portanto não havia possibilidade de ele se empenhar em esforços para me dissuadir. Não queria que ninguém começasse a interceder em meu favor. Pelo menos, achava que não queria – se bem que mais tarde houve momentos de hesitação em que desejei que alguém o fizesse. Li minha declaração mais uma vez (embora fosse capaz de recitá-la de cor com facilidade), num desesperado esforço para calcular seu efeito sobre o coronel. "*Faço essa declaração como um ato de deliberado desafio à autoridade militar, porque acredito que a guerra esteja sendo voluntariamente prolongada por aqueles que teriam o poder de cessá-la. Sou um soldado, convicto de estar agindo em favor dos soldados. Acredito que esta guerra, na qual ingressei como uma guerra de defesa e libertação, tornou-se agora uma guerra de agressão e conquista. Acredito que os propósitos pelos quais eu e meus companheiros soldados entramos nesta guerra deveriam ter sido expressos com uma clareza tal que fosse impossível alterá-los e, assim, caso isso ocorresse, os objetivos que nos moveram poderiam ser agora alcançados por meio de negociação. Vi e vivenciei os sofrimentos das tropas, e não posso mais ser parte do prolongamento desses sofrimentos para fins que acredito serem cruéis e injustos. Não protesto contra a condução da guerra, mas contra os erros políticos e as insinceridades pelas quais os homens que lutam estão sendo sacrificados. Em nome daqueles que sofrem neste momento, faço este protesto contra o engano a que estão sendo levados; acredito ainda que posso ajudar a destruir a impenetrável complacência com que a maioria dos que estão em casa encara a continuidade de agonias de que não se dão conta, e nem teriam imaginação suficiente para tanto."* Com certeza soava um pouco pomposa, pensei, e só Deus sabe o que o coronel irá pensar dela.

Assim terminou uma manhã de trabalho absolutamente deprimente. Depois do almoço, desci a montanha até a caixa de correio e coloquei minhas cartas com uma sensação de determinação estupefata. Depois percebi que estava com dor de cabeça e lembrei que o capitão Huxtable estava vindo para o chá. Deitado na minha cama com as cortinas da janela puxadas, comparei a perspectiva de estar numa cela de prisão com a prosaica serenidade daquela tarde de verão sussurrante. Podia ouvir o arrulhar dos pombos brancos e o suave bater de suas asas enquanto esvoaçavam sobre o pequeno tanque para aves do gramado. Aquela sensação de casa e jardim, aprendida com a vida, envolveu-me como se todos os verões que eu já tivesse passado estivessem voltando juntos num único pensamento. Eu sentira a mesma coisa um ano antes, mas voltar para a guerra no dia seguinte não havia sido tão ruim quanto o que eu vivia agora.

Em tese, aquela reunião para um chá teria produzido um excelente material para eu me entregar a um devaneio doméstico quando estivesse no *front*. Eu havia sido ferido, mas sem maiores consequências, e fizera o suficiente na guerra para receber as congratulações do capitão Huxtable. O fato de os homens no *front* continuarem a ser sacrificados não precisaria afetar a alegria daquele chá. Mas o que estragava tudo eram aquelas cartas que repousavam na caixa de correio, e foi com alguma dificuldade que eu me recompus ao ouvir alguém fazer soar vigorosamente a sineta da porta da frente, o que foi seguido pelos passos firmes do capitão no assoalho polido da sala de estar, e pela loquacidade de tia Evelyn em sua falação ao recebê-lo, alternada com a voz de barítono áspera e bem-humorada do visitante. O capitão Huxtable era um temperamento essencialmente alegre ("brincalhão" era o termo favorito de tia Evelyn para defini-lo) e naquela tarde estava com seu humor mais jovial. Ele me cumprimentou com uma referência a Maomé e a montanha, embora eu sentisse aquilo mais como um funeral do que como uma montanha e o pequeno homem tampouco se parecesse minimamente com Maomé, pois vestia bombachas marrons de veludo cotelê e uma jaqueta de linho branca, e seu rosto estava vermelho e exultante depois do esforço de pedalar a bicicleta. Sua conversa subsequente foi, a meu ver, fortemente temperada por uma ironia inconsciente. Desde que eu entrara para os fuzileiros Flintshire nossos encontros sempre faziam a mente dele se iluminar com as memórias do seu "velho regimento", como ele o chamava; eu o fazia sentir-se, segundo ele, com a metade da sua idade. Naturalmente, ele ficava entusiasmado com qualquer coisa relacionada ao ótimo registro dos Flintshire naquela guerra em particular, e quando tia Evelyn disse: "Vamos, mostre ao capitão Huxtable o cartão que você recebeu do seu general", ele encaixou o monóculo no seu olho e inspecionou aquele troféu de canto dobrado com intensa e ponderada satisfação. Pedi que o guardasse como lembrança de ele ter me incorporado ao regimento – amargamente consciente de que eu logo estaria me excluindo dele de maneira muito eficaz! Depois de dizer que eu não poderia ter-lhe dado nada que ele valorizasse mais, sugeriu que eu no mínimo poderia adotar o exército como carreira permanente (esquecendo que eu já ultrapassara pelo menos em dez anos a idade em que uma ideia dessas seria factível). Mas eu disse que sem dúvida me sentia bem com a perspectiva de ir passar alguns dias no posto militar, onde viveria bons momentos com alguns dos meus velhos companheiros, e que quando fosse para Cambridge deveria me dar a conhecer a um jovem promissor (neto do seu primo, o arcediago Crocket), que estava em treinamento com o Batalhão de Cadetes. Após uma digressão sobre a colheita de frutas daquele ano, a conversa voltou-se para a mensagem à nação do arcebispo de Canterbury a respeito da retomada dos ataques aéreos. Na opinião do capitão Huxtable, a Igreja não devia se mostrar tão militante assim, com o que a tia Evelyn concordava plenamente. Num tom jocoso meio forçado, descrevi minha própria experiência com ataques aéreos. "O caixa do banco não parecia preocupado com a possibilidade de ser morto dentro da própria agência e continuou calmo como um pepino", observei. Havia sanduíches de pepino na mesa, mas as implicações da expressão "ser morto" eram mais fortes, pois se para mim a cena era apenas parte do preço do meu martírio, para o capitão a morte era algo bem mais familiar. Mas a palavra passou despercebida por ele, alheio às possíveis evocações militares do termo, e ele se referiu à crescente gravidade dos ataques aéreos alemães como "tudo o que se poderia esperar daquele bando de selvagens". Mas era o que tínhamos, e era preciso sobreviver àquilo; nada podia ser pior do que uma paz remendada; e tia Evelyn "não conseguia ver nenhum sinal de mudança no coração da nação alemã".

O capitão ficou encantado ao ver no *Times* daquele dia que outra daquelas reuniões pacifistas malucas havia sido desbaratada por alguns soldados coloniais; e acrescentou que gostaria de ter um emprego assim em Butley, que lhe permitisse acabar com reuniões do tipo "Pare a Guerra". Para ele, um objetor de consciência era a antítese de um oficial e de um cavalheiro, e não havia como ele ter outro ponto de vista a respeito disso. O exército era o esteio da sua tradição familiar; seu avô materno fora um baronete escocês que fizera uma carreira militar destacada na Índia – fato que havia sido piedosamente incorporado à placa memorial da sua mãe na Igreja de Butley. Quanto ao seu pai – o "velho capitão Huxtable" – (do qual eu conseguia lembrar vagamente, enorme, de bigodes brancos), havia sido um grande disciplinador da velha e reumática escola de oficiais aposentados, e seus ataques de fúria ainda eram legendários na vizinhança. Ele costumava arrancar fora com um tapa o chapéu de seu cocheiro e sapatear em cima. "O jovem capitão", como ele era chamado naqueles dias, havia tirado partido desses paroxismos, e nas situações em que o pai dele teria berrado com o capataz e dito "Maldito seja, seu filho de uma cadela!", o filho não se permitia nada mais ofensivo do que "Seu estúpido!", e teria pensado duas vezes antes de dizer até mesmo ao mais radical socialista que fosse para o inferno.

Andando pelo jardim depois do chá – com tia Evelyn chamando a atenção dele para seus delfinos e ele em tom brincalhão dizendo que os dele eram melhores –, fiquei imaginando se eu teria mesmo exagerado quanto à "insensível complacência" daqueles que ficaram em casa. O que poderiam fazer as pessoas idosas exceto tentar aproveitar do melhor jeito possível sua incapacidade de ficarem sentadas numa trincheira esperando ser bombardeadas? Como poderiam ser culpadas por se recusarem a identificar quaisquer motivações sórdidas na guerra, exceto aquelas que eram atribuídas aos nossos inimigos?

As espiras dos delfinos de tia Evelyn mostravam-se azuis contra o azul distante do Weald, e a sombra dos teixos irlandeses ia se alongando pelo gramado... Lá na França, os comboios de feridos e baixas por gás estavam sendo levados para os hospitais de campo, e no *front* o massacre continuava, porque ninguém sabia como detê-lo. "Os homens começam a perguntar por que estão lutando", Dottrell havia escrito na sua última carta. Seria justo alguém me culpar por eu ser um daqueles em casa que estavam também fazendo a mesma pergunta? Será que a guerra precisaria continuar para que os coronéis pudessem se tornar brigadeiros e os brigadeiros obter divisões, enquanto fornecedores e fabricantes enriqueciam e as pessoas em altas posições comiam e bebiam muito bem e espalhavam boatos sobre informações oficiais e organizavam entretenimento para os feridos? Devo ter-me feito algumas questões como essas, mas era incapaz de incluir o capitão Huxtable e tia Evelyn entre os indiciados.

VI

Precisei esperar até quinta-feira para que o segundo telegrama de Clitherland me tirasse daquela agonia. Foi entregue no início da tarde e continha apenas duas palavras, *Apresente-se imediatamente* – sem dúvida, um telegrama que não precisava ser lido duas vezes. Mas a nova variedade de suspense que ele criava já era um progresso em relação àquele que eu vinha suportando, porque com certeza eu poderia acabar com esse suspense apresentando-me em Clitherland em vinte e quatro horas. Todas as especulações ligadas ao meu protesto haviam sido excluídas agora. Já não importava mais se eu estava certo ou errado, se a minha ação tinha espírito público ou se era uma mera afronta. Minha mente ficara insensível a tudo, exceto ao abominável fato de eu estar escalado para um terrível confronto, com a hora zero marcada para o dia seguinte, quando eu chegasse ao posto militar.

Nesse meio-tempo, eu devia fazer minha mala e pegar o trem das cinco e alguma coisa para a cidade. Automaticamente, comecei a arrumar as coisas da minha maneira usual, hesitante mas ordenada; então lembrei que não iria fazer qualquer diferença se eu esquecesse todas as coisas que julgava mais necessárias. Àquela mesma hora do dia seguinte, eu já deveria estar preso, pensei, e melancolicamente deixei de lado minha pistola automática, a garrafa de água e o apito, e revirei a gaveta procurando algumas meias e lenços de cor cáqui. Ao passar pelo espelho, dei uma rápida olhada no meu rosto, relativamente perturbado, e isso me advertiu de que eu deveria me recompor até o dia seguinte. Tinha que entrar na sala do ordenança limpo, bem-apresentado e normal. De qualquer modo, a empregada dera um bom polimento nos botões e na fivela de metal da minha túnica, e agora tia Evelyn batia na porta para dizer que o chá estava pronto e que o táxi chegaria em meia hora. Ela encarou minha súbita partida como algo natural, mas foi apenas no último momento que se lembrou de me dar o punhado de penas de pombo branco que havia recolhido do gramado, sabendo que eu sempre gostava de levar algumas para limpar o cachimbo. Também mencionou que eu estava esquecendo-me de levar meus tacos de golfe; mas não haveria tempo algum para jogar golfe, disse eu, enfiando-me logo no táxi, pois não tinha muito tempo para chegar à estação de trem.

O trem das cinco e alguma coisa de Baldock Wood era uma coisa lenta; era preciso fazer baldeação em Dumbridge e esperar quarenta minutos. Lembro-me disso porque raras vezes me senti mais deprimido do que aquele dia, quando saí da estação de Dumbridge e olhei por cima da cerca do campo de críquete da província, com seu pavilhão e recintos degradados e abandonados. Ali, em tempos muito mais felizes, eu havia jogado várias partidas e também assistido à sorte variável dos Kent Eleven; mas agora ninguém tinha se dado sequer ao trabalho de dar corda no relógio do pavilhão.

De volta à estação, procurei a pequena livraria, para ver se achava alguma coisa para distrair meus pensamentos. O resultado foi um pequeno volume vermelho que ainda está em meu poder. O título é *As Máximas de Rousseau*, e contém, obviamente, trechos daquele celebrado autor. Rousseau era novidade para mim e não posso afirmar que suas máximas tivessem sido de alguma ajuda naquela viagem em particular ou durante os dias seguintes, quando o carreguei para cima e para baixo no bolso. Mas enquanto andava pela plataforma da estação, lembro-me de um par de versos, e menciono isso porque, pelos dez dias seguintes mais ou menos, não consegui tirá-los da cabeça. Não havia nenhuma aparente relevância na citação (que mais tarde descobri ser de Cowper). Ela simplesmente persistia em dizer:

"Não devo perguntar a Jean-Jacques Rousseau
Se as aves confabulam ou não."

Londres envolveu minha solidão. Passei o que era presumivelmente minha última noite em liberdade na insípida agitação de um daqueles imensos hotéis, onde ninguém parece pernoitar mais do que uma única noite. Tive a esperança de poder conversar com Tyrrell, mas ele estava fora da cidade. Senti que minha situação era grave demais para uma ida ao teatro – na verdade, já me via mais ou menos preso; estava indo para Clitherland sob minha própria escolta, vamos dizer assim. Então, deve-se supor que passei aquela noite sozinho com J.-J. Rousseau.

* * *

Na manhã seguinte –, bem, basta dizer que na manhã seguinte (embora os jornais anunciassem *Grande Vitória da Rússia na Galícia*) eu não tinha razão alguma para me sentir mais feliz do que na noite anterior. Começo a achar que um homem às vezes acaba escrevendo coisas demais sobre seus sentimentos, mesmo quando o núcleo de sua narrativa é mostrar "como ele se sentia". Não obstante, não posso evitar fazer um breve resumo das minhas sensações enquanto estava a caminho de Liverpool. Comecei fechando os olhos e me recusando a pensar; mas esse esforço não durou muito. Tentei olhar pela janela; mas os campos batidos pelo sol só me faziam desejar ser uma vaca pastando. Lembrei-me da minha primeira ida a Clitherland, em maio de 1915. Eu estava nervoso naquela ocasião – sem muita confiança quanto à minha capacidade de aprender a ser um oficial. Ter ido ao *front* havia sido uma ambição, mais que uma obrigação, e eu alimentara como objetivo nada mais do que me tornar um segundo-tenente razoavelmente eficiente. Com uma sensação agradável de estar com meu uniforme novo e ansioso por fazer jus a ele, eu sentia (como ocorria com a maioria de nós naqueles dias) como se estivesse iniciando uma existência nova e imaculada. Talvez da outra feita eu tivesse viajado naquele mesmo trem. Minha transição mental instantânea daquele momento para o presente (excluindo todas as experiências interpostas desde então) causou-me uma espécie de vertigem. Sozinho naquele compartimento de primeira classe, fechei os olhos e perguntei a mim mesmo em voz alta o que era aquilo que estava fazendo; e meu ato de insurreição de repente me pareceu ultrajante e inacreditável. Por alguns minutos, fiquei completamente apavorado. Mas o trem expresso continuava me levando; eu não podia pará-lo, como não podia também cancelar minha declaração. E quando o trem entrou em Liverpool, eu era um mero autômato atormentado, cujos movimentos estavam sendo manipulados por um manifesto datilografado. Colocado de forma bem simples, senti "como se eu fosse absolutamente nada", enquanto ia sacolejando e batendo dentro de um táxi velho a caminho do acampamento.

Eram umas três horas quando o táxi passou pelos portões da Fábrica de Explosivos Brotherhood e parou do lado de fora do alojamento de oficiais em Clitherland. O céu estava nublado e as fileiras de cabanas tinham um ar de sinistra inatividade. Parecia que não havia ninguém por ali, pois àquela hora os soldados haviam saído para o campo de treinamento. Uma sentinela entediada foi a única testemunha da minha chegada, e para ele não havia nada de anormal num segundo-tenente dizendo ao taxista para descarregar sua bagagem e deixá-la na porta do refeitório de oficiais. Para mim, no entanto, parecia haver ali algo de sub-reptício em relação à minha volta. Era como se eu tivesse vindo espreitar qual havia sido o prejuízo causado por aquele egrégio projétil, o meu protesto. Mas o acampamento estava exatamente do jeito que estaria se eu estivesse voltando como um jovem oficial cumpridor de seus deveres. Era eu que estava desolado e perturbado; e para mim não seria nenhum consolo, se tivesse sido capaz de perceber que, na minha mente, aquela cena familiar estava tendo uma existência momentânea e apavorante que nunca mais iria se repetir.

Por alguns momentos fiquei parado olhando as cabanas, consciente (embora meu cérebro estivesse em branco) que havia alguma espécie de clímax no meu reconhecimento estupefato da realidade. Uma volta final do parafuso e todas as minhas obedientes associações com Clitherland iriam se partir em pedaços.

É provável que eu tenha ajeitado a gravata e ajustado a fivela do meu cinto na posição central, entre os botões da túnica. Havia só mais uma coisa a fazer depois disso. Andei até a sala do ordenança, parei em frente a uma mesa e fiz a saudação, meio atordoado.

Vindo do sol ofuscante, a sala me pareceu quase no escuro. Quando ergui os olhos, não era o coronel quem estava sentado à mesa, e sim o major Macartney. Em outra mesa, ostensivamente ocupado com formulários e papeladas do exército, vi o vice-assistente do ajudante de ordens (um bom amigo meu, que havia perdido uma perna em Gallipoli). Fiquei ali em pé, paralisado de tanta expectativa. Então, para meu espanto, o major levantou da cadeira, inclinou-se para frente e apertou minha mão.

"Como vai, Sherston? Feliz em vê-lo de volta." Sua voz profunda tinha o tom usual, gentil, mas seu jeito era de quem estava muito embaraçado. Ninguém poderia estar menos feliz em me ver de volta do que ele. Mas ele, decidido, pegou seu quepe e pediu-me para acompanhá-lo até sua sala, que ficava a apenas alguns passos dali. Em silêncio, entramos na cabana, nossos pés ressoando nas tábuas da passagem. Quieto e respeitoso, aceitei a cadeira que ele me ofereceu. Ali estávamos nós, na desconfortável salinha que havia sido sua moradia nos últimos vinte e sete meses. Ali estávamos; e o desventurado major não tinha a menor ideia do que dizer.

Era um homem de grande delicadeza de sentimentos. Raramente conheci homens tão refinados. Para ele a entrevista devia estar sendo uma agonia tão grande quanto era para mim. Quis facilitar-lhe as coisas; mas o que é que eu poderia dizer? E o que é que ele poderia fazer por mim, exceto, talvez, me oferecer um charuto? Foi o que fez. Posso dizer honestamente que nunca recusei um charuto lamentando tanto tê-lo feito como daquela vez. Aceitá-lo seria um sinal de rendição. Teria significado que o major e eu poderíamos ficar dando baforadas nos nossos charutos e discutindo – com toda a seriedade exigida, é claro – a melhor maneira de me desembaraçar daquele meu dilema. Como teria sido bem-vindo isso. Sim, minha imprudência com certeza teria sido "ridicularizada" (como uma aberração temporária, ocasionada talvez por uma overdose de solidão após a saída do hospital). Mas como uma solução agradável desse tipo não era possível, o major começou a me explicar que o coronel estava fora, de licença. "Ele está muito preocupado com você, e totalmente disposto a desconsiderar o..." – aqui ele hesitou – "papel que você lhe mandou. Ele me pediu para impeli-lo com a maior seriedade a – hmmm – descartar o assunto todo da sua mente. "Nada poderia ter sido mais sério do que a maneira com que ele me olhou quando parou de falar. Respondi que estava profundamente agradecido mas que não poderia mudar de ideia. No silêncio que se seguiu, senti que estava cometendo uma violação, não tanto de disciplina, mas de decoro.

O desapontado major fez um esforço renovado. “Mas, Sherston, você não poderia reconsiderar seu – hmm – *ultimatum*?” Essa era a primeira vez que eu ouvia minha declaração ser chamada de *ultimatum*, e o termo expressava bem a falta de habilidade do major em encontrar as palavras adequadas à situação. Eu embarquei então numa desesperada explanação da minha atitude mental a respeito da guerra; mas não consegui fazer que soasse convincente e no fundo da minha mente havia um receio de que ele me achasse completamente doido. Afinal, eu estava comunicando ao coronel da ativa do posto de treinamento militar do meu regimento que eu chegara à conclusão de que a Inglaterra devia fazer as pazes com a Alemanha – será que isso era inteiramente compatível com uma mente ajustada? Não; era inútil esperar que ele me levasse a sério como um “ultimatumista”. Então olhei fixo para o chão e disse: “Não seria melhor você já me prender de uma vez?”, e com isso causei ao pobre major Macartney um desconforto ainda maior. Minha observação repercutiu em mim, quase como se eu tivesse pronunciado algo que não fosse mencionável. “Preferiria morrer a fazer uma coisa dessas”, exclamou ele. Era um homem reticente, e esse era o seu jeito de expressar seu sentimento em relação àqueles que ele havia observado, mês após mês, indo para as trincheiras, como ele mesmo teria ido caso fosse um homem mais jovem.

A essa altura, seu dever, é claro, era me repreender severamente e afirmar sua autoridade. Mas que fulminações verbais poderiam ser eficazes contra alguém cujo único objetivo era ser preso?... Tomara que ele não ache que estou caduco!, pensei. Mas ele não mostrava sinais disso, pelo que eu podia perceber; e era um homem que fazia você sentir que ele acreditava na sua integridade, por mais que pudesse discordar da sua opinião.

Como nenhuma solução se apresentava de momento, ele sugeriu então – em tom confidencial, que de algum modo implicava uma compreensão solidária em relação aos meus apuros – que eu fosse para o Hotel Exchange em Liverpool e ficasse lá aguardando instruções. Concordei feliz, e saímos da cabana menos depressivos do que havíamos entrado. O taxista ainda me esperava, pois na minha confusão eu me esquecera de pagá-lo. Uma vez mais o major apertou minha mão, e se eu não lhe agradeci pela sua bondade foi porque minha gratidão era grande demais. Então, inesperadamente, me vi voltando a Liverpool; e embora, com toda probabilidade, meus problemas estivessem apenas começando, uma imensa carga havia sido removida da minha mente. No Hotel Exchange (que era tranquilo e raramente frequentado por oficiais de Clitherland), tomei meu chá com imensa satisfação, pois não comera nada desde o café da manhã. Depois disso, acendi meu cachimbo e pensei como era bom não estar preso. Tinha superado a pior parte do *show*, e agora não havia nada a fazer exceto continuar fiel à minha declaração e esperar que o membro do Parlamento a lesse na Câmara dos Comuns.

VII

Nos três dias seguintes, fiquei perambulando pelo Hotel Exchange num estado mental que nem é necessário descrever. Não vi ninguém que eu conhecesse, exceto um par de subalternos de Clitherland, que por acaso jantavam no hotel. Contentes, perguntaram-me quando eu iria voltar para o acampamento. Evidentemente, estavam curiosos a meu respeito, sem suspeitar de nada extraordinário, então inferi que a sala de ordenança havia mantido segredo em relação a meu estranho comportamento. Na terça-feira, meu amigo de uma perna só, o vice-assistente do ajudante, veio me ver. Demos um jeito de evitar qualquer menção a algo ligado à minha "presente situação", e ele me regalou com as fofocas do acampamento, como se não estivesse acontecendo nada. Mas, quando já estava indo embora, passou-me um documento oficial, que me instruía a ir para Crewe no dia seguinte, para uma licença médica especial. Junto, havia sido incluído um passe ferroviário.

Ali estava uma oportunidade de me desviar daquela estrada que me levaria à corte marcial, e seria impreciso se eu dissesse que nunca pesei os dois lados da questão. A bem da verdade, examinei a questão exatamente em seus dois lados. Um deles me impelia simplesmente a parar de vez com aquela história toda e admitir que meu gesto havia sido fútil. O outro lembrava-me que aquela era uma conjuntura inevitável no meu progresso, e que eu deveria resistir sem vacilar àquelas tentações. Não que eu tivesse admitido alguma vez a possibilidade de aceitar o convite de ir para Crewe; mas, sem dúvida, tinha consciência de que aceitar o tal convite seria muito mais agradável do que recusá-lo. Como não era possível me submeter, convoquei meu orgulho e minha obstinação em meu auxílio, sufoquei meus bons sentimentos em relação aos que desejavam o melhor para mim lá no acampamento de Clitherland e queimei meus navios, rasgando tanto o passe ferroviário com as instruções para a licença médica.

Na quarta-feira, tentei me alegrar por ter recusado a internação médica e dediquei minha mente ao *Golden Treasury of Songs and Lyrics*, de Palgrave[52]. Eu decorava o maior número possível de poemas, pois minha ideia era que isso seria útil para mim na prisão, onde, imaginei, não

52 O *Golden Treasury of Songs and Lyrics* é uma antologia popular de poesia inglesa, originalmente selecionada e publicada por Francis Turner Palgrave em 1861. Abrange vários séculos de produção poética inglesa, e inclui poemas de John Donne, Christopher Marlowe, Shakespeare, William Blake, Byron, Coleridge, Keats, Shelley, Wordsworth, Elizabeth Browning, Rudyard Kipling, Dante Gabriel Rossetti, Robert Louis Stevenson e William Butler Yeats, entre muitos outros. (N. do T.)

haveria livros disponíveis. Pensei também que precisaria tentar largar o tabaco e me acostumar a ficar sem ele, mas continuei fumando do mesmo jeito (e a alternativa era fumar o maior número possível de cachimbos enquanto ainda tivesse a oportunidade).

Na manhã de quinta-feira, recebi uma carta encorajadora de um membro do Parlamento, incentivando-me a manter o ânimo e dizendo que esperava levantar a questão da minha declaração na Câmara na semana seguinte. No início da tarde, o coronel veio falar comigo. Encontrou-me lendo a *Ode a um Rouxinol*, de Keats. "Não posso ver que flores se abrem a meus pés, nem que suave perfume..." Nem que suave perfume, repetia eu, reabrindo o livro. Mas lá estava o coronel, aparentemente tranquilo e sem qualquer perfume, apertando minha mão, e sentando à minha frente, embora já parecendo um pouco irrequieto e perplexo. Era um homem de mente agitada em seus melhores momentos, e não pretendia fazer o papel de quem entendia os motivos que me haviam levado àquilo. Mas com pacientes argumentos sensatos, fez o melhor possível para me convencer a parar de querer parar a guerra. Sentindo-me fortalecido pela carta do membro do Parlamento no meu bolso, consegui permanecer respeitosamente empedernido, ao mesmo tempo em que expressava meu sincero arrependimento pelos problemas que estava lhe causando. O que parecia preocupá-lo mais era o fato de eu ter recusado a internação médica. "Você percebe, Sherston, que ela foi especialmente arranjada para você e que um coronel do corpo médico do exército veio de Londres para isso?", declarou com pesar, limpando a transpiração de sua testa. O pobre homem, cuja existência era dominada por documentos com instruções das "altas instâncias", provavelmente havia sido chamado à fala devido ao meu não comparecimento; e não observar uma ordem como aquela era, para alguém com aqueles hábitos mentais, como reverter a ordem da natureza. Conforme a entrevista se arrastava, comecei a me sentir bastante otimista a respeito de estar fazendo algum progresso. Os argumentos balbuciados pelo coronel em apoio à tese de "esmagar o militarismo prussiano" eram os mesmos de um civil de meia-idade; e do mesmo modo que um superintendente sobrecarregado de trabalho em uma manufatura de aço, ele não tivera nunca tempo de se perguntar por que os galeses do norte estavam sendo despachados para a França para morrer intoxicados por gás, metralhados e explodidos pelos alemães. Era absolutamente impossível, afirmou ele, que a guerra fosse encerrada antes de chegar ao seu desfecho – quer dizer, antes que terminasse como devia terminar. Será que eu estava certo em pensar que tantos homens eram sacrificados sem motivo algum? "E com certeza, Sherston, é bem razoável que você esteja errado ao colocar sua própria opinião contra o sentimento praticamente unânime de todo o Império Britânico". Não havia como responder a isso, então permaneci em silêncio, esperando que a ideia do Império Britânico fosse esquecida. Para concluir, ele disse: "Bem, fiz tudo o que podia por você. Disse aos advogados lá de Mersey que você perdeu a internação porque não entendeu direito as instruções, mas receio que a questão não demore a sair da minha alçada. Peço que você tente reconsiderar sua recusa até amanhã, e que nos avise assim que possível."

Ele olhou para mim quase irado, e partiu sem dizer palavra. Quando sua figura corpulenta sumiu, senti que meu isolamento estava aumentando perceptivelmente. Tudo o que eu precisava fazer era esperar até que a questão saísse da sua alçada. Desejei ter uma conversa com Tyrrell. Mas até mesmo ele não era infalível, pois em todas as nossas discussões sobre meu plano de campanha ele nunca previra que meus oficiais superiores poderiam me tratar com essa tolerância tão cordial e para mim tão difícil de suportar.

Nos dois dias seguintes, minha mente ficou dando voltas e preocupando-se com aquela mesma incerteza própria de um purgatório, e de maneira tão incessante que o assunto todo começou a parecer irreal e distorcido. Às vezes, a expressão em palavras dos meus pensamentos tornava-se incoerente e até absurda. Outras vezes, eu via tudo com aquela fatigada clareza da insônia.

Então, no sábado à tarde, decidi que realmente precisava sair e tomar um pouco de ar fresco, e peguei o trem elétrico para Formby. Quando o trem saía da estação de Clitherland, fiquei imaginando quanto tempo mais iria durar aquele espetáculo medonho. Tudo o que eu queria agora era que a coisa saísse da minha própria alçada, assim como da do coronel. Não importava de que maneira eles decidissem me tratar, desde que eu não fosse mais obrigado a ficar argumentando a respeito. Em Formby, evitei o campo de golfe (lembrando, com um toque de humor pesaroso, o quanto tia Evelyn me incentivara a levar meus "pauzinhos de golfe", como ela os chamava). Vagando pelas dunas de areia, senti-me proscrito, amargo e enganado. Queria ter alguma coisa que pudesse esmurrar e pisotear, e num paroxismo de exasperação fiz aquele gesto tão antigo de agitar os punhos fechados para o céu. Sem me sentir melhor por isso, arranquei a medalha da Cruz Militar da minha túnica e atirei-a no Mersey. Apesar de todo o significado dessa ação, ela teria soado mais conclusiva se a medalha fosse mais pesada. Do jeito que era, a pobre coisinha caiu fraquinha na água e foi embora flutuando, como se tivesse consciência da própria futilidade. Um dos meus troféus de críquete teria servido melhor a esse propósito, e eles significavam para mim mais ou menos a mesma coisa que minha Cruz Militar.

Ao ver um grande barco soltando fumaça de vapor no horizonte, compreendi que protestar contra a continuação da guerra tinha praticamente o mesmo efeito que gritar para as pessoas a bordo daquele navio.

* * *

Na manhã seguinte, eu estava sentado na sala de fumar do hotel num estado de teimosa apatia. Havia chegado quase ao meu limite. Como era domingo e meu oitavo dia em Liverpool, devo ter escolhido aquele momento para uma revisão da minha semana anterior, embora não tivesse nada pelo que me congratular, exceto o fato de ter sobrevivido sete dias sem arriar minha bandeira. Talvez tenha refletido a respeito de algum contra-ataque desesperado que pudesse obrigar as autoridades a me tratarem mais duramente, mas não tinha ideia de como fazer isso. "Que se dane tudo, acho que vou dar um pulo em alguma igreja", pensei, embora a meu ver houvesse mais religião de verdade no *Golden Treasury* que numa igreja que apenas aprovava a entrada de militares se estivessem de uniforme cáqui. Ficar sentado num edifício sagrado não iria me ajudar, decidi. E então fui tomado completamente de surpresa, ao ver David Cromlech, com seu rosto rechonchudo, desajeitado como sempre, avançando pela sala. A sua chegada trouxe-me um alívio instantâneo, que eu expressei exclamando: "Graças da Deus você veio!"

Ele sentou sem dizer nada. Também estava feliz por me ver, mas manteve aquele ar de preocupação ansiosa com o qual seus olhos haviam de início encontrado com os meus. Como sempre, tinha o aspecto de quem havia dormido de uniforme. Alguma coisa deu um estalo dentro de mim e me senti zonzo e histérico. "David, você está com uma mancha preta enorme na test", comentei. De maneira obediente, ele umedeceu seu lenço com a língua e passou a limpar a mancha, tentando seguir minhas instruções sobre onde limpar. Durante a operação, o rosto dele ficou sem expressão, meio infantil, lembrando talvez algum tempo antigo em que sua babá fizera uma operação similar nele. "Como foi que você conseguiu sair da Ilha de Wight e aparecer aqui de repente?", perguntei. Ele sorriu como se soubesse de algo e não quisesse contar. Já começava a parecer menos com alguém que vai visitar um inválido; mas eu estivera tão fechado nos meus próprios pensamentos nos últimos tempos que fiquei alguns minutos falando a mil por hora, contando que vinha vivendo momentos infernais, que os oficiais do posto militar haviam sido incrivelmente bons comigo, e assim por diante. "Ao começar com essa façanha antiguerra, nunca sonhei que a coisa fosse se estender tanto, e que fosse me levar para uma corte marcial", concluí, rindo com uma alegria relativamente oca.

Enquanto isso, David ficou sentado, taciturno e em silêncio, com um tique nervoso no rosto e os dedos remexendo um dos botões da túnica. "Ouça aqui, George", disse ele de repente, examinando o botão como se nunca antes tivesse visto algo parecido. "Vim aqui lhe dizer para cair fora dessa história antiguerra ." Isso era uma ideia nova, pois eu ainda não tinha saído daquele estado de alívio por tê-lo visto. "Mas eu não posso cair fora", exclamei. "Você não entendeu que eu sou um homem com uma mensagem? Pensei que você tinha vindo me ver por causa da corte marcial, como um 'prisioneiro amigo'." Começamos então uma discussão séria sobre "os erros políticos e as inverdades pelas quais os soldados combatentes estavam sendo sacrificados". Foi ele quem falou mais, enquanto eu discordava defensivamente. Mas mesmo que nossa conversa pudesse ser relatada na íntegra, receio que o veredito da posteridade seria contrário a nós. Os dois achávamos que o mundo havia enlouquecido; mas nenhum dos dois conseguia enxergar além da própria experiência, e não tínhamos experiência de vida suficiente para compartilhar o estoicismo paciente e abnegado por meio do qual homens de idade mais madura estavam adquirindo uma glória anônima. Nenhum de nós tinha a mais vaga ideia sobre o que os políticos pretendiam na realidade (embora talvez os próprios políticos estivessem tateando no escuro e confiando na providência e na produção de munições para resolver os problemas). Não obstante, discutíamos como se as confabulações secretas dos chefes de gabinete de vários países fossem para nós claras como a luz do dia, e nossa suposição era que eles todos estavam errados, enquanto nós, que havíamos lutado nas trincheiras, éramos sagazes e infalíveis. Mas quando eu disse que a guerra precisava cessar e que era meu dever dar minha contribuição para isso, David retrucou que a guerra estava fadada a continuar até que um lado ou o outro desmoronasse, e que os pacifistas estavam apenas se intrometendo num assunto do qual não entendiam nada. "Seja como for, o Thornton Tyrrell é um homem excelente e sabe muito mais sobre todas as coisas do que você", exclamei. "O Tyrrell é apenas um visionário", retrucou David, "embora eu tenha certeza de que é um visionário corajoso." Antes que eu tivesse tempo de perguntar-lhe o que raios sabia ele a respeito de visionários, David prosseguiu: "Ninguém, exceto as pessoas que já estiveram nos combates de verdade, tem o direito de interferir na guerra; e mesmo essas pessoas não têm o que fazer a respeito. Tudo o que está ao alcance delas é continuarem sendo leais umas com as outras. E você sabe perfeitamente bem que a maioria dos objetores de consciência não passa de um bando de vagabundos querendo tirar o corpo fora." Eu retruquei que não via a coisa assim de forma alguma, e mencionei um jovem médico que havia jogado rúgbi pela Escócia e que agora estava preso, embora pudesse ser mais útil trabalhando em algum hospital se tivesse escolhido isso. David então me comunicou que andara mexendo alguns pauzinhos a meu favor e que logo eu iria descobrir que meu parlamentar pacifista não iria me favorecer tanto quanto eu esperava. Isso mexeu comigo. David não tinha o direito de se intrometer em meus assuntos pessoais. "Se você realmente andou tentando convencer as autoridades a não fazer nada que me prejudique", observei, "essa é a coisa mais auspiciosa que já ouvi. Continue fazendo isso e exercitando sua diplomacia habitual, e vai conseguir com certeza que eu pegue uns dois anos de trabalhos forçados, e com um pouco de sorte eles irão decidir me fuzilar como se eu fosse alguma espécie de desertor. Ele pareceu tão magoado com isso que me arrependi de ter falado e sugeri que fôssemos almoçar. Mas David sempre foi um comensal desatento, e dessa vez ele beliscou um pouco da comida meio a contragosto e depois engoliu-a como se fosse remédio.

Umas duas horas mais tarde estávamos passeando à toa pela praia em Formby, e ainda tagarelando sem parar. Eu me recusava a aceitar sua bem-intencionada afirmação de que ninguém no *front* iria entender meu ponto de vista e que eles diriam apenas que eu tinha me acovardado. Mas não importa que eles digam isso", argumentei, "o ponto principal é que se eu voltar atrás na minha declaração vou trair minhas reais convicções e também as pessoas que estão me apoiando. Você não acha que isso seria uma covardia ainda pior do que a que pode ser atribuída a mim por oficiais que se recusam a pensar em outra coisa que não seja as tradições cavalheirescas do regimento? Eu não estou fazendo isso por diversão, certo? Você não é capaz de entender que esta é a coisa mais difícil que eu já fiz na vida? Não há como eles me convencerem com argumentos a não fazer isso justamente quando estão sendo obrigados por mim a me fazer de mártir. "Eles não vão fazer você de mártir", respondeu ele. "Como sabe disso?", perguntei. Ele disse que o coronel em Clitherland lhe revelara que se eu continuasse a me recusar a ser "internado por razões médicas" eles iriam me trancar num sanatório de lunáticos pelo resto da guerra. Ou seja, nada iria induzi-los a me levar para uma corte marcial. Havia sido tudo arranjado com algum figurão no Ministério da Defesa nos últimos dois dias. "Por que não me disse isso antes?", perguntei. "Decidi deixar como último recurso, porque tinha medo que pudesse deixá-lo perturbado", replicou ele, traçando um padrão na areia com seu bastão. "Eu não acreditaria nisso se viesse de outra pessoa. Você jura com a mão na Bíblia que está dizendo a verdade?" Ele jurou sobre uma Bíblia imaginária que nada iria induzi-los a me levar para uma corte marcial e que eu seria tratado como insano. "Tudo bem, então. Eu desisto." Assim que as palavras saíram da minha boca, sentei num velho quebra-mar de madeira.

Esse foi, portanto, o final do meu grande gesto. Eu devia ter imaginado que os canalhas iriam me demover de um modo ou de outro, pensei, olhando zangado para o mar. Era apropriado que eu me comportasse naquela hora de uma maneira soturnamente digna, mas eu já tinha consciência de que um enorme fardo havia sido tirado da minha mente. No trem, David guardou discreto silêncio. Ele desceu em Clitherland. "Então vou dizer à sala do ordenança que eles podem arrumar outra internação para você amanhã", ele observou, sem conseguir disfarçar sua euforia. "Diga a eles o que você quiser!", respondi de maneira um tanto ingrata. Mas assim que fiquei sozinho, recostei-me na poltrona e fechei os olhos com uma sensação esquisita de alívio. Não sabia que David, muito provavelmente, me salvara de ser mandado para a prisão ao me contar uma mentira que havia sido muito bem-sucedida. E, sem dúvida, eu teria feito a mesma coisa por ele se estivéssemos em posições invertidas.

* * *

Era óbvio que quanto menos eu falasse na entrevista com a junta médica, melhor. Todas as explicações necessárias sobre a minha condição mental já haviam sido fornecidas por David, que fora minucioso ao dar detalhes a meu respeito. Ele tivera uma longa entrevista com os médicos enquanto eu aguardava na antessala. Ouvindo aquele burburinho abafado, senti-me vários anos mais jovem do que dois dias antes. Eu era agora de novo uma pessoa irresponsável, absolvida de qualquer obrigação de interceder nos assuntos mundanos. Na realidade, aquela encenação toda parecia muito ridícula, e quando David saiu, solene e preocupado, para me fazer passar, entrei naquela "gaiola de doidos" procurando lembrar que não devia perguntar a Jean-Jacques Rousseau se as aves confabulavam ou não. A junta médica era formada por um coronel, um major e um capitão. O capitão era um civil de uniforme, neurologista de profissão. Os outros eram médicos do exército, mais velhos, e estou inclinado a achar que a familiaridade deles com os formulários do exército era maior do que seu conhecimento de neurologia.

Enquanto David se impacientava na antessala, eu respondia respeitosamente às questões estereotipadas do coronel, que parecia um pouco desconfiado e bastante iludido em relação à minha atitude diante da guerra. Era com base em motivações religiosas que eu fazia objeção a combater?, perguntou ele. "Não, senhor; não particularmente", respondi. "Combater com motivações religiosas" soava como uma espécie de gracejo sobre as Cruzadas. "O senhor se considera qualificado para decidir quando a guerra deve parar?" foi sua pergunta seguinte. Compreendendo que ele estava apenas tentando me fazer falar bobagens, saí pela tangente e admiti que não havia pensado suficientemente a respeito das minhas qualificações, o que não era verdade. "Mas o seu amigo nos disse que você era muito bom bombardeiro. Ainda sente ódio dos alemães?" Esqueci como respondi a essa charada. Não importa o que eu disse a ele, o caso é que me comportei com educação. Enquanto as perguntas continuavam, senti que cedo ou tarde eu teria simplesmente que ficar repetindo alto aqueles dois versos – "se os pássaros confabulavam ou não". Provavelmente era a melhor coisa que eu poderia fazer, pois seria uma prova conclusiva e confortável de que eu era um lunático inofensivo. Uma certa hora, flagrei um olhar do neurologista, que sinalizava uma compreensão solidária, imaginei. De qualquer modo, o coronel (tendo demonstrado seu nível hierárquico superior ao me fazer um número adequado de questões) dispôs-se a permitir que o capitão sugerisse que o melhor que poderiam fazer comigo seria mandar-me para o Hospital Slateford[53]. Então ficou

53 Referência ao Craiglockhart War Hospital, perto de Edimburgo, especializado no tratamento de soldados com trauma da Primeira Guerra, particularmente após o grande aumento de casos decorrentes da Batalha do Somme, em 1916. Lá, Siegfried Sassoon conheceu Wilfred Owen, outro dos principais poetas ingleses da Primeira Guerra. (N. da E.)

estabelecido que eu sofria de trauma de guerra. O coronel comentou com o major que, para ele, não havia mais o que fazer de momento. Eu repeti os versos bem baixinho. “O senhor disse alguma coisa?”, perguntou o coronel, franzindo o cenho de leve. Eu neguei que tivesse dito alguma coisa e me deram licença para ir ter com o David.

Quando andávamos de volta para o meu hotel, me vi de repente assobiando feliz, e comentei o fato. “Sinceramente, David, acho que faz mais de seis semanas que não assobio!”, Olhei para o céu azul, grato, pois naquela hora parecia que eu havia posto um fim à guerra.

Na manhã seguinte fui para Edimburgo. David, que fora destinado a me escoltar, perdeu o trem e chegou ao Hospital Militar de Slateford várias horas depois de mim. E, com a minha chegada ao Hospital Militar de Slateford, este volume pode ser apropriadamente concluído.

tipografia Abril
papel Lux Cream 70 g
impresso por Edições Loyola para Mundaréu
São Paulo, primavera de 2014